有爱的青春陪伴者

本能反应

BENNENG
FANYING

反应

春意夏 著

广东旅游出版社
GUANGDONG TRAVEL & TOURISM PRESS
悦读书·悦旅行·悦享人生

中国·广州

图书在版编目（ＣＩＰ）数据

本能反应 / 春意夏著. — 广州：广东旅游出版社，
2024.6
ISBN 978-7-5570-3208-1

Ⅰ．①本… Ⅱ．①春… Ⅲ．①长篇小说－中国－当代
Ⅳ．①I247.5

中国国家版本馆CIP数据核字(2024)第031974号

本能反应
BEN NENG FAN YING

春意夏 / 著

◎出版人：刘志松　◎总策划：苏瑶　◎责任编辑：何方　◎责任技编：冼志良
◎责任校对：李瑞苑　◎策划：年年　◎设计：Insect 姜苗　◎图片绘制：肥猫天使

出版发行：广东旅游出版社
地址：广东省广州市荔湾区沙面北街71号
邮编：510130
电话：020-87347732　020-87348887（销售热线）
印刷：天津睿和印艺科技有限公司
地址：天津市武清区大碱厂镇国泰道8号
邮编：410137
开本：889毫米×1194毫米　1/32
印张：9
字数：251千字
版次：2024年6月第1版
印次：2024年6月第1次
定价：45.80元

目录
Contents

Ben neng fan ying

目录
Contents

Ben neng fan ying

第一章

一觉醒来

既然没有人肯告诉他答案，那就算了，他可以自己去找。

病房是单人间，离窗户有一段距离，只有转过头才能看到天空的一角，和楼宇紧密相连却被铁栏割裂开的蔚蓝的、大好的一片晴天。

林乐扬还没搞清楚现在是什么状况，一睁开眼发现自己躺在一个完全陌生的地方，整个房间都是单调的白，熟悉的消毒水味钻入鼻腔，不难猜到这是在医院……可他为什么会出现在医院？

他分明记得自己刚把卧室的灯关掉，准备舒舒服服躺在床上看小说，怎么一眨眼的工夫就到了这里？

他正疑惑着，病房的门被人推开。门外的人见他醒过来了，也愣住了，保持一手按住门把的姿势呆愣了几秒钟。

林乐扬在听到声响的下一秒就转过了头，眼神充满茫然，看着门口突然出现的人。

他见那人不说话，只好先开口。

"你好？"林乐扬探究着问道，"请问您是……"是不是走错房间了？

他话还没说完，却见站在门口的男人猛地退后一步，然后跑了出去。

林乐扬心底的疑惑更甚，掀开被子试图起身，可脚刚落在地上，一阵无力感从膝盖一直往上蔓延至全身，直接栽倒下去。

房间在这声响过后一片寂静。

林乐扬保持跪着的姿势，缓慢地用双臂撑起身，心脏忽然猛地加速跳动起来——他感受不到双腿的存在了！

就在他心慌意乱时，门外匆匆进来了几个人，一看病床上没人都慌了。

"林乐扬，你又……"

来人还没说完话，比他先一步进病房的医生开口了："人没跑，在地上呢。"

林乐扬听到耳熟的声音也顾不得身体上的疼痛，立刻从床的另一边探出头去："吴旭？是你吗？"

吴旭震惊。

吴旭连忙走过来和医生一块把林乐扬从地上捞起来。林乐扬全程一动不动配合极了，只是目光呆呆地落在吴旭身上。

吴旭心里揣着事，完全没察觉到林乐扬的不对劲："你醒了怎么不叫人，我和赵瑞宵都在……"他说到这里又叹了口气，神色有些严肃。

林乐扬还是第一次见到吴旭这样，不由得重新打量起自己这个发小。

吴旭家和他家是世交，两人从幼儿园到高中都在一个学校，可惜上大学就分开了，原因无他，吴旭成绩太烂了，他爸准备把他送出国去读几年。

林乐扬记得很清楚，今天下午吴旭还染了个蓝色头发，嘚嘚瑟瑟来找他出去玩，被他以"天气太热"为由给拒绝了，吴旭还说他矫情。

林乐扬说："你去染发，你妈知道吗？"

吴旭："……"

而现在出现在他眼前的吴旭剪着一头利落的短发，发丝上明显抹了蜡，身着西装，俨然一副社会人士的模样。

这时候吴旭也察觉到林乐扬的目光了，刚想开口问，林乐扬又开口了："吴旭，你怎么老了，头发也少了？"

吴旭："……"

跟在后面的赵瑞宵这才讲话："你看，我就说了他不太对劲，刚刚一看到我就问我是谁，你们还不相信。"

"……总之林姐马上就到。"

赵瑞宵从走廊打完电话进来，吴旭点点头，又担忧地看向病床上的林乐扬。

医生先给林乐扬简单检查过身体，林乐扬全程积极配合，中途还紧张兮兮地拉着医生的白大褂问，自己还能活很久吧，腿没事吧，还能正常行走吧？

医生保持职业微笑，告诉他只是在床上躺太久了，再加上贫血身子虚，休息几天，注意饮食，别做什么极限运动就没事。

林乐扬这才看向自己缠着绷带的手臂，刚才那一下摔得可不轻，不仅膝盖磕青了，手腕也疼得厉害。

他刚想问点什么，医生先说："林先生，我现在需要问你几个问题，麻烦你如实回答。"

林乐扬只好把自己肚子里一连串的疑问咽回去，先听医生讲话。

医生开口了："林先生，你的全名是？"

林乐扬不解。

他看起来像个傻子吗？

但他瞥了瞥医生身后站着的吴旭，还是回答了："林乐扬。"

医生说："好的，那么下一个问题。"

吴旭看上去成熟太多，林乐扬记得前些天自己这个发小还因为半夜去网吧被他妈追着满院子跑，现在却穿着一身西装，丝毫不见往日青涩模样。

站在吴旭旁边的男人是谁？他看样子认识自己，而且还和吴旭很熟，但林乐扬对这个人完全没印象。

自己又为什么会出现在医院里？林乐扬这几天一直在熬夜看小说，每天三四点钟才睡，第二天八点又会准时醒过来。

该不会是熬夜熬到精神恍惚晕过去了吧？

他瞬间联想到在网上看到的各种新闻，什么熬夜猝死、熬夜休克、熬夜熬到神志不清一头扎进泡面盒里……越想越觉得可能，心里第一个念头——完蛋，这回肯定要被爸妈骂死！

医生说："你的年龄是？"

林乐扬正想得起劲，下意识地回答："十八。"

医生微微眯了下眼，低头翻开自己手里的资料，又重复问了一遍："你的年龄是？"

空气中平白生出一种很黏稠的氛围，静谧堵塞的，令人难以喘息。

林乐扬再次答道："十八岁啊，三月份刚过完生日。"

林乐扬看着自己手臂上的医用绷带被拆开，尽管心里早有猜测，可看见手腕上狰狞疤痕的那一刻，他仍是一阵心惊。

护士给他换药，他不敢看了，偏过脑袋看向明显年长许多的吴旭："你们干吗这么大反应？所以现在是什么时候？我这是怎么了？是熬夜昏倒了？总不能是梦游的时候砍了自己一刀吧？"

他近乎愚蠢地提出这些问题。没有办法，他已经感觉到周围的不对劲，却无法准确捕捉到这样的不对劲从何而来。

不等吴旭回答，医生先挡住他的视线："林先生，请先放轻松，不要这么紧张……"

林乐扬半张的嘴巴合上，脑袋稍稍偏向医生身后，甚至有心情说上一句："我不紧张，他们两个人看上去比我更紧张。"

的确，身后的两个人脸色都很凝重。

终于，吴旭开口："现在是 2026 年，你以为是哪一年？"

林乐扬一时间没有反应过来，表情呆呆的，在众人的注视下终于开口：

"2016 年……不是吗？"

吴旭和那个叫作赵瑞宵的男人对视一眼，一副欲言又止的模样。

医生看这情况只能先请两个人出去谈话。

病房里只剩下林乐扬和一名护士，女孩看上去二十几岁，林乐扬张口就是："姐姐，你有镜子可以借我一下吗？"

护士愣了下，从口袋里掏出小圆镜："可以是可以，不过我才二十二……"

林乐扬也跟着愣了："啊，不好意思。"

圆镜的大小有限，林乐扬只能左照照右照照，勉强照完全脸。

他看着镜子里的自己仍有些难以置信。

这是他，又不是他。

是长大后的他，却不是十八岁的他，是更加年长的他的模样。

林乐扬的头发原本有些自然卷，现在却很柔顺服帖，应当是拉直了，甚至有点长，长及肩膀。仍然是偏浅的发色，阳光一照像喝茶时剩下的底，棕色和橙色混在一块，比寻常人的发色浅很多，看上去像染过的，实际纯天然。眼睛相比起以前更加往下压，脸也更瘦削，皮肤都白了一个度，唇色更是泛白。

林乐扬对眼下的自己既熟悉又陌生，心底一片茫然。

他把目光重新移向被绷带缠绕的左手手腕。护士给他换药时他也看见那道伤口到底有多深，尽管已经缝合，却依旧触目惊心。按道理说自己应该很痛才对，现在却觉得还好，可能最疼的时候已经过去了。

直到这一刻，他还是不清楚自己为什么会出现在这里。

明明前不久他还在自己家里，躺在卧室的床上看小说，结果一睁眼自己就到了十年后……这是在开玩笑吧？而且为什么偏偏是十年后，十年后他二十八岁，最好最青春的年华都过去了，能改变个啥啊！从今天开始早睡早起，防止自己未老先秃吗？

林乐扬刚想到这儿，病房门再一次被推开，进门的人他更熟悉了。女人梳着干净利落的马尾，大步朝他走过来，林乐扬下意识挺直腰板，一声"姐"卡在喉咙里叫不出。

来人正是林乐扬的姐姐，林若柳。两个人眉眼生得极相似，自然是一母同胞，年龄相差五岁。

在林乐扬的印象里，姐姐向来严肃干练，但从不会给他这样强的压迫感，连带着周围空气都沉甸甸。

十年后的林若柳看上去很疲惫，眼下泛青，眉宇间也有挥散不去的忧愁。

林乐扬觉得自己该说点什么，但不等他开口，林若柳简单粗暴地讲："我听医生说你脑子出问题了。"

林乐扬："……"

好像也没毛病。

十年的跨度太大了，竟让他有些不知道该怎么面对眼前的林若柳，只能磕磕巴巴讲道："嗯、嗯……好像是吧。"

"全部都忘记了吗？"林若柳再次问道，眼神直直看向自己的弟弟。

"没有，十八岁以前的还……"林乐扬说到这里又卡壳了。

这真的是失忆吗？

林乐扬抬起头面对眼前熟悉又陌生的亲人："我、我不知道。"

他露出少年才会有的慌乱表情，在二十八岁的身体里显得格格不入。

林若柳也明显愣怔住，神色有些恍惚，好像回想起什么，再次开口时声音柔和许多："没关系，我是说……不记得就不记得了。"

林乐扬试图放松下来，面前的人是他的亲姐，不管过去多少年，十年、二十年，他们都是最亲密的人。

"我不觉得我有不记得的事情……"

林乐扬清楚记得十八岁之前的事情，记得自己刚刚高考完，暑假几个月的时间里沉迷于看小说；记得这天家里的保姆请假临时换了人，晚上吃了不那么好吃的炒菜，他爸还使坏一个劲给他夹菜；甚至记得晚上看的那本小说的内容。

他低头将自己的手臂抬起来，这副身体还很虚弱，单是这样抬着手，手臂就在轻轻颤抖。

自己来到这里，是不是也是为了挽回什么？

病房里很静，没人打断他的思路。直到林乐扬抬起头，目光变得异常坚定，所有人都屏息等待着什么。

坚定认为自己十八岁的林乐扬说："我觉得我现在是在做梦！"

众人："……"

林乐扬坚持自己是在做梦，梦醒之后就又能回到自己的小屋。众人对视一番后神色各异，最终都郑重地点了头。

林乐扬："我怎么觉得你们在敷衍我，我是说真的！"

他说完更加坚定了，目光坚毅至极。

直到林若柳幽幽讲道："你猜爸妈知不知道你进医院的事？"

林乐扬闻言整个人一僵。不能说他没出息，通知家长这样的事，十八岁会怕，就算他现在真是二十八岁也不能幸免，即便事情发生在梦里也一样！

林若柳淡淡扫了他一眼："庆幸吧，他们现在正好没在国内，估计要很久才能回来，我没跟他们讲。"

林乐扬瞬间垮下肩膀，但很快又恢复精神，甚至鼓舞自己："没关系，做梦的时候都不会觉得自己是在做梦，等醒来就好了！"

病房里又是一阵静默。

林乐扬再次可怜巴巴："我就知道你们都不信，只是在哄我。"

林若柳有些恍惚，十八岁的林乐扬的确就是这个样子。

他们家说不上大富大贵，但也从不缺钱。林父林母花了大量的金钱培养姐弟二人，可林乐扬天性顽皮好动，学钢琴没耐心，学小提琴像拉锯，学声乐又五音不全，唯一感兴趣的就是画画，却总要画得和别人不一样，跑步也擅长，爬树翻墙身姿矫健，为此没少挨训。学习则处在中等水平，相比起什么都表现优异的姐姐，实在没什么亮眼的地方。

别人夸奖姐弟俩，从来都是"姐姐真优秀啊，弟弟……弟弟长得真不错，长大后一定是个小帅哥。"

可就是这样的弟弟，林若柳知道他比任何人都更在乎家庭。

早些年父母打算要第二个孩子时就商量好了，一定不能让姐姐感到偏心，所以从林乐扬很小的时候开始他们就教导他要好好对待家里人，要学会分享，要懂礼让，姐姐是女孩子，一定要爱护姐姐。

林乐扬是在温室里长大的花朵，从小到大想得到的都得到了，自然没有那么强烈的攀比心和嫉妒心，十几岁的年纪也没有过叛逆期……林若柳想到这儿又打住了，目光落在坐在病床上的林乐扬身上，神色变得更复杂。进来之前她刚听医生说过，林乐扬现在的认知障碍很混乱，搞不清楚自己现在在哪里又身处哪一个年龄段，十年间的记忆似乎在一夜之间全部丢失了。

"当然是信你的，你不是说十八岁之前的事情都记得清清楚楚吗？那就是真的了。"林若柳掩下眼底的情绪，"爸妈那边我帮你瞒过去了，你近期就安心休养吧，公司也不需要你去。"

"林乐扬。"这一次她叫弟弟的名字。

林乐扬与她对视，她只说："好好休息。"

"我为什么会这样？"第二天，林乐扬在吴旭来探望时便举着那只受伤的手臂问。

窗户封着的铁栏打从他睁开眼就注意到了，晚上还会有护士时不时进房间查看，林乐扬不是一点感觉都没有。他们怕他出事。

吴旭倒是一点准备都没有，被问个正着。

林乐扬盯着自己的手臂发呆："我该不会醒不过来了吧？"

吴旭见他并不执着于这个话题，兀自松口气："什么？回家吗？医生说再留院观察一阵子就能……"

林乐扬转过头来："不，我是说回去，睁开眼是 2016 年。"

吴旭沉默几秒："嗯……我也、也不知道怎么回去。"

林乐扬有些奇怪地看他："你信我说的话了？"

吴旭点点头。

林乐扬却觉得吴旭还是不信，只是顺着自己的话往下说。

可他真的有种强烈的感觉，自己不属于这里，他不会一直留在这里，他有他该去的地方。然而包括来看他情况的护士都默认这是他的"妄想"，大有种配合小孩子玩闹的意思。

林乐扬不太开心地重新讲："所以我的手到底是……"

他刚起了个头，门外来了人，是赵瑞宵。

吴旭立刻站起身，仿佛抓到了生命之光，热情迎去："哎呀！你来了，怎么还带水果来啊，客气客气。"

他朝赵瑞宵使眼色，可这人是比他还不会看气氛讲话的，开口说："给乐扬买的啊，他不是爱吃吗？"

果然，林乐扬逮住这个机会，下一句就是："你认识我？我们是什么关系？"

那个叫赵瑞宵的男人看向他，目光温和。

"同学。"赵瑞宵直言，"大学同学。"

林乐扬感到惊奇，落在赵瑞宵身上的目光变得不一样，积极地拍了拍自己的床铺，白床单塌下一块："那能聊聊吗？"

"聊什么？"赵瑞宵拽过椅子坐下来，半开玩笑地说道，"聊你大学期间挂科几门？"

林乐扬明显愣了："我还挂科了？"

赵瑞宵却一脸神秘地讲："这种事不能说吧，提前剧透有什么意思？当然要你亲自去经历。"

林乐扬："……"

这个人好可怕啊，他心里油然生出这个念头，迅速转头看向自己发小："刚才就想问……"

吴旭立刻紧张起来。

林乐扬说："今天是周二，你没有工作吗？"

吴旭表情一僵。

林乐扬以前就是这个样子，呛人于无形，还要摆出一副认真说话的模样，看着更可气。

"我当然有。"吴旭咬牙切齿。

"可今天是周二欸。"林乐扬重复道，昨天特意看了日历确认现在的年份。

"我俩一块搞服装的，现在是淡季，工作还不是特别忙。"赵瑞宵及时拦住吴旭，朝林乐扬一笑，"更何况你刚醒，林姐那儿又脱不开身，特意嘱托我们来和你说说话……"

他表现出极其靠谱的一面，相比之下吴旭就显得十分不靠谱。

林乐扬接受这一说法，并问："那我和你的关系一定很好吧？"

赵瑞宵答道："当然了，大学里……我和你的关系最好。"

林乐扬再一次打量眼前的男人。

赵瑞宵长相白净个子又高，看着文质彬彬的，实在不像他能交到的朋友，但以后的事情谁又说得准。

"林小缺，你说话咋还是十年如一日欠揍？"

吴旭打断他的思路，龇牙咧嘴讲了这么一句，并毫不客气地坐到他床上，床铺陷下去一块，两个人的距离感终于消掉一半。

林乐扬转过头，和吴旭大眼瞪小眼："'林小缺'又是什么？我的外号吗？"

吴旭一手按在大腿上，咂咂嘴"嗯"了一声。

"什么意思？"也太难听了！

"说你缺德的意思。"

林乐扬此刻对十年间的自己充满质疑："也不必特意给我起个外号吧……"

吴旭连连点头，敷衍过去："是、是，我不叫总行了吧。"

三个人聊了一会儿，林乐扬的心智停留在十八岁，聊着聊着便跟不上两人的话题，只能在一旁默默听着。

他不觉得无聊，这里的一切对他来说都是全新的，新的事物、新的人，他忽然不那么着急回去了。

做梦这种事，越想醒过来就越困难，越挣扎越陷得深，林乐扬现在不想陷得深，只想躺平等着自己自然脱离这个真实又离谱的梦境。

"等我身体恢复得好一点，"林乐扬忽然说，"可以在医院里四处转转吗？"

那两个人停下谈话，看着他，又对视了一眼，皆是举棋不定的模样。

"会在医生允许的情况下出去的，这里太闷了，我想透透气。"林乐扬只好用上商量的语气。

这样就像小孩和家长请示了，他有些郁闷。

他们明明是同龄人。

最终，吴旭点头了："行，回头我和林姐说一声。你从小就有多动症，闲不住。"

林乐扬不由得反驳："闲不住的明明是你吧，又是染发又是上网吧，被你妈发现了还要来我家躲。"

吴旭却回忆了好一会儿，大学的时候他就不怎么打游戏了，染发烫头也是很久以前的事，最后只能说："哦、哦，是吗？"

林乐扬忽然感到一阵无趣，长成大人可能都会变得这样无趣吧，不再斤斤计较一些小事，不寻求刺激和新鲜，只做稳妥的成年人。那他还是想回去，起码还有十年的时间给他浪费。

五月天气暖了起来，窗户外飘来阵阵花香，风裹着青草气吹进来。

林乐扬想去外面看看，更重要的是搞清楚自己来到这里的理由。

接下来的几天，林乐扬又配合医生做了各种检查，结果均显示他除了身子虚，需要调理饮食，其余各项指标都正常。

吴旭给他留下一部全新的手机，林乐扬拿它打手游，手生得不行，完全不晓得怎么操作，玩了几局就没兴趣了，随便下了个《连连看》小游戏。

等吴旭和赵瑞宵抽空来看他时，他正捧着手机玩得不亦乐乎。

"我到底什么时候能出院？"林乐扬从床上翻了个身，头发乱糟糟毫无形象可言，"现在也不用输液了，片子都拍了，怎么还不能回家？"

"再等等吧。"吴旭把买的水果堆在床头柜上，斜下眼看偎在床上没个正行的林乐扬，"我看你在这儿待得也挺舒坦。"

"很无聊好不好，你们还找人盯着我。"林乐扬抬起头宣泄自己的不满。

吴旭还不能完全适应，就算这副壳子里装着的是个十八岁的少年，但从表面看林乐扬已然是青年人的模样，工作后更是为了让自己看着成熟些将难打理的自然卷拉直了。

他从口袋里掏出一样东西扔给林乐扬。林乐扬迟了一拍才伸手去接，忘了自己手里还捧着手机，不仅眼镜盒砸到肚子，手机也拍在脸上。

吴旭转头问赵瑞宵："你确定医生没看错，他脑子真没出问题吗？"

赵瑞宵耸耸肩，露出无法回答的神情。

林乐扬幼稚地反驳："我脑子没问题，你们脑子才有问题。"

他把眼镜盒摸起来，一边打开一边问："这是什么？"

"啪哒！"

眼镜掉脸上了。

"我不记得我近视……"林乐扬把眼镜戴上，手指直接碰到镜片，戴与不戴并无太大区别，但指印太影响视线，他又摘下来拿在手里翻看，"镜片这么薄，我必须戴吗？"

"我就说不用，是赵瑞宵说你可能需要才托林姐拿过来的。"吴旭说完再次端详林乐扬，"还是不戴眼镜看着顺眼。"

"度数这么低，我为什么想戴眼镜……"林乐扬嘀咕一句，没指望得到回答，这种事只有他本人知道，可惜知道答案的不是现在的他。

他低头把银框的眼镜擦干净收回盒里，放到枕头边才抬头问："我到底啥时候能出去透气？"

"我看你要憋疯了，刚才上楼就跟医生说过了，你要是想在医院里转转没问题，有护士跟着你。"

吴旭说完，林乐扬心里那股劲头也散了大半，说到底还是不放心他一个人，必须有人跟着他。

但总比一直待在房间里强。平日里也没什么人来看他，吴旭和赵瑞宵都有工作在身，林若柳更是忙得不见人影，电话倒是打过几通。

　　林乐扬知道他们都把他当作小孩子看。对于这群平均年龄三十岁的人来说，十八岁确实就是孩子的年龄。

　　过了一会儿，吴旭和赵瑞宵走了，林乐扬在床上躺了一会儿，把《连连看》玩到第 100 关终于困得趴在床上睡着了。再醒来就是下午，窗帘没有拉上，窗户也半敞着，温热舒适的风吹进来，天是湛蓝和柔白交织的。

　　他迷迷糊糊走到卫生间洗了把脸，猛地想起来自己是可以出去的，今天可以明天就不一定了，连忙在镜子前一顿捣鼓，把头发梳顺，顺便沾水抓出个造型，离近看又离远看，觉得满意了这才推开门。

　　他房间正对着这层楼的工作台，有值班护士看到他便起身走过来。

　　"我不会走丢的。"护士刚到他跟前，他就开口说。

　　林乐扬比戴着护士帽的小护士高一些，脸上还有睡觉时枕出的印子，看上去有些可笑，眼神却透亮，和这个身体的年龄不符，却跟这张脸意外地搭。

　　小护士笑眯眯说："那不行。张医生说了，我们得有个人陪着你。"

　　林乐扬想跪下喊姐姐，但最终还是妥协地点点头。

　　他在前面走，护士在后面跟。林乐扬根本不认识路，弯弯绕绕走到楼梯间又回来。小护士在身后捂嘴巴偷偷笑问他："你是想走下楼吗？"

　　林乐扬崩溃："不是的，我找不到电梯啊！"

　　小护士大概看他好玩，笑过才指了个方向："电梯在那边。"

　　林乐扬决定报复回去，声音洪亮道："谢谢姐姐。"

　　小护士接受良好，点头说："嗯，不客气。"

　　林乐扬这一回充满质疑地问："不是吧？难道你已经三十了？"

　　小护士这才不笑："我才二十四好不好？你不是十八吗？"

　　林乐扬卡壳了。

　　也对，自己这种特殊情况很难不被关注……也不晓得别人是怎么传他的，大概和吴旭一样觉得他受了什么刺激，脑子变得有问题。

他叹了口气，脑袋耷拉下去。

小护士看着他。

林乐扬的头发是很温柔的茶色，像染过的，又半长不短地落在肩膀上，沮丧的模样让人联想到乖巧听话的金毛。

"好啦，你不是想出去转转吗？"小护士出言安慰，"其实走楼梯也可以，这里才四楼。"

林乐扬更挫败了："那咱现在原路返回？"

小护士忍俊不禁。

去往电梯的路上，林乐扬见到另外一条更幽深的走廊，忍不住停下步子往里看。

"哎，"小护士招呼他，"你别……"

走廊的深处忽然传来一声怪叫，林乐扬一激灵，转头看护士。护士也愣了，过几秒才说："你别乱跑啊，电梯在这边。"

这个时间乘电梯的人意外少，电梯里只有他们两个人，林乐扬忍不住问："刚刚那里是……"

"就是和你一样住院的病人啊。"小护士含糊道。

林乐扬沉默一下："那个……我真没有摔坏脑子，那上面不是写了'精神科'吗？"

小护士："……"

气氛有点尴尬。

在旁人眼里现在的自己到底是什么样的？

林乐扬看着电梯不锈钢材质下扭曲的身影，往前一步想把自己的容貌照得更清晰。

"叮"的一声，电梯到达一楼。

是不是该表现得更成熟一些，更符合这具身体的年龄？

林乐扬迈开步子走出电梯。

可他实在想不到二十八岁的自己会是一个怎样的人，十年太长了，拥有太多种可能性。

这家医院很大，园林设施十分完善，假山下面甚至有潺潺流水，周围是长势茂盛的花草。道路旁有家属推着轮椅弯腰和病人讲话，长椅上甚至坐着情侣说说笑笑。

林乐扬这才有活着的真实感，病房很明亮，也有阳光洒进来，但远不及脚踏实地站在这里呼吸新鲜空气。

他弯眼笑起来，笑容带着朝气，不见一丝阴霾，皮肤有常年不见光的苍白，两侧头发稍稍长了，半遮不遮地挡住眉眼，整个人明媚中带点莫名的温顺，在这个阳光晴好的午后异常耀眼。

小护士忽然面颊一热，移开视线。

林乐扬没有注意到这点，好不容易走出来了，自然哪里都要转转，完全闲不住。小护士低头羞涩的工夫，他就已经绕到假山后面。

假山后是更大的一片青草地，中间铺了石子路，不是那么好走，有股湿漉漉的潮气，显然极少有人光临。

林乐扬的身体远没有十年前那么禁得起折腾，饮食方面要注意的地方很多。他也是前几天才知道自己根本不能多吃荤食，吃多了会反胃呕吐。这是以前从没有过的状况，十年后的自己这么糟蹋身子，林乐扬都害怕他活不过三十八岁。这会儿更是没走两步骨头就软了，膝盖一弯险些跪下去，还好视线里忽然有双手扶住他。

林乐扬首先为自己险些扎进土里的膝盖捏了把汗，随即就感到对方用了力把他整个人撑起来。

林乐扬匆匆一眼瞥到那人和他差不多粗细的手腕，手臂上密密麻麻满是结痂的划痕。

他来不及细想，已经抬头看清那人的长相。那是一张很年轻的脸，肤色有些深，显得整个人脏兮兮，一边的眉毛从眉峰处断开，眉眼压得很低，唇抿成一条线，眼神锋利刮过来。

"谢谢啊……不好意思。"林乐扬稳住身子站直了，那人的手还是抓着他。

小护士在这时跑过来，有些急地喊："林乐扬！"

"啊。"林乐扬转头尴尬地应了一声。

"我刚刚看到你在笑。"低沉喑哑的男声从他脑后响起。

林乐扬再次转回来，这一回少年终于松开手。

少年比林乐扬高出一截，但是太瘦了，看着比林乐扬还要瘦，骨架却宽，一身病服空荡荡挂在身上，眼神实在没遮掩，直勾勾盯着人看。

他问林乐扬："什么事让你那么开心？"

林乐扬忍不住后退一步。

怎么，笑也不行？要挨打的吗？

少年注意到林乐扬的警惕，神色微微一顿："别紧张，就只是问问。"

林乐扬更紧张了。

他现在对年龄颇为敏感，知道眼前的人和十年前的自己差不多年纪，身上有生机勃发的少年气息。他的视线不由得落在少年的手臂上，对方宽松的袖口已经落下去，但他忘不了匆匆一瞥间对方胳膊上深深浅浅的划痕。

林乐扬心里想什么脸上就摆出什么。

少年察觉到了，把两条胳膊微微向后撇，像是想要藏起来。

林乐扬意识到自己的失礼，想说点什么又说不出。他只对熟悉的人耍宝，这样的情况还是第一次。

小护士走过来，看到他对面的人不由得一愣，但她什么都没说，反而转头教训林乐扬。

林乐扬顶着一张无辜的脸挨训。那少年还没走，硬生生杵在旁边听着。

林乐扬忽然觉得面上抹不开，虽然心里认定自己十八岁，但别人可不知道，挨训就变得难熬，他把头低下去，一边的发丝就顺势滑下来挡在脸侧。

少年忽然伸出手把那缕头发别在林乐扬耳后。林乐扬一惊，转头看他。

那少年并不觉得自己做了多骇人的举动，很是坦然地回视过去。

这下把林乐扬搞得摸不清了，他半是疑惑地看向护士，手指来来回回乱指："你们认识吗？"

护士抿了下嘴。

反而是少年回答："她给我送过药。"

小护士则对着林乐扬说："你不要乱跑，家属特意叮嘱过不能让你一个人，出了事我们要担责的。"

林乐扬只好点头："我知道了。"话说完，他又忍不住悄悄瞥了眼旁边的人。

少年注意到他的目光，竟然微微歪过头朝他弯了一下嘴角："我叫李川。"

林乐扬直接愣住，主要是少年的眉眼间带着一股阴郁气息，笑起来会明亮一点。

护士在这时把两个人隔开，终于肯跟李川说话，语气不是太好："你怎么出来了？"

林乐扬见李川被推开也不躲。李川踉跄退后几步，目光仍看向他，脸上没什么表情，眼神却把他勾住。

"你还没有告诉我你的名字。"李川说。

林乐扬对这样的情况完全没有准备，为了不尴尬，磕磕巴巴道："林、乐扬。"

护士立刻不赞同地看向他，但是没有过多干预。

李川"嗯"了一声，忽然朝他伸出手。

林乐扬更加疑惑了，却还是把手伸出去，两个人的手放在一起郑重地握了握。

护士："……"

林乐扬也很瘦，病号服宽宽松松，稍一抬手就露出半截手腕，绷带今早才换了新的，和浅蓝的袖口搭在一块，有一条明显的交界线。

李川直直盯着那处看，林乐扬不太自在地想要抽回手。

这一回少年很爽快地松开了，只是安静站在那里，看着护士带着林乐扬走远。

晚上，林乐扬接到林若柳打来的电话。电话里，林若柳问他今天一整天的行程，还问他睡得好不好。

这本来是很家常的话题，林乐扬也一五一十地答了。电话挂断后，他有些赌气地把手机扔在床上，一头埋进被子里。

他明白林若柳是关心他，但是这样的关心让他感觉自己被当作外人对待。明明以前姐弟二人的相处模式不是这样的……十年真的可以改变很多事情吗？

他在这一刻无比想念父母，却知道以这样的面目给父母通电话只会让他们更担心。

距离他成年才过去短短几个月，三月份之前他还不能凭借身份证去网吧，现在却成了直接闪婚领证都正常的年纪。

十八岁和二十八岁。

他还不能在这中间找到一个平衡点，没办法维持青年人的形象，也不甘被当作小孩哄骗。

林乐扬忽然想起下午见到的那个少年，手臂上密集的瘢痕和本人脸上漠然的神情形成鲜明的对比。他忍不住把自己的手伸到面前，经过几次换药，那道伤口正在缓慢愈合，疼痛几乎没有了。

林乐扬触碰那段绷带并用手指用力按了按，细细密密的疼痛感像针扎一般从手腕传至指尖，整条手臂不受控地颤抖起来。

原来疼痛还在。

第二天一早，林乐扬从病床上蹿起来，来查看他情况的正好是昨天的那名护士。她今天没有戴护士帽，只是简单绾了头发。

"我今天也可以出去吧？"林乐扬问。

"可以。"护士说完想起什么，面带犹豫，最终还是提醒道，"昨天那个男生……你注意一点吧。"

"注意什么？"

护士在本子上写了几笔，抬起头时却什么都没说。

林乐扬这天没有见到那个名叫李川的少年。

相比起昨天的重获自由，今天外出转悠就没什么新鲜感了，林乐扬只绕着园区走了一圈便回了房间。

一连过去好几天，林乐扬还是不能出院，该检查的都检查了，整日躺在病床上没事干，医生却还说要观察一阵。

"到底有什么好观察的？"林乐扬垮着一张脸问刚来的吴旭，现在就连护士都懒得跟着他了。

吴旭说："再等等，再有一周……很快了，很快就能出院。"

林乐扬炸了："一周？！"

吴旭伸出双手往下压："淡定，淡定，记忆出现错乱可不是小事！这不得调查清楚……"

"别了吧，我摊牌了！我就是失忆！"林乐扬快疯了，"失忆总行吧？拜托让我远离这里，我这辈子都不想来医院了！"

吴旭打着哈哈："我和医生商量一下看看能不能提前出院。哎呀，你别这样半死不活的嘛，无聊了就玩会儿手机。"

"《连连看》我都要通关了。"

"你非要盯准了这一个游戏玩吗？"

说到这个，林乐扬更气了："手游怎么玩啊，和十年前都不是一个版本，一直死一直死烦死了！"

"你十年前玩游戏也菜啊，我看你还挺乐意玩的。"

林乐扬一翻被子把自己蒙住。

吴旭最近被迫回忆起十年前的很多事情，再加上有年龄的加持，林乐扬完全斗不过他。

过了一会儿，林乐扬从被子里爬出来，头发起了静电有几缕飞在头顶。

赵瑞宵进门就愣了："你俩搏斗来着？"

林乐扬郁闷地盘腿坐在床上："给我找点乐子。"

赵瑞宵："想恋爱了？"

还没等林乐扬反应，吴旭捏草莓的手一抖，大声咳嗽起来。

二人齐齐看向他。

"这草莓真酸啊。"吴旭连连摇头摆手。

赵瑞宵反应过来："我的意思是，你想谈场恋爱吗？"

林乐扬更不懂了："我说找点乐子，是说在这里待着太无聊了，根本没人和我说话！"

赵瑞宵点点头："所以你不想谈恋爱？"

林乐扬摸了摸下巴："你说我现在找十八岁的女生谈恋爱合适吗？"

赵瑞宵："的确不太合适。"

林乐扬认同地点头，婚姻大事还是交给二十八岁的他完成好了，自己现在还不急。

林乐扬今天彻底拆了绷带，再捂下去反而对伤口不好，袖口没了阻力不断往下滑，露出手臂时总能感到周围都静了。

林乐扬有些郁闷："到底我的手是怎么成这样的，你们就没一个人愿意讲？"

吴旭把这话接过来，完全不像之前那样支支吾吾："谁知道你发什么疯，当天下午还好好的，和我们聚完回家就联系不到人，还好赵瑞宵去你家找你，不然你的小命就交待了知道吗？"

林乐扬有气无力地抬头对着赵瑞宵就是一句："那谢谢噢。"

他不是傻的，能感觉到周围人都在瞒着他，谁见了他都是一副"我什么都知道但什么都不告诉你"的表情。

他的灵魂太年轻了，少年心性，总是想着既然没人肯告诉他答案，那就算了，他可以自己去找。

李川还是在假山后面，拿一张硬纸板当作垫板在透薄的白纸上涂涂画画。

林乐扬走过去，李川便十分自然地挪了位置，留大半块石头给他坐。

"你又在画画啊？"林乐扬歪过头看他的画，心里冒出一大串省略号。

好在李川很安静，从来不让他评价自己的画，不然他当真不知说点什么好。

过了一会儿，李川把纸翻了个面，转头看他："你什么时候出院？"

林乐扬撇撇嘴巴又止住了。他现在有意克制自己做不符合年龄的事情，然而这张脸给了他很大的便宜，露再稚嫩的神色也不算违和。

"还要很久？"李川问他。

"大概还要一周吧。"林乐扬丧气地垂下头。

在这里除了本就认识的吴旭和赵瑞宵，只有李川愿意和他这样平等地交流了。

李川说："他们不放心你。"

林乐扬抬起头："干吗说得你好像很清楚一样？"

李川勾了下嘴角，笑容太淡缺乏诚意："一般家里人不都会这样吗？"他的眸色很深，像常年照不进光的角落，不能细看。

林乐扬伸手挠了挠头，手腕再次暴露在空气中。

李川看着他的伤处，忽然伸手去碰，那结痂的地方弯弯曲曲横在脉搏处，像条丑陋的蜈蚣。

林乐扬没来由地身体一颤，连带疼麻了半截身。这完全是心理作用，伤口并不痛。

"这是怎么弄的？"李川开口询问。

林乐扬知道李川衣袖下掩藏着比自己更多的伤疤，这样的询问显然没必要。

林乐扬见过李川出入那条幽深的走廊，护士也多次提醒他不要和那里的病人过多接触。林乐扬最开始是打算听护士的话，可他实在太无聊了，李川又是这里唯一的"同龄人"，两个人会再次搭上话实属正常。

现在李川认真且专注地看着他手腕上的伤，语气明明很轻，却一下下敲击林乐扬的耳膜。

手腕处结痂的伤口被轻轻触碰，疼痒像条幼虫钻进最里层的皮肤。

林乐扬被那样直勾勾盯着，下意识地答道："我不知道……我不记得了。"

二十八岁的自己究竟为什么会想不开呢？

十八岁的自己之所以会来到这里是不是就是为了拯救这个时期的自己？

林乐扬在每个睡不着的夜晚盯着天花板，心底无数次地发问。所有人都不信他的话，所有人都在配合他过家家似的与他玩笑。

十八岁的自己到底能做点什么……

说实话，林乐扬也不是很清楚，他只晓得自己必须去寻找，要是想得到答案，就要找回他缺失的那段记忆，他必须这么做。他在半梦半醒间总能听到一个声音催促——要快一点找到，找答案，找到了，一切都会有解答。

李川对他的答案表现出某种沉默。

林乐扬看着李川，憋了许多天的情绪终于藏不住。

"你也听他们说了吧？"

少年还是看着他手腕上的伤疤，神色有不符合这个年纪的深沉与内敛，听出他话语中的情绪也只是抬眼问："他们说什么？"

"说来了趟医院顺便也把脑子摔坏了。"这种话林乐扬是不敢和吴旭他们说的，那帮人对他的伤太敏感了，可是李川不同，他们身上有相似的地方、相似的伤痕。

李川却微微皱起眉头。

通过这几天的相处，林乐扬发现李川的长相并不差，只是太瘦了，外加皮肤黑，显得整个人土里土气的，其实细看下来少年的眼窝深邃，鼻骨挺直，虽然是单眼皮，眼型却不狭窄，侧脸曲线分明，只要稍作打扮应该是很吸引女孩的那种盐系帅哥。比如现在，只一个眼神，他整个人的气场都变了。

似是不喜林乐扬这样说，李川停了两秒才开口："我没听别人说过。"

"反正也差不多。"林乐扬不服输地回嘴。

开玩笑，自己怎么能被一个小孩压住气场？尽管他这样做本身就很孩子气。

李川却没有和他争辩的意思，只是叙述事实："我没和医院的其他人交流过。"

林乐扬愣了下："你也是单人间？"

李川摇头："四个人。"

这回不等林乐扬讲话，李川先开口："他们不愿意和我说话。"

林乐扬闻言神色跟着软下来。

他时常爱心泛滥，平日里最爱做的就是捡一些小猫小狗回家，为此没少挨姐姐的训。父母总在无限包容他，反而是林若柳管他管得比较多，常常以长辈的口吻教育他。

林乐扬不由得用一种年长者的目光看李川，像看曾经他捡的小猫小狗。他在家里是需要被照顾的对象，还从来没有照顾过谁，眼前的这个少年便成了他第一个可以照顾的对象。

"他们为什么不愿意和你说话？"他侧过头，眼神清澈，映出少年的身影。他没有要一个回答，紧接着继续说，"我会和你说话。"

李川看着他："嗯，你愿意就够了。"

林乐扬忽然有种新奇的感受，这样有回应的对话使他很受用。

他不是一个耐得住寂寞的人，总是喜欢热热闹闹，但是偌大的医院里却找不到一个可以诉说的同伴。

林乐扬不由得庆幸不久前的一天看到李川半蹲在假石旁边涂涂画画，因为好奇他走过去，看到白纸上稚拙地涂出一片铅灰色的草地，歪歪扭扭画了一朵花。

好丑。

可他走近一步，只是这一步便让他们的距离拉近了。

林乐扬是喜欢画画的，直到高中后才放下画笔。

小时候父母给他报班，传统的素描速写他不愿意学，总是按照自己的心意乱涂乱画，老师说他是有天赋的，可这样单凭自己喜好的画画拿不到像样的成绩。

林乐扬不喜欢被框住，他和姐姐林若柳是完全相反的性格。小的时候还一度担心自己不是爸妈亲生的，在拉小提琴拉到邻居都投诉后，这个念头就翻涌着把年幼的他淹没，抱着琴就是一顿哭号。

事后，父母哭笑不得地安慰他："不学就不学，没人逼着你一定要学会，想做什么就做什么吧。"

林乐扬从小便无拘无束，所以到了高中，他真的不学画画了，家里也没一个人提出异议。

寻常人都会挣扎着想一想，好不容易坚持的事情就这么轻易放弃可以吗？林乐扬心里想的却是，自己又不是永远不画了，这是一个爱好，他没有给自己定目标，没有必须要达到哪一步，他觉得现在这样就很好，可以停下了，那么就停下。

高中的同学说他胸无大志，林乐扬就懒洋洋趴在课桌上，午后的阳光落在他的半边脸颊上，那么年轻，那么恣意，做什么都可以是无理由的，也可以被原谅。

他十分坦诚地讲："对啊，我就是没什么远大理想嘛。"

他说话都带着倦意，像墙角偷闲的大猫，还是卷毛的，连睫毛都卷翘盛着光，浅金色铺开，肩膀处却有一小块阴影，被窗檐挡着，像他一片自由自在的小天地。

那时候的林乐扬怎么也想不到，两年后的自己会这样狼狈，一睁开眼就到了十年后，要面对少了头发的友人，面对一无所知的自己以及谁都不肯告诉他的谜团。

到底有什么好瞒的？

林乐扬想不通，更想不通医院里的人为什么对李川那么不友好。

通过这几天的相处，他深深感觉李川是个很好的人，为人沉稳话少，愿意倾听，除了偶尔会用奇怪的目光盯着自己，简直是个完美无缺的伙伴。

晚上没有人来探病，林乐扬一个人孤单寂寞地捧着个苹果啃。

吴旭带过来的水果太多了，堆在房间里也是占地方，天气越来越热，放久了会坏，林乐扬干脆送来给查房的护士姐姐。

他私底下偷偷叫人家姐姐也不管人家乐不乐意。总之，拿人手短吃人嘴软，护士偶尔会给林乐扬透露点医院的事情。

比如半夜上厕所不要忽然照镜子，不能单独乘电梯去十八楼，不可以走在前面叫身后人的名字……

林乐扬根本不想在医院里听鬼故事，每一次都是兴致勃勃地听个开头，越听脸越垮，听到最后生无可恋。

他算是发现了，医院里的护士都喜欢逗着他玩，把他当作吉祥物一样。

只是偶尔他安静坐在那里不说话，她们便不会与他开玩笑了。

今天他盘腿坐在床上"咔嚓咔嚓"地吃苹果，护士过来查房说："我今天看你和李川一块回来了哦。"

"是的。"林乐扬表现得十分坦荡，大有种为兄弟挺身而出的义气，"有什么问题吗？"

护士摇摇头："没有，他这一次情绪很稳定，实在难得。"

"这一次？"林乐扬抓到重点，"他来过很多次吗？"

护士看了他一眼："嗯，也是常客了。"

护士走后，林乐扬把苹果核扔进垃圾桶，手指黏黏的，走进洗手间去洗手。

到底是病房，不开灯时阴森森的，他站在床前发了会儿呆，最终侧身躺倒在床上，伸手往床头摸手机，却摸到另一样东西，索性把长条形的盒子拿到手里翻看。病房在这时响起"咚咚"声。

他手一抖，脸差点再次遭殃。眼镜从盒子里滚出来，他从床上撑起身。

没人会敲他的门。

尤其是这个时间。

林乐扬咽咽口水："谁啊？"

门外的人说："是我，李川。"

林乐扬先愣了下，随后松口气："你进来吧，门没锁，吓我一跳……"

门被打开，李川站在门外看他："怎么不开灯？"

林乐扬这时才觉得房间里太暗了，起身想要开灯却被李川抢先一步。刺眼的白炽灯一下亮起，他有些睁不开眼。

"你怎么来了？"他好奇道。

"看你这里没开灯。"李川回答。

林乐扬怔怔地看着李川。

李川继续说："开玩笑的，我们病房里有人发病了被护士按在我床上，我没地方去。"

林乐扬将信将疑，但还是拍拍自己的床表示友好。

李川也不客气，直接坐上去，扬起头看他，尽管沉默却也乖顺。

林乐扬想了想，说："你吃水果吗？"

"不吃。"

气氛直接尴尬住。

两个人只在户外有接触，而且李川的话很少，常常是林乐扬先问了才简单答两句。

林乐扬忽然想到，问："哎，还没问过你究竟多大啊？"

李川看了他一眼，慢吞吞答道："2007 年的。"

林乐扬卡壳了："2007 年……是多大？"他被这个数字震慑到了。

李川微微别过头去："十九岁。"

林乐扬"哈哈"干笑两声："那我比你大了九岁。"

天知道他说这句话时心都在滴血。

"嗯。"李川讲，"我知道。"

林乐扬奇道："你怎么知道？"

李川一顿："病房里有人说你。"

"你下午还说医院里没人谈论我。"

李川坦然道："嗯，我撒谎的。"

林乐扬拿他没辙了，坐到少年旁边："你真不吃水果？"

"不……"李川刚讲一个字就咽回肚里，反过来问林乐扬，"你想我吃吗？"

林乐扬眨眨眼："想吃就吃呗，不用跟我不好意思。"

他以为李川腼腆。

李川不打算解释，眼看着林乐扬再次站起来去柜子里拿水果。

"有苹果、草莓，还有芒果，"林乐扬从柜子一边歪过头，"你吃什么？"

李川看着他："都可以。"

"那我都拿了，你能不能带回去一点啊？"

"不用，我不常吃。"李川说完，手边忽然摸到一个物件，低下头看清后拿起来。

林乐扬看到他手里的眼镜："啊……那个是我的，刚才不小心掉出来了。"

"你需要戴眼镜吗？"李川却不把眼镜递给他，虚握在手里问，"你应该不近视吧？"

"嗯，试着戴过一次，和不戴没什么差别。"

林乐扬把水果递到李川手里，这才发现少年连手掌都比他宽大。明明身体是一样的孱弱，少年的脸色看上去比他还要差，身高和骨架却完全碾压他。可这是天生的，林乐扬想支棱也支棱不起来。

"那就没必要戴眼镜。"作为交换，李川把眼镜递过去，头始终抬着，眼睛望向林乐扬，"你不戴眼镜更好看。"

林乐扬不是第一次挨夸，却是第一次被比自己年纪小这么多的人夸。前些天里李川的声音还是哑的，现在好了很多，说话声音低沉悦耳且十分有辨识度。

他有点不好意思。

"我是没打算再戴眼镜……是赵瑞宵拿来给我的。"林乐扬这时候觉得李川是天大的好人，简直什么事都想和他说，"我其实都不记得自己以前戴眼镜。"

李川忽然问："你之前也说不记得，是所有事都不记得了吗？"

林乐扬这次没急着开口。

李川察觉到他的目光："你不愿意和我说吗？"

一般人都会体谅地说不愿意就算了，他却不按套路出牌。

这让林乐扬想不说都难。

"也不是不愿意……如果我说我只有十八岁前的记忆你会信吗？"

李川回答："我信。"

他说得毫不犹豫，反而叫林乐扬不太相信。

这一回林乐扬学聪明了，没有说自己记忆错乱的事，只说："我少了整整十年的记忆，这你也信吗？"

李川看他摆弄手里的眼镜，手指扣住眼镜腿一点点挪动。这是林乐扬特有的小动作，一紧张就要抓住什么东西。

"我信。"李川说。

林乐扬却更加怀疑了。

李川说："作为交换，我可以讲我的事给你听。"

李川话说到这里，忽然拍了拍自己旁边的位置，像刚才林乐扬那样，招呼他过去坐。

这到底是谁的房间？

林乐扬有那么一秒的迟疑，但屁股首先背叛了他，坐到软软和和的床铺上。

"其实有些事我也不记得了。"李川说。

林乐扬转过头却发现李川一直盯着他，少年的双眸是很深的褐色，夜里更是透不进一丝光亮。

"我从医院醒过来以后拔了输液管闯到外面去，过了好一会儿才意识到他们喊的'李川'是我的名字。"

林乐扬不禁咽咽口水。

这可比他的经历刺激多了。

"过了几天我依稀想起一些事。"李川说到这儿却蹙起眉，一手按到另一边的手臂上。

林乐扬忽然想起他手臂上密集的划痕，联想到查房时护士所说的话。李川应该有过许多次自残行为，是医院的常客，每一次伤好之后就又回到这里。

"我的父母……"李川说到这里停顿一下，"他们在我初中时就离婚了，两个人推脱我的抚养权，最终我被判给了我妈，她再婚之后就不和我住在一块了，他们有个新家，今年又添了新的家庭成员。"

他很平静地讲述这一切，林乐扬却不能平静，小心翼翼看着他，并伸手拍了拍少年的脊背。李川真的好瘦，只是这样轻拍，都能感到他微微突起的脊柱。

林乐扬不知该如何回应，说不了安慰的话，不能说一切都会过去的。

他的家庭美满，父母和谐，姐姐也非常照顾他。李川简直是另外一个世界的，那个世界的夜晚比白昼要长很多，他一个人不知是怎么撑过来的。

李川说："我只记得这些了，其他的就想不起来。"

林乐扬怔了怔，李川又补充道："也不是完全记不得，但是很模糊。你也是这样吗？"

林乐扬摇摇头，终于鼓起勇气讲："虽然他们都说我是受到刺激失去了记忆，但我并不觉得我是失忆。"

他说完知道自己或许又要被嘲笑。

李川却看着他，神色沉静："怎么说？"

李川那副波澜不惊的模样给了林乐扬极大的鼓舞。

林乐扬忍不住凑近些，把人与人之间的安全距离模糊化，他喜欢用这种方式消除紧张感。

"因为我分明记得自己醒来之前还是十八岁，只是睡了一觉，睁开眼就到了这里，十年之后。"

李川说："嗯，我理解那是什么感觉，我差不多也是同样的感受。"

林乐扬简直要在尾椎骨上装一条尾巴狂甩，在这个鬼地方熬了这么多天终于有人懂他了！

"对啊！"他分外激动。

"虽然这个原理难以解释，但你看小说的吧？"林乐扬问。

李川犹豫道："我很少看。"

林乐扬震惊："现在的小孩都不看小说？那你平时做什么？冥想吗？"

李川决定跳过这一话题："你继续说吧，我能听懂。"

林乐扬给他"科普"："有些小说就是讲主人公一觉醒来世界都变了的你总该知道吧？"

"嗯。"

林乐扬伸手指向自己："我就是啊，我就是这种情况。"

李川观察林乐扬的表情，看样子是渴望他说点什么，思索片刻评价道："有点倒霉。"

"是很倒霉啊！"林乐扬咋咋呼呼，完全把李川当同龄人对待了，还去拍人家肩膀，也不管对方愿不愿意让他拍，"你说二十八岁的我现在会不会也回到了十年前？"

"……我不知道。"

林乐扬忽然松开手，认真盯着他："你不信我对吗？"

林乐扬的睫毛天然卷翘，把一双眼睛衬得分外生动，稍作点委屈的神情就能让人心软。他最擅长在家里对着父母示弱讨好，平日里也爱占这点长相上的便宜。长大后的他，因为这具消瘦的身体，平添几分病弱感。

李川晃了下神，开口道："我没有说不信，只是信息量太大了需要消化。"

"不信就不信吧，不用撒谎，他们都不信我。"林乐扬把身子撤回来，似乎才想起自己现在的年纪，不好意思地干咳一声。

"所以你的实际年龄是十八岁，那你比我还要小一岁。"

林乐扬寻思一会儿，怎么想怎么不对："不对吧？再怎么说我都比你早出生九年，我十八岁的时候，你才九岁。"

李川："……"

林乐扬见李川的表情古怪，忍不住逗弄道："我比你大这么多，你应该叫我一声哥才对。"

李川看着他："你很想我叫吗？"

"干吗说得像我求你一样，这不是事实吗？"林乐扬玩心大了起来。

李川："哥。"

林乐扬："……"

李川叫得过于自然流畅，林乐扬完全没有占到便宜的爽快感。

李川又问："那你记得自己来之前在做什么？"

"在熬夜看小说。"林乐扬说到这里不太好意思，随即想起来，"第二天我就该去学校报到了。"

"是开学的前一天？"

"嗯，大学开学前一天，这么一说我还没上过大学呢。"林乐扬更难过了，但很快他又振作起来，"不过只要把记忆找回来就行了。"

李川稍作沉默："你想要怎么找回来？"

"目前还不是很清楚，但有一点可以肯定——"林乐扬说得信誓旦旦，"首先要找到我自残的理由！"

病房里忽然静了一瞬，那种静谧不是错觉，但因为过于短暂就被忽略掉了。

李川的目光再一次落到林乐扬的手腕上，那道丑陋的疤痕即便再过去几个月也还是会留下蜿蜒的痕迹。他不该用那种复杂的眼神看林乐扬，说到底他们是一样的。

林乐扬的心脏没来由地一阵紧缩，疼痛便从手腕处传来。

他常常有这样虚假的疼痛感，喝水的时候会握不住水杯掉在地上，苹果吃了一半也会因颤抖而拿不稳。他不敢和林若柳他们讲，怕自己再在医院里待上一个月。

他不喜欢这里，就像现在他不喜欢李川看他的眼神一样。

"我不知道二十八岁的自己为什么想不通……或许他不想，可是这里，"林乐扬主动把伤口摊开在少年的眼前，现在也在隐隐作痛着，是心理作用——

"我想知道自己为什么这么做。"

李川看着那道伤，最终什么话都没说出来。

值班的护士已经回到岗位上，见到李川从 406 病房出来时，她愣了愣，正犹豫说些什么，李川却已经往那条黑洞似的走廊走去。

这里是精神科，在这里养病的自然也是些精神有问题的人，一般来讲，这样的人是不可以随便出入走动的。

但李川本人更特殊一点。抑郁症和躁郁症本来就无法根治，只能靠吃药缓解，平日里不发病也是个正常人，因此除非有特殊情况不然不会选择住院。

李川是这个月第二次进医院了，他那个长相漂亮的妈来过医院一回，这样的事情大大小小不下十次，女人从一开始的惊慌失措到现在的淡定从容，甩给医院一笔钱，随便问问人死了没，没死就治吧，然后原本奄奄一息的人躺医院养一个月又活蹦乱跳了。

她这话倒也说得没错，每一次李川都挺过来了，他生命力旺盛，和打不死的小强一样。这层楼的护士几乎都认识他……

这一次李川醒过来状态稳定了许多，不自残也没故意弄伤他人，在被绑住手脚时没有剧烈挣扎，护士喂给他药，他还说自己能吃。当然，没人敢信他。

这样过了几天，大家发现他是真的在配合治疗。有年轻一点只见过他一两次的护士问："你这次怎么这么老实？"

"因为有了个好朋友。"他这样回答。

护士也听说他刚醒时跑了出去，把医生吓坏了，生怕他再闹出什么乱子来。好在找了半天人后，他自己回来了，被按在床上也没说什么，只是简单问了两个问题。

"你那天跑出去看到什么了？"护士有些好奇。

李川被固定在床上，眼睛看着天花板："什么都没看到。"

护士当他不想回答，挂好吊瓶就走了。

总之李川现在的情况非常稳定，随时出院都没问题，护士也不会闲得没事限制他的自由。

李川回到属于自己的四人间，最外围病床上的男人忽然说话："你又去看新朋友了。"

李川微微皱眉，没有搭理，径直往自己的床铺走。

那男人却按着床位的栏杆，歪过身子和头："你总是在看他。"

李川依旧不理，看了眼时间，从抽屉里拿出用白纸包叠的药粒。

"你最近太听话了。"男人还在说，"为了见他连这种毒药都肯吃。"

李川终于肯把目光落在男人身上。男人脸上带着笑，嘴角渗出口水。

李川将药放进嘴里，苦涩瞬间布满整个口腔，紧接着喝水，那味道冲淡了。他手里拿着临走时林乐扬硬塞给他的草莓，个头不大，咬下去微微泛酸而后越品越甜。

李川认认真真吃下去，吞咽下去，冷淡的声音从病房里响起："嗯，因为他是我的朋友。"

林乐扬在做梦。

梦里所有的画面都像蒙上一页硫酸纸，他拼命睁大眼睛想要看得更清晰，视线里仍旧是模糊的一团，连带走路都摇晃。

有人叫他的名字，从远到近，一点点朝他走来。

他回过头，走廊上人来人往，笑声、吵嚷声，最终归为同一种寂静，电流一般穿透他的脑海，耳鸣持续两三秒钟。

紧接着，听到赵瑞宵的声音："好了，先去教室，这学期刚开的新课，怎么也不能迟到吧？"

而后是他自己的声音："太好了，我正愁不知道该往哪边走！"

"……"

对方又说了一句什么，这一次没能听清。

梦里林乐扬有些不满地讲："就不能叫点好听的吗？"

到底说了什么？

他头晕得厉害，模糊的画面投映在视网膜上，一阶一阶的楼梯往上，最终在一扇半开半合的大门前停住。

赵瑞宵"哎"一声。

林乐扬忽然抱住脑袋，抱怨道："打人不打头！"

上课的铃声响起，林乐扬在瞬间惊醒。

夜色还深，月光顺着菱形的铁栏投射进来，扭曲地映在白被单上。他坐起身摸了摸后颈，手指冰凉，冷得他一个哆嗦，身上却冒了不少汗，瞬间感觉口干舌燥，目光茫然地寻顾起四周。

不是他的房间。

当然不会是他的房间。

他手里抓着那把长至颈后的头发，慢吞吞挪动身子去够床头柜上的水杯。

这里是十年后，他现在二十八岁。

几口水下肚，思绪渐渐回笼，这么一小会儿的工夫林乐扬已经要把梦的内容忘光，依稀记得自己梦到一所学校的走廊，梦到了赵瑞宵……所以是他上大学之后的事情？

他躺下身，眼皮渐渐重了，很快便沉入梦乡，梦还在继续，这一次绵长至极。

林乐扬在早上八点准时醒过来，医生例行公事来过问他的情况。

"现在感觉怎么样？"

林乐扬老老实实答了，而后突然想到什么，说："我做梦了。"

医生："哦？梦到什么了？"

林乐扬吞了吞口水，连跟在一旁的护士都不由得看他。

他说："我忘了。"

医生："……"

医生低下头在病历本上画了一笔："嗯……身体有什么不舒服的地方吗？"

林乐扬："那倒是没有，能跑能跳，所以我什么时候出院？"

"这要问你家属。"医生看他一眼，经过这两周的相处已经很熟悉，半是调侃地说道，"这里待遇不好吗？这可是单人间。"

林乐扬说："可是伙食太难吃了。"

医生："……"

旁边护士偷偷笑起来。

医生干咳一声："那是营养餐。"

"你看我现在像补充够营养的样子吗？"林乐扬说着举起自己略显纤细的手腕。

医生无话可说，面带着慈祥的笑容："既然没事就休息吧，不打扰你了。"

"哎，别……"林乐扬眼看着护士把门带上，深深叹了口气，"陪我多说说话也行啊，再待下去真的要疯了。"

好在这天是周末，吴旭和赵瑞宵又是一起来。

林乐扬问："你们怎么总是一起来？"

"约好的啊。"吴旭答道。

林乐扬的目光在两人之间停留片刻，冷不丁来了一句："你们关系真好。"

另外两个人都呈现出不同程度上的沉默。

还是赵瑞宵打破这段诡异的寂静，给林乐扬递过去一杯橙汁："我们确实关系不错，上大学时就见过，算下来也有五六年了。"

"噢，对哦，还没问过你俩是怎么认识的。"林乐扬说。

赵瑞宵笑了下："不是你介绍的吗？"

吴旭在一旁表情复杂道："也不能说是介绍吧……哎，反正就那么回事，吃了顿饭就认识了。"他放弃其他形容。

赵瑞宵一说到大学，林乐扬忽然想起来："对了，我昨晚做梦还梦到你了。"

赵瑞宵一愣："梦到什么？"

"具体的记不清了，只记得在学校走廊里，我不认识路，正好碰见你，和你一块去教室。"

林乐扬还在思索，其他两个人的脸色都不妙起来。

"你记起来了？"赵瑞宵问。

林乐扬抬起头："不，没有……"那段记忆太过稀疏平常，没什么值得挖掘的地方，"你们这么紧张干什么？我什么都没记起来啊，而且我根本就不是、不是……"不是失忆。

他说不出口。

之前他一遍遍向别人诉说，到头来只有李川相信他，只有李川……啊！等等！

林乐扬一下从床上蹿起来，把吴旭和赵瑞宵吓了一跳。

"现在几点了？"林乐扬一边问一边找手机想要看时间。

"两点多……你在干什么？"

林乐扬抬起头："我想下楼一趟。"

事实上，林乐扬也不晓得李川今天在不在假山后面，反正每次去少年都在，让林乐扬不禁怀疑他是不是特意在等自己。

他慌忙去卫生间收拾仪表，吴旭有些无语地说："你不是很着急吗？"

林乐扬一本正经："那也要以整洁的面貌出去，不然是对别人的不礼貌！"

"你哪里来这么多鬼扯的逻辑……也对，你上学时候是挺爱臭美的，夹板用得比女生都勤快。"

林乐扬一边拢头发一边反驳："我用夹板是因为我自然卷啊，每次洗完头头发都炸。"

"好了好了，你快点吧。"吴旭状似不经意地问道，"你下楼去见谁？"

林乐扬说："一个小孩。"

吴旭满脑袋问号："不是吧，你在医院里都无聊到这种程度了？"

"那要怪谁，是你们不让我出院。"林乐扬看过去，"而且也不是真的小孩，不是你想的那样，我不是要去儿科找人！"

吴旭仍然抱有怀疑："用我俩跟着你去不？"

这回换作林乐扬迷惑："你们两个跟着我，更像要去揍人。"

吴旭："……"

这也不能怪林乐扬乱说，这两人从来都一身正装。

吴旭："那行，反正我俩也要走了，跟你一块下去。"

林乐扬警告道："不要跟着我。"

"放心好了，没那个闲工夫。"

林乐扬这才安心。

在医院的大门口和两个人道别，林乐扬转身往后园区走。

吴旭和赵瑞宵站在一块。

吴旭说："跟不跟？"

"还是别了吧，被乐扬发现就糟了。"赵瑞宵回答。

吴旭沉默片刻："说得也是，走吧，还有他说他做梦的事……"

"回去我会和林姐说的。"赵瑞宵接道。

吴旭看着他，忽然哼笑一声："好吧，你去和她说。"

林乐扬过去的时候李川果然在，手里还是那两样东西，纸板和纸，只不过这一次纸张上仅仅简单涂了两笔。

看到林乐扬，李川既没有表现出激动也没有不欢迎，照例挪了位置给他。

他们并没有约定这一天要见面，林乐扬却不由自主地抱歉起来："刚刚朋友来看我……"

"嗯。"李川应了一声，忽然朝他招了下手。

林乐扬按照意思走过去，李川端详他一阵才问："你跑这么急做什么？"

林乐扬也说不上，好在少年并没有要他给出答案，问完后又把目光转回到自己手中的纸笔上。他凑过去想看清李川究竟在画什么。

李川却把纸撤开一些，明知故问道："怎么了？"

林乐扬看到白纸上歪歪扭扭四不像的画作没有点破，直接转移话题道："我在想你这样应该有不少女生喜欢吧。"

李川抬起头看他："为什么这么想？"

林乐扬伸出手细数："温柔、体贴。"

李川随他的移动而转移视线，目光扫过林乐扬又看向更远的地方："我不温柔也不体贴。"说着微微勾了下嘴角，带着似笑非笑的神情看他，"事实是学校里的女生都讨厌我。"

林乐扬不解道："为什么？"

李川转过头，看墙角的石头，阴暗潮湿的角落里，石头上长了青色的苔藓。

"可能是我太孤僻了吧，话少不讨人喜欢。"

林乐扬神色犹豫间，把自己的手搭在少年的肩膀上，故作义气地拍了拍。

"我觉得你挺好相处的，不用管别人怎么想，做你自己就好了。"

李川眼底的笑意更深了，包括嘴角也弯起来："好的，我会的。"

林乐扬这才反应过来："你是不是乱说的？"

"不是，我没有乱说。"李川耸了耸肩膀，"不过我也不在乎他们怎么看我。"

林乐扬这下分辨不出他说话是真是假。

最近天气越来越热了，即便是假山后面都难免被阳光照耀。

林乐扬本身就有些怕热，尤其是十年后的现在，这具身体更加体弱多病，还不到六月就热得一直流汗。

"你每天来这里不会中暑吗？"林乐扬不由得问道。

李川刚想摇头，看他擦汗的动作又改口道："是有点热。"

林乐扬于是说："如果你不想一直待在房间，下次可以来找我，反正我也是一个人待着很无聊。"

李川看向他。

"好。"

林乐扬差点忘了打探消息这档子事。

这也不能全怪他，平日里出门总是下午，这个时间段出现在外面的都是些小年轻，会八卦的也会尽可能控制音量，不让别人听到。

只有上年纪的老人喜欢扎堆大声讨论，而他们通常出没于早间六七点钟。

至于林乐扬是怎么想起这件事的，主要还是这些天气温逐渐增高，一到中午大太阳一照，他就没什么精神迈出门，再加上李川的到访，他就更没理由往外走了。可是身体状况摆在那儿，整天躺着迟早要把人躺废，他又是个惜命的，只好把锻炼身体的时间挪到早上，定闹铃去晨跑透透气。

这一出门不要紧，天只是微微亮，一群大爷大妈就在外面活动了，抻腿的抻腿，练拳的练拳，八十八岁的大爷体格都比他健壮。

林乐扬被这场面深深震慑住了。

如此溜达了一两天，他逐渐融入在这帮大爷大妈当中，从园区熟门熟路地慢跑一圈，期间能听到各种八卦，比如有个病房的病人连夜逃回家，护士早上查房发现连人带铺都不见了，问为什么要把铺也卷走，说是以为花了钱就是自己的了；再比如妇产科有个妈妈上厕所的时候把孩子生下来了，第二天就能下床溜达了；还比如二栋四楼又有人闹自杀，折腾到半夜三点多，闹得动静可大了……

林乐扬听着听着狠狠一抖身，下一秒一道声音钻进耳朵中。

"那栋楼的四层是不是不太吉利啊？"

亭子里有两三个老太太，一边抻腿压腰一边讲着话。

"哎，别说。"有人打断说话的老太太，"我听说还有个小伙子因为和朋友闹矛盾，也是想不开，就……"

"啊？就那么想不开？"

"可不是，进来的时候还一直喊人家的名字，结果人家没来见过一面，也是造孽了，听说一醒来就把什么事都给忘了，现在变傻子了。"

林乐扬的步子慢慢放缓了，还在想那傻子是谁。

"你这么一说我就知道了，是住 406 的那个不？留了头发看背影还以为是个姑娘！"

"哎，对对。"

林乐扬整个人都麻了。

406。

406……

那不是他的病房号吗？！

林乐扬从今天清晨开始整个人都呆呆的。

吴旭来的时候给他带了个好消息，说他两天后就可以出院了。

林乐扬并没有因此而兴奋。

赵瑞宵看出他的不对劲，问他怎么了。

林乐扬一脸沉重地指了指自己，手还在止不住地颤，半天说不出一句话。

"到底怎么了？你找小朋友玩结果他拒绝你了？"吴旭瞎猜，至今没见过林乐扬口中的"小孩"。

"我……"林乐扬的表情复杂，终于艰难说出口，"到底怎么回事？"

寂静。

房间里一片寂静。

直到赵瑞宵说："这要问你自己，不过你怎么突然这么说？"

"我会为了朋友做出这种事吗？我……"林乐扬还是难以置信。

赵瑞宵和吴旭对视一眼，赵瑞宵说："乐扬，你先冷静一下。好端端的为什么这么说？你是想起什么了吗？"

林乐扬见两个人的反应，知道这事肯定是真的没跑了。他摇摇头目光呆滞："我什么都没想起来，别让我想起来，求求了。"

赵瑞宵："……"

吴旭："……"

林乐扬还沉浸在自己情绪里："搞了半天原来我就是那个傻子。"

吴旭忍不住说："就算不出这事，你也没多聪明啊。"

赵瑞宵："你也少说两句，让他自己缓缓。"

中午两个人都没走，点了外卖，当着林乐扬的面吃。

林乐扬还在早上的重创中缓不过来，看两个人一手捧一个饭盒吃得贼香更心梗了。

"你们是不是人啊？"他问。

吴旭一边往嘴里塞饭一边说："那你不是不能吃荤吃辣嘛，上次偷偷给你带饭，你又吐又闹肚子的，你姐知道差点扒我一层皮。"

林乐扬郁闷极了。

赵瑞宵适时开口："现在可以说了吗？怎么突然想起问这种事？"

林乐扬叹口气把早上发生的事一五一十地说出来。

吴旭还在吃饭，听到一半剧烈咳嗽起来。

赵瑞宵面不改色地问他："你怎么了？"

吴旭憋红了一张脸："辣椒呛、呛嗓子眼了。"

赵瑞宵微笑："要么抠出来要么咽下去。"

林乐扬手撑着下巴："所以他们说我为了一个人割了手腕是什么意思？"

吴旭张口就来："你别听他们胡说八道……"

赵瑞宵却忽然插进来一句："如果他们说的是事实呢？"

林乐扬张了张嘴巴："……我真的有这么看不开？"

赵瑞宵看着他："这个不能问我们，要问你自己。"

林乐扬表情怔怔道："我是为了别人而自残的，你们既然知道为什么不告诉我？"

"告诉你了万一你又去找那人怎么办？"赵瑞宵越说越认真，直直看向他，"乐扬，别再做傻事了，你姐姐真的很担心你。"

手腕处一直传来火燎似的疼痛，林乐扬完全没有办法相信，二十八岁的自己竟然为了一个人而自杀……

"我大概捋一捋啊。意思就是说我和一个朋友，就像咱们一样，但是现在那人和我闹矛盾了，一直在躲着我，我就想不开自杀了？"

林乐扬说完自己都觉得荒谬，可对面二人的表现让他不得不相信这就是事实。

赵瑞宵沉默两秒，点了点头。

"那我姐知不知道这事，我爸妈知不知道？"

"……林姐知道。"

"我爸我妈不知道？那还好，千万别和他们说。"林乐扬把自己瘫在桌上，"我现在有点乱……"

"不要想了，既然你已经忘记了。"赵瑞宵垂下眼，"你姐想要你现在好好的。"

吴旭表现出少有的寡言，直到最后他也跟着说："想不起来就不要想了。你现在一天到晚不是挺开心的吗？还和人家小孩交朋友了。"

林乐扬有好一段时间都沉浸在自己的情绪里，想不通这十年究竟发生了什么，竟然可以让他发生如此大的改变……现在他自残的原因找到了，却完全高兴不起来。

林乐扬像踩在一团团柔雾似的棉花上，每迈出一步都踏空。赵瑞宵说的、吴旭说的，包括今早从别人口中听到的，都没让他产生足以撼动情绪的痛感，按理说他愿意为了对方去死，那理应是很好的朋友才是……可只有手腕在痛，那是割腕后留下的后遗症，他总是产生幻觉，以为自己很痛。

不过有一点他很清楚。

"你们放心，我不会去找那个人了，既然不想见我，我为什么还要去自讨苦吃？"林乐扬从桌子上爬起来，头发有些乱，目光却坚定，无知亦无惧，"而且我连那人的名字都不知道，你们也不要告诉我，是二十八岁的我的朋友，又不是十八岁的我。"

他话音刚落，房门处传来"吱呀"的响动。

林乐扬听到声音转过头去，只见李川站在门外，一手搭在门把上，神色依旧冷漠，视线淡淡扫过房间里另外两个人："门没有关严，说话很容易被外面听见的。"

林乐扬瞬间羞耻到耳后泛红，祈祷自己刚才和赵瑞宵的对话没有被听到。

这也太逊了！

李川无视房间里的两个人，直接朝林乐扬走去。

吴旭问："这就是你说的小孩？我还以为真的是小孩……"

林乐扬忙打眼色叫吴旭别说了，可惜吴旭还是说完了。

他现在更想把自己埋了。

李川倒是无所谓，朝两个人点点头，报了自己的名字："我叫李川。"

吴旭上下打量他，林乐扬一时不知该看向哪里，也跟着看他。

李川比初见时状态好了很多，一方面积极配合治疗，另一方面医院食堂无论多难吃的饭菜只要打了一份他就会全部吃干净。这一点连查房的护士都敬佩，出于好心提醒过实在难以下咽不勉强自己也没关系。李川的回答只是："我需要把身体调整到健康状态。"

他看起来就是很普通的住院病人，除了更加年轻，没有其他特殊的地方。

"行，那你们俩聊，我们就先走了。"吴旭拉着赵瑞宵的一条胳膊，看样子是有什么急事，转头问林乐扬，"你……没问题吧？"

"我有什么问题？"林乐扬嘴硬道，实际上心里还是一团乱，答案虽然找到了却不是他所想的那般复杂。

临走时，赵瑞宵和林乐扬说了声再见。

林乐扬回了一句再见，男人忽然弯起嘴角朝他笑一下，神色很温柔也内敛，有林乐扬读不懂的情绪。

两个人走后，房间归于安静。

林乐扬让了让位置给李川坐，李川也毫不客气地坐到他床上。

"你刚刚是不是听到了？"他问李川。

"你是指什么？"李川很平静地讲，"是说你为了朋友自杀吗？"

林乐扬弱弱辩解道："我也不记得怎么回事。"

"是吗？"李川看着他，"不记得就不记得吧。"

林乐扬更尴尬了，试图辩解："你也知道，我不属于这里。"

他是不怕和李川这样说话的，因为不管他讲得多么离谱，李川都会接受。

林乐扬有时候搞不清李川是接受了这些荒诞的事情，还是单纯地接受他。

"嗯，所以你什么都不知道，那些事也不是现在的你做的。"李川说，"他们说得对，现在这样就很好。"

林乐扬说："你果然都听到了。"

李川坦然地点头："大部分都听见了。"

林乐扬有些震惊："你这算偷听吧？"

"那你要把我抓起来吗？"李川问。

林乐扬哑声道："……下次你要是来了就直接进门，干吗一直站在外面？"

李川说："知道了。"

林乐扬又觉得李川很听话，说不出什么重话来。他极少生气发脾气，更何况也没有真的把自己当作年长者，从上往下地俯视李川。他们在一块，多数情况下是以平等身份相互交流的。

过了一会儿，李川把一个苹果拿在手里问林乐扬："要吃吗？"

林乐扬虽然蔫蔫的，但还是强撑作大人的模样："我不吃，你自己吃吧。"

李川试着用劲儿掰开苹果，试了两次，双臂都跟着抖还是没掰开。

林乐扬见了，暂时把自己的纠结放到一边，一手按住他的肩膀，安慰道："不行咱就别勉强了。"

李川闻言更用力地去掰自己手里的苹果。

半晌，他垂下眼讲："我之前不是这样的。"

林乐扬非常少有地在李川的神色中找到属于少年的那部分，感受到李川是含着情绪有些郁闷赌气地讲出这句话。

于是，他分外义气地拍拍李川的后背："没关系，以后我的午饭分你一半，保准你体格健壮一个打仨。"

李川斜了他一眼："我现在也可以。"

林乐扬张嘴就来："吹牛吧？"

李川忽然朝他笑，这本来就是极少见的事，接下来说的话更新鲜："试一试不就知道了吗？"

他不解地看着李川："怎么试？"

李川的手扣在他的手腕上，微一抿嘴，苹果不知何时掰开了，只是横切面不太美观，李川把小的那一块塞到他嘴里。

林乐扬不解。

李川别开头说："算了，你还什么都不懂。"

"怎么说？你说明白一点。"林乐扬咬下那块苹果，嘴巴里泛着丝丝的甜。

李川像是预料到他要这么做，伸手接住掉下的那块，抬头看他。

林乐扬不太好意思地讲："你干吗忽然给我……"

林乐扬伸手把苹果拿过来，两个人的手碰在一块，手上都是汁水。

"是我的错。"李川熟练地抽出几张纸递到林乐扬手里，"吃完再说话，不着急，别呛到。"

林乐扬："……"

到底谁才是二十八岁，谁才是十九岁？

林乐扬想自己十八岁的时候都没有李川这样周到。人和人之间真的不能比较，或许是家庭原因，李川的种种表现都分外早熟；还是家庭的原因，林乐扬被父母娇惯长大，所幸家教良好没有长歪。

李川去洗手间洗手，林乐扬躺在床上看着天花板放空思绪。

找回记忆的方法没有找到，反而在十年后的现在得知自己为一个人要死要活……他翻了个身侧躺着，心里想这也太滑稽了，不管是什么样的人都不值得他这么做，十年后的自己是疯了吗？

李川从洗手间出来，两只手都还在滴水，袖口挽在臂弯上。林乐扬轻易看到他手臂上细细密密结痂的伤疤，有一些已经脱落，留下浅白的痕迹。

不知怎的，林乐扬开口询问："你也想死吗？"

他不该问的，说出口就后悔了，连忙起身想要补救。

但是李川回答了。

他重新坐回林乐扬面前，看着林乐扬分外认真地摇头说："我想要活着。"

林乐扬表情一怔，那句"对不起"就要脱口而出，却被李川拦住了，少年伸出手触到他的头发："我托护士从外面带了皮筋，是新的，没有用过，可以给你扎头发吗？"

林乐扬心里有歉疚，想都不想就点头了，任由李川摆弄他的头发。

李川熟练地梳起一个小鬏鬏。

李川的手法很轻柔，把那根淡粉色的头绳绑好看了看，说："很适合你。"

"不会像女生吗？今早我还听别人说我长头发像个姑娘。"林乐扬露出茫然的神色。他常常如此，自从来到这个陌生的地方，神色里总透出易折的脆弱，让人不禁用更温柔更轻盈的方式对待。

李川端详他的脸庞，手指还缠在他的头发上，不动声色地问："那要把头发剪掉吗？"

林乐扬怔了一瞬，说来也古怪，这样微长的头发确实碍事，打理起来也更费时间，但他好像从没想过要剪头发。

"还是不要了吧。"林乐扬说，"头发不是我留的，我不知道他想不想剪。"

他语焉不详，李川却完全明白他的意思。

"十年前的你和十年后的你本来就是一个人，你的想法就是他的想法，没什么好犹豫不决的。"

林乐扬思考片刻还是摇摇头："算了，我一点都不清楚二十八岁的我是什么想法，连他和什么人交了朋友都不知道……"他说到这儿捂住嘴巴闭了口，抬眼看李川。

"'交友不慎'没什么好羞于说出口的，不是吗乐扬哥？"李川忽然盯准他说话。

这是以前从来没有过的，林乐扬一时间有点蒙。

为什么忽然叫他"哥"？

"你为什么不想承认自己交友不慎？"李川问。

"也、也不是。"

"是觉得自己这样很丢人吗？"

林乐扬摇摇头，没有，不是那样的，他只是不能理解，而且隐约觉得事情不是这样……

那是哪样呢？

李川忽然笑了，他笑起来是有点痞帅的，把这一身病服换掉应该是很朝气的大学生。

"那就好了，你不觉得丢人就好。"李川落下笑，眼底的情绪却是沉静的，"就让它过去吧，不要再想了。"

"交朋友没什么的，但是最好别为此想不开。"林乐扬由衷说道。

李川的笑容一僵，意味深长地看了林乐扬一眼："好的，我不会。"

紧接着，他又说："乐扬哥。"

"嗯？"林乐扬扬起脑袋。

"不要被别人骗了。"

林乐扬以为他在说交朋友那档事："不会的，我现在很清醒，活着多好啊，如果可以我愿意活到一百零八岁！"

林乐扬还是没办法不在意李川手腕上的伤，尽管李川已经表明自己并不想死，但他控制不住去看那些斑驳的痕迹，光是手腕上那一道伤他就已经很痛了，李川应该比他更加痛。

"那我活到九十九岁好了。"少年忽然说。

林乐扬抬起头，看李川嘴角带着温和的笑意，连带询问他："可以吗？"

为什么是九十九岁，林乐扬没有问，总不能是因为他们之间差了这九岁吧，想一想都觉得荒谬。他们两个人认识还不到一个月，远没有那么深的羁绊。

"可以啊。"但是他回答了，还伸出手和少年拉钩。

能活着当然是最好的。

不要想着去死也不要疼痛。

赵瑞宵和吴旭走后并没有着急走，反而是徒步下楼梯到二楼就吵了起来。

"你还有没有点良心？！"吴旭愤怒地一甩手。

赵瑞宵早就预料到一般退后一步："你冷静一点。"

"我冷静？我当然冷静，疯的是你。"吴旭冷冷道。

"不然要怎么办？"赵瑞宵看着他，"告诉他真相，看他在我们眼前再死一次？"

吴旭在一旁喘着粗气："但是你不能……"

"没有什么不能够的。"赵瑞宵说，"你不能理解对吗？但是季挽柯可以。"

吴旭露出难以置信的神情："怎么可能？"

"当然可能，因为我们就是这样的人，不然怎么会走到一起成为朋友？"赵瑞宵的半边脸陷在阴影里，"只要乐扬能够不痛苦，自然什么都能做，之后的事你不用管，话既然是我说的，我会圆回来。"

吴旭沉默半晌："还要一起行动吗？"

"不然呢？万一信息对不上穿帮了，乐扬就会怀疑，他现在本来就很敏感了。"

"我知道了。"吴旭回答，"但不代表我赞成你的做法，万一他想起来……"

"那他会恨我。"赵瑞宵微微勾了嘴角，是笑着却也带着歉意，"没关系，这是我早预料过的结果。"

吴旭叹口气："这么做真的对吗？我总觉得我们……"

"我有时候也在想，万一真如乐扬所说的那样他其实才十八岁呢？是不是告诉他比较好，这样就可以避免那些事情发生。"赵瑞宵说，"可他即便是十八岁，那也是属于他自己的人生，今后要发生的事、要遇到的人，我们左右了，真的就会是更好的走向吗？"

走廊里一片阴冷，吴旭没有说话。

他们都知道，如果真的能回到过去，十八岁的林乐扬要面对的是什么。

"对了，我明天就要出院了。"第二天下午，林乐扬忽然想起来。

自他住院到现在，林若柳只有在他清醒那天来看望过，之后都是电话联系。这样冷淡的交流令林乐扬不适极了，可一想到明天能回家，他还是开心极了。

李川将手里劣质的"画板"放到一边："等你出院以后我们还能见面吗？"

林乐扬说："当然可以啊。我爸妈都不在，姐姐好像有工作要忙，家里应该就我一个人，无聊得很，我有时间就去找你，你找我也行。"

李川点点头："那作为留念，帮我画幅画吧。"

林乐扬怎么都没想到少年会提这样的要求，直到李川把纸和笔递过去，他才说："要画什么？"

"随便什么都可以，我想留着当作纪念。"

林乐扬眨眨眼："那你要给我留什么纪念？"

李川愣了下，直言："我画画很难看。"

林乐扬："……"原来你也知道。

"唱歌可以吗？"李川坐下来，坐在床尾处安静看着他，"想唱首歌给你听。"

"好啊。"林乐扬笑眯眯地接受了。

尽管来到这里后发生了一系列糟糕的事情，但他也交到了一个很好的朋友。

李川给他的感觉实在很特殊。

笔尖在纸张上轻轻滑动，林乐扬低着头画几笔就要抬头看看李川。李川好像猜到他在画什么，没有动作，只是张口唱歌。

"如果没有遇见你，我将会是在哪里……"

李川开口的第一句就很惊艳，他的嗓音很沉，唱邓丽君的歌别有一番韵味，而且林乐扬没想到他竟然唱这么久以前的老歌，还以为会唱最近的流行歌曲。

林乐扬一边画，一边轻轻跟着唱："如果有那么一天，你说即将要离去……我不能只依靠片片回忆活下去，任时光匆匆流去，我只在乎你。"

他五音不全，只能跟着李川小声地唱几句，渐渐声音隐没，只专注画着眼下的画。

他没想到自己的速写已经这么生疏了，怎么画都不满意，只好翻了面，抬头不好意思地朝李川笑一笑："再等一下，我重新画一张。"

"你画画很好看。"李川还没看到就已经这么说，"画成什么样都是好看的。"

"不要盲目夸奖我。"林乐扬一边嘟囔一边改画，碳素笔能改的地方实在有限，但这种地方给他们要用美工刀削的铅笔是不可能的，"我不吃这一套。"

"是吗？"

"是……"

林乐扬抬起头却见李川略带笑意地看着自己，比起他们初见时少了许多戾气，不再是心事重重的模样。

　　林乐扬意识到李川唱完了，连忙鼓起掌："你唱歌真好听。"

　　"林乐扬。"李川忽然叫他。

　　林乐扬看向他，他又改口："乐扬哥。"

　　"怎么？"

　　"你要是想听我唱歌，我可以随时打电话唱给你听。"

　　林乐扬不知道他是开玩笑还是认真的，犹豫一下说："那好。"

　　李川见林乐扬没听明白，继续说："我想要你的电话号码。"

　　林乐扬豁然开朗："你直说不就好了？一会儿我给你打电话，我也不知道我电话号是多少。"

　　李川抿了下唇，忽而叹了口气。

　　林乐扬想得很简单，有什么事直说就好了，拐弯抹角的全靠猜未免太累人了。

　　画完之后，林乐扬怎么看怎么不满意，但也只能递出去："说好的不许嫌弃。"

　　"没有嫌弃，画得很好，比我强多了。"李川说。

　　林乐扬姑且把它当作夸赞的话："你还有多久出院？"

　　"快了。"李川回答，"出去之后立刻找你，你会嫌我烦吗？"

　　"不会欸。都说了我在这里没什么认识的人，你来找我当然欢迎。"林乐扬说，"只是你不用上学吗？这还不到六月。"

　　李川："……"

　　林乐扬歪头看他。

　　李川躲闪一下："周末找你。"

　　"果然还是要上学的吧。"林乐扬莫名有了年长的优越感，伸长手臂拍拍李川的肩膀，"好好学习。"

　　"……知道了。"

　　林乐扬和李川交换了手机号，林乐扬说："以前的微信登不上了，密码都不知道是什么，这是新申请的账号。"

"手机也换了？"

"嗯。"

李川的头像是一只卡通青蛙，一通过申请，林乐扬就看到好友圈里几张手臂冒血的图片。

他愣了一瞬，李川也跟着愣了，随即想到什么低头快速点了几下，那些图片很快就消失了。

"你……"林乐扬有些不安地看他，"不然明天和我一起回家吧？"

李川："……"

林乐扬："……"

林乐扬一脸担忧地看着他："你会来找我的对吧？"

"嗯。"李川说，"我现在已经没关系了，那些都是……很久以前的。"

"不要再那么做了。"林乐扬说。

"好的，没问题。"李川适当安抚他，"我会听话的，乐扬哥。"

李川走后没多久，护士就来查房了。

"最近他在你房间待得越来越久了。"

林乐扬强调："他人挺好的。"

小护士笑起来："是吗？最近是挺好的，以前可不是这样，从来都是阴沉沉的，和谁都不交流，走路还爱缩着肩，一摇一晃的。"

林乐扬有些想象不到。

这天晚上，林乐扬接到林若柳打来的电话："我明天有点事不能陪你回去，让赵瑞宵去接你，可以吗？"

"嗯，没事，我又不是小孩子了。"林乐扬挂断电话，躺在床上用手盖住眼睛。

"你要办出院手续？"护士看向最里面的病床。

"嗯。"李川坐在床边收拾自己的东西。其实没什么好收拾的，他能带走的东西不多，只有自己的几件衣服而已。

护士说："等到明早吧，你的情况这边也了解，把费用缴清后就可以直接走了。"

"好。"李川回答。

等护士走后，另一个病床上的男人开口说："你要走了？"

李川还是看着自己手里的衣服，白色的 T 恤已经泛黄，连带着一条休闲裤。

他并不打算穿。

"嗯。"他回答。

这个病房里除了他，没人会回答男人的问题。

"你要去找他对吗？"

李川弯起嘴角，眼尾狭长勾出笑意："是的，我会去找他。"

第二章

谁打的脸

不欢迎我吗？乐扬哥。

林乐扬出院这天李川没有出现，他心里其实有点失落，但一想到两个人交换了联系方式，总有机会再见面的就没那么在意了。

赵瑞宵开了车在外面等，吴旭帮林乐扬收拾随身物品。林乐扬换了自己的衣服还是有些不习惯，在镜子前照了又照，发尾被他提起又放下。

他真的比以前瘦了很多，脸颊轮廓明显，肤色也变白了。林乐扬高中参加长跑，虽然注意防晒，但也不是天然的冷白皮，总归还是晒黑了一点，看着非常健康，现在的肤色却透出不见光的病态。他的骨相摆在那里，瘦下来和林若柳更像了，只是女人的眼睛上翘，他的眼尾相对平滑，看人时没那么锐气。

林乐扬一时间看自己看得愣怔。

"大少爷，你捣鼓好了吗？"吴旭倚着门框，白眼要翻上天，"知道你是回家，不知道的还以为你要走秀去。"

林乐扬这才转过头，张了张口却不知道要怎么问。

二十八岁的自己究竟是什么样子的？外貌有变化，发型也变了，是不是连带性格都变得不一样。

话到嘴边他怎么也说不出口，好像他不说，这些变化都可以忽略掉，就像他住院至今一直不肯细想林若柳为什么只来见过自己一次。好像他不问这些问题就都不是问题了。

林乐扬本打算自己拎行李，吴旭却拦住他说："你这大病初愈的，还是我拎着吧。"

吴旭又问："啊，对了，你眼镜带了吗？"

"带了。"林乐扬从西服口袋里拿出眼镜盒摊开在手上。

吴旭低头嘟囔了一句什么，林乐扬没听清，侧头问："你说什么？"

"哎呀。"吴旭重复一遍，"说也不见你戴，倒是挺宝贝的。"

"我能看得清为什么要戴眼镜？"林乐扬把眼镜塞回口袋，把手往西装口袋里放，手里抚摸眼镜盒上的皮革，插兜往外走。

吴旭见了痛心疾首："林小缺，你能有点人的模样吗？"

林乐扬很无辜："我又怎么啦？"

"手拿出来好好走路啊，也不怕走着走着摔个狗啃泥！"

两个人一路互怼到医院门口，赵瑞宵问他俩怎么这么慢。

"你问他搁镜子前面照了多久。"吴旭坐在副驾驶座上一边低头系安全带一边讲，"倒是挺有人缘，一说要走了，好几个护士来和他告别，还送了什么？刚捂着不让我看。"

林乐扬摊开手，给他看蓝色的包装袋："说了是口罩啊，你要？"

"那你还拉人家小姑娘到一边讲悄悄话不让我听见。"

林乐扬这回不答了。其实护士给了他一包蓝粉色的头绳，说是李川让她转交的，他干脆找护士问李川在哪儿，结果护士告诉他李川一大早就出院了。

既然是和他同一天出院，为什么不告诉他？

赵瑞宵微微笑了下："你俩也是挺有精力，离这么远都听到你们两个的声音了。"

"是他太粗鲁了。"林乐扬说完这句往窗外看，隔着车窗灰蒙蒙一片，好像旧时代的老照片，每一个人每走一步都有模糊的剪影。

十年间城市的变化巨大，赵瑞宵开车走了山洞，林乐扬都没反应过来这是通往他家的路，总觉得应该更近一些，实际上开车开了将近一小时。

林乐扬都要在车上睡着了，好不容易到了地方，他透过车窗看着完全陌生的环境。

"这是哪儿？"他眨着眼有些茫然地问吴旭。

吴旭："这是你家。"

林乐扬又问了一遍："确定是这儿吗？"

"对啊，不然呢？"吴旭狐疑地看着他，"你不是吧，连自己家都不认识了。"

林乐扬从车上下来，寻顾四周，逐渐有了点印象："这边变化也太大了吧。"

"就那样吧。"吴旭问他，"你还记得怎么走吗？"

"当然是记得……记得吧，这边怎么种这么多树，以前都没有的，也没有这个停车场。"林乐扬走了一段路，转头问吴旭，"你家还在这边住吗？"

吴旭有点心不在焉："嗯？早搬走了，租给别人了后来卖了吧。我也不清楚得问我妈，这边交通不便，她又晕车不愿意坐我爸车。"

林乐扬点点头，凭着记忆往家的方向走，越走心里越慌。道路是一样的，但是周围都变了。他很想后退，心里一直有逃跑的念头，好像他回头就能一下回到十八岁，这样一切烦恼都不存在了。但是他很清楚自己身后只有赵瑞宵和吴旭，除了硬着头皮继续往前走，没有别的路可以选。

直到站在家门前，他都还是感到不真实。

赵瑞宵敲门，门内一位妇女把门打开了，说了几句话，林乐扬既没听懂也没听清。他瞧着妇女面生，并不是以前的那位阿姨，这也难怪，十年都过去了，怎么可能还是同一个人。

林乐扬从玄关处换了双鞋，所有的拖鞋都是一个款式，都是全新的。

赵瑞宵走在前面说话："你姐姐前阵子特意请人重新打扫了房间，置换了家里的旧物，还雇了新的保姆。她这些天没时间回来，你有什么事都可以找常阿姨，她帮你安排。"

"为什么还特意请新的保姆？"林乐扬随口问了句。

赵瑞宵直言："是考虑到你现在的情况安排的。"

林乐扬的步子一停，点点头"哦"了一声。

他四处转了一圈，房子的吊灯换了，壁纸换了，沙发也换了，什么都是新的，什么都是陌生的，站在三层阁楼的最上面一层，他想拉开玻璃门进阳台看一看却发现上了锁。

林乐扬回头看，吴旭没有跟上来，赵瑞宵却在楼梯上看他。

"不用担心我，我现在一点都不想死，不会从这里跳下去，再说这才三楼。"

林乐扬企图用轻松的语调说完这句，可他每讲一个字心里的不安都扩大一分。他并不是在撒谎，只是不喜欢他们用这种方式关心自己，就算远离医院，也要把他当作一个病人似的照看。

"虽然你这么说，但目前这扇门不能为你打开。"赵瑞宵往前两步走上去，他很高，天花板压下来，好像随时都能撞到头。

他朝林乐扬说："抱歉。"

"没关系，我知道为什么。"林乐扬说，"你们担心我，姐姐也担心我。下楼吧，我有点饿了，能让阿姨做点饭吗？"

下楼后，林乐扬就把外套脱掉了，口袋里的眼镜被他放在自己房间的书桌上。

他房间的布置和以前一样，都摆在老位置，但所有家具都变了一个样子，有相似的地方却又可以肯定不是同一样东西。床上铺着湛蓝的床单，明明和医院的白被单颜色都不一样，更柔软也更舒适，却有着同一种单调。

林乐扬感觉自己像是进了别人家一样，浑身充满不自在。

半小时后，吴旭叫他下楼吃饭。

三个人坐在桌前，最开始没什么话讲，后来吴旭跟林乐扬说："过几天带你去我们厂子转一圈吧。"

林乐扬答应了。

他现在哪里都不能去，林若柳的意思是他既然回家了就好好在家调养身体，其他什么事都不着急，也不要着急出门。可他不想待在医院就是因为那里限制人身自由，现在回了家又是一样的状况，不过是从一个大笼子跳到另外一个小笼子里。

林乐扬十八岁之前都没有被这么看管过，怎么十年后反而越活越憋屈。

但林若柳也说忙完这两天就会回家，林乐扬想等她回来之后好好谈一谈，暂时就忍了这委屈。

赵瑞宵和吴旭吃完饭就走了，家里只剩下林乐扬和保姆，林乐扬走到哪里她就跟到哪一个房间去，实在有够刻意，最后他忍不住和妇女说："阿姨你不用跟着我。"

保姆："@#¥¥&……"

林乐扬蒙了。

保姆之前一直没怎么说话，谁能想到一开口说的竟然是他完全听不懂的方言。林乐扬只好点点头指了指自己房间："那我先回房间啦，您站这么久肯定也累了，快去休息会儿吧。"

林乐扬回到自己房间，直接扑在床上深深叹口气，趴了半天想起来拿手机。

他手机上的联系人实在不多，撑着下巴给李川发微信消息："你今天也出院，昨天怎么不说？"

消息一发出去就石沉大海，林乐扬坐车的时候就很困了，趴着趴着竟然睡着了，直到楼下响起门铃声才醒过来。

因为睡觉的姿势不对，他半条胳膊都麻了，缓了一会儿才站起来打开卧室的门。保姆不在，应该是见楼上没动静回屋睡觉了。他下楼去开门，顺便看了客厅上方的时钟，下午三点不到。

门铃没响了，林乐扬想了想直接把门打开了。

李川站在外面。

少年换了一身新衣服，灰蓝色的长袖很有设计感，领子上有故意拆出的破损，他很瘦，锁骨很明显地凸出，右胸前有个正方的口袋，一边衣角被掖在阔腿的深色牛仔裤里，头发修剪过，更加干净利落了，也使得一边的断眉特别明显。

林乐扬差点没认出来，有些惊讶："你怎么……"

"我来找你。"李川上前一步低头看他，目光灼灼，"不欢迎我吗？乐扬哥。"

李川一大早就办理好出院手续。

清晨的街道还带着些微冷意，他站在十字路口等红绿灯，身边是两三个穿校服背书包的学生，一辆公交车缓慢驶过，从透明的车门里映出少年的身影。

白衬衫有股放久了的霉味，裤子也短了一截儿露出脚踝，本来还不错的身材比例被这身装扮毁了个彻底。李川本来没打算穿这一身，但其他几件衣服也半斤八两，一时间挑不出更合适的。

绿灯亮起，他迈步往车站走去，坐公交车回自己的出租屋。

李川的住所离他念的大专很近，来回只要十几分钟。他住的楼房只有五层，楼和水泥砌的墙之间只有一道窄窄的小路，从外面向里看分外逼仄，更没有电梯只能靠爬楼。

出租屋在五楼，一进走廊就是一股霉味，走到四楼时李川就有点疲，常年的不合理饮食外加缺乏运动都令他的身体状况堪忧。

打开那扇掉了铁皮的门，又是一股浓重的潮湿味。明明是白天，小屋里却漆黑一片，短小的走廊里没有灯，李川拿着手机打了手电筒进去，摸到屋里的开关，橙黄的灯光明火一样烧起来，正对着他的床铺上有一碗不知放了多久的泡面桶，苍蝇停下又飞走。

李川："……"

他挽上袖口弯腰捡起脚边的空可乐瓶，一言不发地开始收拾房间。

中午，李川下楼在小摊上简单吃了个午饭，有人把他认出来了，一屁股坐在他对面："哟，还活着呢。"

李川抬头看了那人一眼，是个胡子乱糟糟的大叔，正是对方报的警让救护车把他从"垃圾堆"里抬走的。

"你吃什么？"李川问，"我请你。"

那大叔愣了愣："呀，不是吧，天上下红雨了？"

李川说："那不请了。"

"哎，别别。请吧，正好没吃饭，来几碗豆腐脑给我填填肚子。"那大叔笑嘻嘻讲道。

李川只是很平淡地看他一眼："嗯，你点吧。"

大叔："真请我啊，你那些钱不都用来充游戏了吗？"

"游戏不玩了。"李川已经把自己手里的食物吃完，"你到底吃不吃，不吃我回去了。"

大叔有点傻眼，问："回去干吗？"

李川站起身，俯视他："搞卫生。"

"……"

少年看了眼时间，有些不耐烦了："到底吃不吃？"

"吃，我这就点，你……"大叔有点犹豫地看他，"你是怎么了，这是真的看开了还是人傻了？"

李川付了两碗豆腐脑的钱："人没傻，记得你叫何强，今年二十六岁。"

坐在桌前胡子拉碴的男人嘿嘿笑两声："那没错，正是在下。"

何强长得属实有点"着急"，就在附近一个工厂干活，住在李川楼下，和李川一样爱打游戏，两个人有时候会一起组队。之所以会发现李川吞药，也是那天说好了组队打游戏李川却迟迟没进游戏，他不放心上去看了一眼。

李川所住的这一片小区是出了名的"垃圾场"，正常人不会来这里住，只有穷鬼酒鬼爱在这里扎堆。死人虽然不常有，但也不是没有，何强无所谓李川到底有啥心理疾病，只要游戏打得不赖能一起上分就行，其他的谁管他。

李川已经把房间收拾得差不多，身上出了不少汗，去附近的洗浴中心洗了个澡，回来又碰到何强。

"干吗去？"何强问。

李川："去一趟学校。"

何强一抻脖子："干吗去？"

李川："聋了？"

何强："不是，你不是不爱去学校吗？今儿刚回来就这么积极主动，不像你啊。"

"早晚要去的，不然还读不读了？"李川的眉微微蹙起，扯了扯身上泛黄的衬衫，还是觉得不自在。

李川在去学校之前在微信上找辅导员聊过了，他的态度是好的，对面态度更好，大概也是怕极了他这种问题学生，劝他实在不行还是休学一阵吧。

李川表示可以。

辅导员是名女性，只带过一届学生，带到第二届就遇到李川这么棘手的人，实在欲哭无泪。偏偏这孩子怎么劝都不肯退学，在学校还算老实不犯事，可耐不住常常自己折腾自己怪吓人的。

他能这么爽快地答应，辅导员也很意外，当然休学得告知家长，她还没松这一口气，李川那边说："那还是算了。"

辅导员心想"你这是在耍我吗"，但也只能好言好语说："你停课太久了，不然先到学校来签个字也行。"

"好的。"

现在李川就站在辅导员面前，还是话少，沉默寡言，状态却比一个月前要好很多，起码肯直视她的目光说话，也不再驼背缩肩。

这样一看少年确实人高马大的，肩却很薄，看着瘦弱。

辅导员又心软了："我看你现在状态不错，明天来上课也行，但是不要再出现之前那种情况了。"

李川微一抿嘴，像在思索什么。

辅导员头皮一紧，生怕他说自己办不到。

只听李川用询问的语气说："老师，后天可以吗？"

辅导员眨眨眼："什、什么？哦，你说上课？也是可以的。"

"嗯，谢谢老师。"

李川从办公室出来，门口说说笑笑的女孩子突然都停下来，往旁边挪了挪。

他低头查看朝辅导员要的那份文件，是有关补助和奖学金的资料。几个男生从走廊过来，突然有个人冒出来撞到李川的肩膀。

李川步子一顿，头也不抬，只调整角度从几个人身旁侧身穿过去。

现在是下午一点，他有点赶时间。

从学校出来后，李川直接打车到商业街，他银行卡上剩下的钱不多，去实体店买衣服讨价还价到老板都无语了，说："我看你这小伙子长得挺精神的，还以为话也不多，怎么嘴这么能说？"

李川已经换下之前那一身衣服，动作利落地付了钱，当下完全没有讲价时那种凌厉了，任由老板吐槽，看着手机上的数额，准备走人。

"哎，你这裤子不要了？"老板问他。

李川顿了下，又返回身从柜台接过装衣服的袋子。

出了实体店，他将旧衣服扔进一旁的垃圾桶里。

李丽梅每个月给李川打三千块钱的生活费，他这个月里有十几天都躺在医院，李丽梅来时缴了大部分钱，剩下的费用李川也在早上的时候缴清了，现在手里还剩下几百块钱。

女人的再婚对象很有钱，愿意出钱打发李川，但不是很乐意让他和他们一家人住在一块。原因也很简单——李川有病，十天半个月地就要闹情绪。李丽梅也有点害怕自己这个儿子，既然现任丈夫愿意出钱，她也就心安理得接受这个条件，给钱让李川自己出去租房子住。

她长得漂亮也还年轻，现在给男人生了个女儿，一家人更是和和美美。李川作为多余的存在，自然被彻底遗忘在医院里。

李川进了一家理发店提了明确的要求，理发师建议他："我看你这个断眉挺帅的，不如头发下面推平也整一个……"

"不需要。"李川想都不想打断道，"只要剪短就行了，别有自己想法，我说停你就停。"

理发师还是第一次见到这么强势的人，无奈少年长得确实凶，他只能屈辱地点头答应了。

头发剪完了，确实是好看的，但理发师不甘心地继续推销："我觉得还可以……"

"不可以。"李川站起身，他有一米八二，低头看人很有压迫感，"这样就很好，我扫码付钱可以吗？"

"……可以。"

从理发店出来已经是两点多，李川拦了一辆出租车还没走多久，收到林乐扬发来的消息。

"你今天也出院，昨天怎么不说？"

李川打字"是临时起意"，删除。

他又打字"想给你一个惊喜"，删除。

他继续打字"再等我一下，我很快就到"，删除。

直到快到目的地，他才斟酌打下一句话发过去：

"对不起啊哥，只是想给你个惊喜所以才没有事先跟你沟通。"

发送成功。

李川满意地看着自己发出去的那段文字，神色冷淡地给司机递上五十块钱。

司机狐疑地接过去，李川说："是真钞，今天搞卫生在床缝里找到的。"

司机："……好、好的。"

门铃响的那一刻，李川不由得调整站姿，好一会儿没有人开门，他有点怀疑自己的判断。

直到门内传来响动，林乐扬出现在他面前，似乎很惊讶于他的到来。

李川终于露出这一整天里第一个笑容来，他把它非常隐晦地藏在眼底。

"我来找你。"他看着眼下的林乐扬，头发没有梳起来显得脸更小，手腕还那么纤细，不过没关系，身体可以慢慢调养锻炼。他忽然放轻声音，"不欢迎我吗？乐扬哥。"

李川是会叫他"乐扬哥"的，在任何自己觉得合适的时候。

只见林乐扬肉眼可见地开心起来，情绪不加遮掩地表露。

"当然欢迎！"

林乐扬把李川迎进家门："你要来怎么不提前说一声，居然直接过来了。我有告诉过你地址吗……好像是说过，你竟然也能找到。"

在医院的时候他实在无聊，几乎什么都要和李川讲一下，连很久以前捡的流浪猫的名字都要说一说为什么起名叫"旺财"，李川也不嫌他烦，不管他讲什么都听着。

"记得门牌号就不难找。"李川说，"我看到你给我发的消息了，不是故意不和你说的，只是有点事要处理没来得及。"

"啊……"林乐扬应了一声，发消息的时候其实有点闹情绪，现在想起来才不好意思，和李川相比，他真的一点大人模样都没有。

林乐扬急匆匆上楼拿手机，下楼时保姆从客房推开门，见到陌生人便问林乐扬，可林乐扬完全听不懂她在说什么。

李川在一旁回了一句什么，竟然和保姆是一个调调的，林乐扬觉得稀奇。

"你听得懂？"

"嗯，海南话。问我是不是你的朋友，要不要准备点心。"李川翻译道，"我告诉她不用了。"

林乐扬点点头："看不出你……"他已经打开微信看上面的新消息，话说到一半就断了，对着手机和发出这条消息的人来回看了两次，犹豫着问，"这是你发的吗？"

李川看着微信上自己的回复，一如既往地满意并点头。

林乐扬的表情变了又变："不像你会说的话。"尤其还特意解释了一番。

"学你的。"李川说。

林乐扬愣了愣："我哪里有这么说过话？"

李川看着他若有所思："现在没有，以后会有的。"

林乐扬问："什么意思？"

李川没再继续这个话题，反而问林乐扬："你今天都做什么了？"

"吃饭、睡觉，没了。"林乐扬把自己枯燥的生活摊开，发现和医院里没什么两样，甚至更拘束。

医院还有护士偶尔和他讲话，在家里就是保姆说话他也听不懂。

"他们把我关起来了，本来想和我姐谈一谈，结果她也不回来。"林乐扬走到沙发边把自己摔上去，仰头叹道。

李川站在他身后："等过段时间你能自由活动我带你出去玩。"

"会有这种机会吗？"

林乐扬扬着头看李川，发现李川已经在看自己了。李川总用那种专注的目光注视他，林乐扬既没有感到不适也没什么特殊的感觉，这好像是很平常的一件事，少年盯着他，他全然不会不自在。

除了初见那一次。

"他们不会一直不让你出去的。"李川慢慢俯下身，同他对视，"送你的头绳你有收到吗？"

"啊，有。"林乐扬双脚一撑从沙发上滑下去，去外衣口袋里翻找，"你为什么不直接给我？"

李川若无其事地回答："由别人转交比较有仪式感。"

他一本正经说着林乐扬听不懂的话。

林乐扬把那几根粉蓝色的头绳递出去，李川将其中一根套在自己的手腕上："要把头发梳起来吗？"

"我自己来就可以……"林乐扬要去接李川手里的头绳，李川却躲过去。

"我想给你扎，不可以吗？"李川看着林乐扬，脸上还是缺乏表情，但对着林乐扬极有耐心，并且补了一句，"乐扬哥。"

林乐扬问他："你这是有什么嗜好吗？喜欢给人扎小辫子？"

李川让林乐扬背对自己，熟练地拢起林乐扬的头发用头绳扎上。

林乐扬很信赖李川，尤其是在现在这种情况下，认识的人好像都有事瞒着他，连最亲近的姐姐也不怎么和他讲话。他在这个一睁开眼后全然陌生的世界居然只能依赖还认识不到一个月的李川。

头发梳好了，林乐扬转过头问李川："你是怎么过来的？"

"打车。"

"我是说怎么找到这里的，这边路还挺绕的。"

"司机知道路，我记得门牌号。"这是在门口就说过一遍的话，李川没提醒，又重复讲一遍。

林乐扬点点头，拿起沙发上的抱枕随意一靠。

接下来，他的嘴就没停过，一直不停地说，好像说得多了心里的不安就能缩小。

李川和在医院时一样，沉默听着偶尔回一两句。

他对特定的人非常有耐心，就算对方一直讲废话也没关系，还能贴心地在对方口干时递过去水。

林乐扬总是不断重复自己十八岁之前的生活，拿它和现在做对比，给自己一点底气。可今天稍微有点不一样的地方，他越说反而心里越慌，陌生的环境陌生的氛围，还有那扇被锁住的玻璃门都给了他巨大的压力。

他话讲到一半戛然而止，气氛凝固得很突然，左手又开始控制不住地发抖。

李川没有提出任何疑问，只是伸手按住他的手腕，连带包裹他的伤口。

掌心的温度炙热，林乐扬感觉痛，泪一下涌上眼眶，但没有掉出来。

"经常这样吗？"少年的问话很温柔。林乐扬却有些害怕。

"没有，只是偶尔会……"

之后又是沉默。

"会痛吗？"李川问。

"已经不痛了，只是偶尔会这样。"林乐扬说完还不忘补充一句，"不要告诉别人。"

李川说："好，我不和别人说，但是下次要是还这样记得和我说。"

林乐扬迟疑着点了头。

"我是说无论何时何地，我在不在你身边，你要是疼就给我打电话发消息，我会接听也会看到，当然在你身边是最好的。"

林乐扬这回怔怔："比如现在？"

李川说："比如现在，我会陪着你。"

林乐扬手腕上灼伤似的痛感奇迹般地降下去了。

李川是个很温柔体贴的人，在医院的时候就非常照顾林乐扬。他的一切举动都平常到似乎理应如此，就连林乐扬偶尔都会忘记李川不过十九岁，还在上学，比现在的自己小了整整九岁。

下午四点钟，保姆出来做饭，做好了又讲了许多话，林乐扬依旧听不懂，李川充当翻译。

"她说她今天家里有事得回去一趟，明天就不用了，问你可不可以批假。"

林乐扬茫然地点点头："好……你帮我跟她说好的。"

李川任劳任怨地充当传话筒。

待人走后，李川问："你听不懂她说话，之后怎么交流？"

林乐扬挠了挠耳后："她应该会说一点普通话吧。"

"他们怎么请的人？"李川问。

林乐扬说："就……说是为了照顾我的情况请的新保姆，虽然对我来说没差别，以前的我也不认识。"

李川微一皱眉，看他："那今天家里就你一个人。"

"嗯、嗯。"林乐扬胡乱应了声。

李川问他："嗯什么？"

"意思就是不用担心我一个人啊。"林乐扬有些奇怪地看他一眼，"我发现你们都一样，我又不是一个人就不能自理了，有什么好担心的？"

李川垂下眼，掩下眼底的情绪："我明天没课可以留下来陪你。"

林乐扬歪过头："可明天是周三。"

"和辅导员说过了，她让我后天回去上课。"

"你今天去过学校了？"

"对。"李川思索一下，挑了一件事说，"从办公室出来同班几个同学都躲着我，不知道为什么。"

这确实是实话。

但他根本不在意。

现在拿出来语焉不详地说，目的明显不纯。

果然，林乐扬一抿唇，爱心泛滥地讲："那你今天就留下来吧，正好陪我说说话。"

晚上，两个人一起吃饭。这应该是他们第一次一块吃饭，餐桌足够大，李川却拉着椅子坐到林乐扬旁边。

"方便你说话，离太远我听不到。"

林乐扬："……"

他也不是时时刻刻都在讲话，虽然他确实是个话痨。

"我刚去卫生间看了一下……"吃了没两口，林乐扬确实说话了。

李川筷子一顿，但没有阻止他。

"只有我的洗漱用品，没有一次性牙刷。"林乐扬继续讲，"一会儿吃完饭去趟超市吧，我对这边也不太熟悉了，咱俩可能要转一圈才能找到。"

李川稍作思索，回答："好。"

吃过晚饭后，李川起身去厨房刷碗，林乐扬自然是要拦着，哪里有让客人干活的道理，结果被李川一句"你刷不干净"打退了，这一退就直接退出了厨房。

正好赵瑞宵打来语音电话，问他在家里待得怎么样。

林乐扬说："很无聊。"

"有时间和常姨说说话，她去过很多地方，可以让她给你讲讲。"

"我听不懂她讲话。"林乐扬讲，"而且她今天家里有事先回去了。"

"回去了？"赵瑞宵有些惊讶，声音微微抬高，"那今天家里只有你一个人？"

"还有朋友。"

赵瑞宵愣了愣："哪个朋友？"

"李川啊，之前见过的，他来找我玩。"林乐扬已经习惯他们这伙人把自己当小孩子哄，干脆坦荡荡地说。

赵瑞宵还是不放心："不然让吴旭去……"

"不需要，不用找人看着我，我什么都不会做。"林乐扬打断道，"你不要来，吴旭也别来，明天常姨就回来了，还有她说话我真的听不懂……"

"她会说普通话的，你直接和她讲就行了，是在我老家那边待久了一时间没转过来。"

"所以她是你家那边的阿姨？"林乐扬背靠在沙发上，"这是干什么，真的派人监视我吗？"

赵瑞宵沉默一会儿："乐扬，你这次差一点就醒不过来了。"

林乐扬看着天花板上的吊灯，灯柱一串串落下来，好像马上就要扎进他眼底，那点灿烂的黄色就要在眼睛里烧起来。

"我知道的，为了一个我压根儿就不记得的人嘛。"林乐扬转了个身，把自己缩在沙发上，"可是我有点不相信。"

厨房里的水声停掉了。

"是个什么样的人？"林乐扬问，"我可以问吗？"

那人究竟是怎样的存在。

又或者说真的存在吗？

"你们认识对吧？"林乐扬继续猜测，"是我在大学里认识的人吗？"

赵瑞宵却只说："别去想了。"

"可是我很好奇。"

准确来说不只是好奇那么简单，只有解开这个结，他们才能坦然相处。他希望不要所有人都为一个秘密站在同一条战线上，站在他的对面。

林乐扬是很怕孤独的，不喜欢自己一个人，就算有父母和姐姐的陪伴，也要时不时捡一些小猫小狗回家。

"就算知道了又怎样。"赵瑞宵说。

"姐姐为了这件事很生气吧？"林乐扬轻声问，"所以这么久都不愿意和我见面。"

"没有，她只是……"赵瑞宵停顿一下，"她只是需要一些时间平复自己的心情，过段时间她就会回去陪你。"

"原来我到了二十八岁也在给她惹麻烦，帮我和她说声对不起吧。"林乐扬说完这句不等赵瑞宵回答就挂断了电话，仰躺在沙发上。

"我说，你怎么又在偷听？"林乐扬起身看向不知何时就站在客厅的少年。

李川走过来，轻声说道："头发乱了，重新给你梳一下。"

林乐扬瞬间松了劲，很好，他和李川就是最铁的好兄弟！

"你洗手了没就要给我扎头发？"他懒洋洋地问一句。

"洗了，还是湿的。"李川说着把手放到他眼前，看似认真地问，"你看？"

林乐扬看着他手上还残留的水珠，点了点头。

晚上气温低，林乐扬找了件自己的外套给李川，这才发现自己衣橱里清一色都是黑衣服。

"十年后的我好像不太爱打扮。"他评价道，给李川递过去一件衣服。

李川试了试说："算了吧，我穿不了。"

林乐扬叹道："你说你们一个个都长这么高做什么？"

"还好吧。"李川用手比了比自己的头顶，有点刻意地向下看林乐扬，"也不算太高。"

林乐扬感觉自己被侮辱到了，他其实也不算矮，好歹有一米七七。偏偏发小和赵瑞宵都超过一米八，和他们走在一起，他像拎包小弟；和李川走在一起，也看不出是年长的那个。

总之就是很挫败。

两人出去后发现根本没有想象中那么冷，很多人都穿半袖散步。

超市在马路对面最里头的那条街，还是李川眼神好看到了外面闪烁的指示牌，这可能是这片区唯一一家超市。

林乐扬一脚迈到斑马线上又被李川拎回来了："看路，一起走。"

林乐扬："有没有天理，我才是二十八岁的那个。"

他忍不住强调年龄，平白长的这近十岁，不用白不用。

"没说你不是。"李川对答如流，"别走那么急，我跟不上。"

林乐扬发现李川偶尔会说一些孩子气的话，但又和当下表情很不匹配，包括叫他"哥"，都带有很强烈的目的性。

"哥，走了。"李川拉他的胳膊，他又很受用地跟着走。

不得不承认，被叫哥哥就是很舒坦的一件事！

超市起了一个很复杂又长的名字，林乐扬来回看了两遍都没记住，见李川把推车推过来，他问："不就买个牙刷吗？"

"给你买零食。"李川按住他脑袋让他往前看。

"我不吃零食。"林乐扬张口就来，说完回忆一下自己十八年来吃过的垃圾食品——嗯，只多不少。

"挑吧。"李川说，"来都来了。"

林乐扬："……你说话很像逢年过节来我家蹭饭的二大爷。"

李川："使不得，那辈分就乱了，哥。"

林乐扬发现自己不仅说不过吴旭，连李川他都讲不过。

最后，林乐扬拿了一袋纯牛奶和几包薯片，他现在确实没什么胃口吃零食，辣条更是一眼都不看。可能和现在的身体有关，对于吃的东西没什么强烈欲望。

李川说："不用给我省钱。"

"真的吗？"林乐扬起了玩闹的心思，"那电瓶车也能买？"

李川："……只有三百五了，你看着办。"

林乐扬第一次见李川语塞，非常满意地拍了拍李川的肩膀："都住我家了怎么能让你出钱呢？当然是哥哥我出。"

李川不是很想打击他的积极性，但还是问了："你记得支付密码吗？"

林乐扬作势掏出手机："我姐应该知道吧……"

李川把他的手和手机都压下去："我来付钱，一共也没多少。"

付完款，李川看着自己手机里的余额沉吟片刻。林乐扬眼巴巴看他："多少钱啊，你说个数，回头补给你。"

李川收了自己的手机："不用，拿我当朋友的话就不要一直跟我这么客气。"

林乐扬只好点头应下。

两个人回到住处后无所事事，李川问林乐扬打不打游戏，林乐扬其实不太愿意玩，主要是太菜了总是被队友骂，游戏体验极差，但本着做哥哥的原则还是答应了陪李川玩。

毕竟这是李川第一次主动问他要不要做什么。

林乐扬上了号后才发现："咱俩不是一个段位配不到一起。"

李川瞬间切了另外一个号："现在可以了。"

林乐扬看着他随便创建的小号，感慨一声："你是真的喜欢玩游戏啊。"

配不到一起也要勉强，就这么想玩吗？

"还好吧。"李川斜靠在沙发上，时不时看一眼林乐扬的操作，"带你足够了。"

林乐扬又一次被打击到。

最开始李川也没有很熟练，两个人输了两回。

"版本更新了，我再熟悉一下。"李川说。

林乐扬说："这算什么，又菜又爱玩吗？"

李川瞥了他一眼，侧头和他讲："又菜又爱玩的可不是我。"

林乐扬发现出了医院，李川明显变得话多也活泼了不少。

尽管这样的"活泼"让他拳头很硬。

几局过后，林乐扬逐渐找到了这个游戏的乐趣，原来不是游戏不好玩，而是他之前一直没赢过！

打游戏是很消耗时间的，还是李川提醒他该睡觉了，林乐扬抬头发现已经十一点了。

他说："最后一把。"

李川看着他："最后一把。"

临近十二点这一场才结束，林乐扬一个姿势靠在沙发上很久，站起来时整片背都是酸的，李川在身后帮他捏了两下肩。

客房就在一楼，李川洗漱完没有立刻回房间，而是站在洗手间门口等林乐扬。

"你阔以回去碎了。"林乐扬嘴巴里含着泡沫口齿不清地讲。

李川忽然走过来，林乐扬下意识错开一步，男生的手指已经绕到他的脑后，把头绳解下来套回自己手腕上："好，你也早点睡，晚安。"

林乐扬一蒙。

半响过后——"哎，我还没洗脸呢！你把头绳拿走了算怎么回事啊？"

林乐扬这一觉睡得并不踏实，回家后的第一晚还没有在医院睡得好，一晚上醒了很多次，总是能梦到一些细碎的片段，有时候是小学有时候又是初中，包括高三毕业后吴旭那头亮眼的蓝毛他也梦到了。

不知是第几次醒过来，借着微弱的月光，他看投在天花板上斑驳的剪影，半梦半醒间好像听到外面有细微的响动，眼珠在眼皮底下轻轻颤，脑袋乱哄哄一团，而后再次入梦，这一次梦到一只猫。

他和李川说过自己捡猫的事。

那只叫"旺财"的猫是林乐扬捡的第一只猫。

全身橘色的小猫咪，在一个雨天里被还在上小学的林乐扬捡到了。

小孩子把伞斜斜打在头顶，抱住那只瑟瑟发抖的小猫，回到家的时候半边身子都被淋湿了，还在兴奋地朝屋子里边喊："看我带回来什么！"

他这天上学的路上丢了这周全部的零花钱，仿佛为了响应他的悲惨，这一整天的天气都是阴沉沉的，放学后立刻开始下雨，半路竟然捡到一只猫。

还是小学生的林乐扬总结：幸运和不幸各占一半吧！

林乐扬的父母则表示，小猫可以养，零花钱不能补。

小孩便趴在沙发边看着被毛巾包裹还在不停抖的小猫说："那我想叫它'旺财'。"

父母在笑，连姐姐都笑他。

"钱丢了就是丢了，叫'旺财'也回不来。"

林乐扬有点郁闷："我知道啦，你不要提醒我这么悲伤的事！"

他往沙发上拱拱身，轻轻把小猫拢进自己怀里。

林若柳见了问："你这又是做什么？"

林乐扬笑眯眯说："把我的体温分给它，让它更暖和一点。"

那是他捡的第一只猫，从十岁到十八岁，小猫变成胖猫，变成了家里体型最大的猫。

林乐扬最喜欢它，它应该也最喜欢林乐扬了。

林乐扬早上八点准时醒过来，出门发现李川竟然起得比他还早。

"你在做什么？"他从楼上下来，发现李川竟然在厨房做饭，不由得怔住，"……其实你是来给我当保姆的？"

李川一本正经地回答："也不是不行。"

林乐扬连忙摇头："我开玩笑的，你别当真，你是客人。"

李川转身看他："'客人'听起来很生疏。"

"那就是朋友，你是我朋友。"林乐扬走进厨房，"你还会做饭啊，好厉害。"

李川让开一步，方便他凑近："嗯，我一个人租房住，当然要自己做饭给自己吃。"

昨天他在家里收拾出三四盒泡面桶，现在说这些话倒是一点都不害臊。

"你妈妈就这样把你扔下了？"林乐扬抬眼望李川，好像被抛下的人是他一样，"她不管你了？"

李川回想了一下："因为我伤害过她。"

林乐扬一愣。

"那时候我的情绪不受控，现在已经没事了。"李川很平静地说，而后朝向他，眼睛紧紧盯着，"你不要害怕。"

"我没有害怕。"林乐扬学着之前李川那样握住少年的手腕，略微有些郑重，"不要再伤害自己了。"

李川将盘子放在一边："好。那就约好了，我会做到，你也要做到。"

林乐扬不知道这种事为什么牵扯到自己，但还是点点头："我肯定不会的，我还挺怕痛的。"

李川的视线往下，落在他的手腕。

林乐扬察觉到了，继续拽着李川好像不合适，但松开又太明晃晃："你好像不太相信。"

"不要再这么做了，没有谁值得你这么做。"李川忽然很认真地对他讲。

"都说了不是现在的……十八岁的我不会这么做，至于二十八岁的时候为什么这样做，我也很想问问他。"林乐扬一边把手背过去一边讲，"或者问问别人，他们都不肯告诉我。"

"那就不要问了，那些都没必要知道。"李川不再盯着他的手腕，抬眼看林乐扬这个人，目光轻飘飘落下来，"我很庆幸你忘记。"

他的话说得模棱两可，林乐扬一时间不知道该怎么应对。

"……我没有忘记，我压根儿还没遇见那个人。"林乐扬说，"我只有十八岁以前的记忆，你也不相信我说的吗？你和他们一伙的。"

"我不和他们一伙，我只会听你的话。"李川反问他，"你不是最清楚吗？"

林乐扬扶着身后的椅子，想要绕开李川离开厨房。

李川却在这时说："你果然是在怕。"

林乐扬逃跑的举动立刻止住了。

李川看着他，认真地说："不是说好了不害怕我吗？乐扬哥。"

林乐扬急于解释："我没有害怕啊，但是你不要说奇怪的话……"

"我说话很奇怪吗，哪一句奇怪？"李川追问，并说，"我没有朋友，和同龄人很少交流，如果哪句话让你感觉不适，你提出来我就不说了。"

他确实没有骗人。

李川就是十分孤僻不合群。

林乐扬瞬间内疚起来："其实没有的，对不起啊，我忘了这一层。"

李川微微笑了下，仿佛欣喜于林乐扬的理解。

他说："没关系，我原谅你。"

直到早饭吃了一半，林乐扬回过味来，为什么最后道歉的变成自己了？

常姨在九点半就回来了，还是一直在说海南话，林乐扬几次想开口都插不进去，直到李川说了句什么，她才一拍脑袋，开始用不那么流畅的普通话和两个人交流。

"真是抱歉啊，我昨天是看有客人来，应该用不到我才回去的，小赵已经给我打过电话了。"

"没事，这边确实没什么事，您不用这么客气，再说是我同意的……"林乐扬努力听清她说的每一个字，最后艰难回应道。

可他一想到李川下午就要走了，家里只剩下保姆和他，心里又无端慌乱起来。这种感觉一时间没办法填满，于是整个上午他都拉着李川打游戏。

"最好还是不要一直打，眼睛不累吗？"最后还是李川问。

林乐扬犹豫道："确实有点累。"

李川二话不说退了游戏："闭眼睛休息一下。"

林乐扬说："你这样会被举报的。"

李川坦然："嗯，举报吧。"

林乐扬："……队友会不会太可怜了？"

"可怜。"李川没有丝毫感情地讲，"你也退了吧，不然他们更可怜。"

林乐扬："……"

中午吃完饭，林乐扬简单洗了个头发，找来卷发棒想给自己弄个造型，手有点生用了几次都失败，还是李川过来说："我帮你。"

林乐扬怀疑道："你会吗？"

李川说："不太会，但可以尝试。"

他讲话让人分不清是开玩笑还是认真的。

林乐扬大大方方把头发给他当作试验品，李川的指甲剪得整齐，每一次触到他的头皮都留下一阵麻痒。等卷好后打乱梳顺，看起来意外地不错。

林乐扬给李川比了个大拇指。

李川笑了下，他的袖口挽着，林乐扬注意到他手腕上的头绳。

"这个你要带走吗？"

"不行吗？"

林乐扬摇摇头："本来就是你买的，等有机会还可以给喜欢的女生扎马尾……"

李川忽然将腕上的头绳摘了，一手拿着一边，而后松开弹了下林乐扬的额头："我不认识扎马尾的女生，认识的人里只有你梳头发。"

林乐扬掩着额头胡乱点点头，安下心的同时说："话说我十八岁的时候你才九岁，还是小学生欸。"

李川表情僵了一瞬，很快调整回来，知道他是故意提的，故作玩笑道："嗯，所以还有很长一段路要走。"

这回换林乐扬不明白。

下午两个人又凑在一起看电影。林乐扬也觉得很神奇，两个人的性格明明差了这么多，年龄也差很多，相处起来却意外和谐，就是什么话都不说单是这样坐着也不会乏味。

时针一点点往下压，一过四点，林乐扬就有些坐立难安了。

李川问他："不想看了？"

"不是。"林乐扬直接说，"你什么时候走？"

啊，他不是那个意思……

李川面上不动声色，身体却往林乐扬的方向倾斜："你这是赶我走吗？"

林乐扬连忙说道："不是，只是一会儿天黑了打不到车，这边太偏了，你说了我有点心理准备，也好送送你。"

李川说："留下不走也可以，我再住一晚。"

"那怎么行？"林乐扬反对道，"学校离这里肯定不近。"

"果然还是想我快点走。"

林乐扬一咬牙："都说了不是，等周末我去找你！"

李川微微笑起来："那好，周六我来接你。"

林乐扬："……"

自己是不是又被耍了？

"要是觉得无聊可以给我打电话，我随时开着机。"李川低声说着。

李川真的要走了却不让林乐扬出门送。

"我连头发都洗了就是为了出去送你。"林乐扬说，"怎么也要看你打到车吧？不然我不放心。"

他想拿出点年长者的姿态来，无奈在李川面前总也办不到。

李川看他良久，忽然说："不然明天还是不去上课了，你要去送我，我一定原路跟着你返回来。"

林乐扬愣了愣。

少年忽然低下头，害得林乐扬一时间怔住忘记做出反应。

"记得给我打电话或者发消息，无论哪种方式都要和我保持联系。"李川在他面前停下，"可以吗，乐扬哥？"

或许他们是同一种人。

同样害怕寂寞。

李川说他没有交到同龄的朋友，在这个十年后的世界里林乐扬又何尝不是。

"好的，等你坐上车打给我也可以。"林乐扬没有再坚持送李川，往后退一步回门内，"那就周六见。"

"嗯，周六见。"

门在林乐扬眼前关上。

李川走后，林乐扬本来以为自己会持续很长一段时间的一人生活，结果第二天中午吴旭和赵瑞宵就带了一堆东西来，吴旭去厨房的时候还在桌子上发现了那几袋昨晚买的薯片。

　　"你出去了？"他问。

　　"我不能出去吗？"林乐扬回道。

　　"可以是可以……"吴旭盯着那几袋薯片像看什么新奇玩意。

　　林乐扬以为他想吃："你可以自己打开吃。"

　　吴旭摆摆手："我不吃这玩意。"

　　"你那个朋友呢？昨天住在这边，今天就回去了？"赵瑞宵问道。

　　林乐扬说："他还要上学。"

　　吴旭撇撇嘴："真就是小孩呗，高中生？"

　　"十九，上大学了。"

　　吴旭咧嘴一笑："那不是比你还大一岁吗？"

　　林乐扬瞥他一眼，配合着假笑一下，很快面无表情："这好笑吗？你以为我想这样？"

　　"哎，我没那个意思。"吴旭挠挠头，"你今天心情不好，我不惹你。"

　　过了一会儿，林乐扬看向站在庭院里和保姆交流的赵瑞宵："你们有必要这么看着我吗？我真的不会再做极端的事了。"

　　"少说那个词儿，不吉利。"吴旭把柳橙切开，刀板上流下一道橙色的汁水。

　　林乐扬转过头手挂在椅背上，很不成熟的坐姿："我和那个人是大学同学对吗？"

　　刀再次落在刀板上，被切成两半的饱满多汁的橙子摇摇晃晃，吴旭含混不清地说："嗯？嗯……"

　　林乐扬看着他："你这么紧张干什么？赵瑞宵都跟我说了。"

　　"他说了？"吴旭转回头确认，"那你还问什么？"

　　"再问一次，万一他骗我呢。"其实是通过昨晚赵瑞宵的反应猜出来的，林乐扬知道赵瑞宵不会和他讲的。

吴旭却不一定。

"到底是个什么样的人？为什么不肯和我说？"林乐扬又问。

这一次吴旭切了两刀，柳橙已经薄得不能再薄，最终还是选择回答："你应该问赵瑞宵，我和你们又不是一个学校……"

"我就是有点好奇，我真的有那么在意那人吗？为什么现在一点感觉都没有？"

吴旭背对着他，沉默一会儿才说："我对那人了解不多，对方是什么样的人，你非要我说我可说不出什么好话——话少脸臭，仗着自己长得好看像明星嘴挺毒的，对……之外的人都没啥太大耐心。"最后他说得含糊，连他自己都不知道在略过什么。

好在林乐扬没有在意，想象了一下，然后问："像哪个明星？"

吴旭完全没想到他的切入点是这个："不是那个意思，就是长得好看很精致，不过打架也厉害，没人敢惹。"

"所以我其实是看脸交朋友的？"林乐扬猜测道，完全想象不到是个怎样的人。

"不……也不全是吧，这我哪知道。"吴旭含糊其词，实际上额头都冒汗了。

林乐扬把手搭在椅背上，脑袋埋在臂弯，怎么都想不到自己的交友观念是这样的，更想不到他会落得这样一个下场。

赵瑞宵在这时走进来："你们在聊什么？"

林乐扬一时间很绝望，直接回答："聊我逝去的友情。"

赵瑞宵略微皱下眉，看他。

吴旭无视过去，将切好的水果装到果盘里递到林乐扬面前："等你记起以前的事，真的见到那人，肯定一眼就能认出来。"

林乐扬把头抬起来："万一我认不出来呢？不然你们还是把名字告诉我，我好避开……"

吴旭却摇头说："是你自己说不想知道的，其实也没必要知道，毕竟你们最后都闹掰了。"

这一回换作赵瑞宵沉默。

林乐扬垂头丧气地端着果盘进了客厅，吴旭在他身后喊："你倒是留一瓣给我啊，我辛辛苦苦切的！"

赵瑞宵在一旁按住他的肩膀："你不该和他说谎。"

吴旭收起那副嬉皮笑脸的模样："没有什么不应该的，既然你能说出口那么我也一样可以，我们的目的都是一样的，那就是不让林乐扬想起那个真正的原因。"

两个人都有工作在身，待了没一会儿就要走了。

林乐扬去门口送人，手机一直亮着屏。

吴旭随口说一句："和那个小朋友聊天呢？"

林乐扬没工夫纠正他的说法："嗯，他现在午休。"

"他都不睡觉就陪你聊天？"吴旭开玩笑道。

"他说他没有午休的习惯……"林乐扬倒是答了，"我在试图让他睡一觉。"

赵瑞宵接话道："在医院的时候你们好像就常常在一块。"

林乐扬理所应当道："医院里我谁都不认识，回了家也和你们说不上话，只有他和我说话。"

赵瑞宵闻言微微笑道："你也不愿意找我们两个说，有能说得上话的人也好。"

林乐扬不喜欢听他用长辈的那套口吻讲话，尤其最近他已经逐渐适应这个时期的自己的样貌，就更抵触了。

吴旭见两个人一问一答，就先去车库取车了。

等待中，赵瑞宵又说："你姐姐她很快就会回来了。"

"好的，我知道了。"林乐扬回答。

"不要怪她。"

林乐扬抬起眼："那天吴旭说……"

"什么？"

"没什么。"林乐扬又不打算说了，"我不怪她，是因为我现在的身体情况才害她需要待在公司里，我都知道，该说抱歉的是我。"

赵瑞宵还是不放心地看他。

林乐扬说："我又没摔坏脑子，谁对我好我心里都清楚，我没有责怪任何一个人，非要说可能有点怪自己吧。"

赵瑞宵这一次很坚定地摇了头："乐扬，你什么都没做错。"

林乐扬则什么都没有回答。

林若柳毫无征兆地在周五的傍晚出现在家里，林乐扬见到她的第一反应是给李川发消息。

没办法，两个人上一秒还在聊天。

林乐扬："明天可能没办法去找你，我姐姐回家了。"

李川回复得也很快："好，你不是一直想和她好好聊一聊吗？"

林乐扬合上手机，真正见到林若柳，又不知道该从何说起。

"你吃过饭了吗？"他问。

"还没。"林若柳回答，"常姨做了什么？"

林乐扬报了菜名："已经冷掉了，我帮你热一下。"

林若柳坐在餐桌一端，林乐扬便坐在另外一端。

林若柳吃饭时很少讲话，连带林乐扬也沉默起来。

"最近身体怎么样？"林若柳先开口问道。

"挺好的，没什么问题。"

林若柳瞥到厨房桌上放着的薯片："少吃这些东西。"

"哦。"林乐扬乖乖挨训，明明自从买了以后都没动过，怎么为此接二连三被说。

林若柳的视线落在他的头发上："不打算理发吗？已经那么长了。"

"我……"林乐扬犹豫一下，"还是算了吧，我想过阵子再说。"

林若柳的目光又回到自己面前，看着手里的碗和筷子："你自己决定就好。"

结果姐弟二人什么都没说成。

直到入睡前，林乐扬都思索不到能和林若柳说什么。他对十年后的自己一无所知，对十年后的林若柳也是一样。

林乐扬在浴室吹好头发出来，发现林若柳等在外面，还以为她要和自己说些什么，但她看到他只是微微一点头侧身进了卫生间。

上床半个小时了，林乐扬都没有睡着。他在这间屋子很难入睡，常常辗转反侧半天才不踏实地睡下去，躺下之后他又觉得自己应该和姐姐说一句对不起，惹出这么多的事情，害她为自己担心了，正在想着房间的门传来转动声。

林乐扬吓了一跳，半撑起身。

门外的人沉默半晌："你还醒着？"

是林若柳。

"嗯……姐你有什么事吗？"林乐扬坐起来，屋子里黑洞洞，外面也一样，他看不清林若柳，林若柳也一样看不清他。

林若柳说："只是想看看你睡下没。"

林乐扬似乎有所感应："不用担心我，我不会再做傻事了。"

门外的人没有回应。

林乐扬继续说："……对不起，姐姐。"

他为二十八岁的自己所做的事情道歉。

过去好一会儿，林若柳才说："不用和我道歉，你没有对不起谁。"

她说："我只是来看看你，我来看看我弟弟。"

她很少叫林乐扬"弟弟"，从来都是直呼名字。作为家里的老大，作为最优秀的那个，她本就有资格教训林乐扬，这一次却没有像以往那样严厉地批评自由散漫的弟弟。

她这么讲，林乐扬反而抓紧被子："对不起，我不该为了……"

"没关系，都过去了。"林若柳打断他，并且说，"今后都会好的，明天我们还有时间聊，明天再说，时间不早了。"

林乐扬点头躺回床上，门缓缓合上，门缝间"吱呀"一声像谁的叹息。

周六这天何强是上午班，下午回来的路上就见李川低头拿着手机站在车站。

"哎，干吗去？"他随口问了句。

李川抬起头看他几秒才回答："找工作。"

何强不解。

李川说完就又把头低下去了，单手快速打着字。

何强咽咽口水："我看你这几天好像都去学校了。"

李川过了一会才再次回他："学校上课我干什么不去？"

对方说得过于有道理，何强词穷了："怎么想起找工作，你妈不给你钱了？"

"不是。"李川过了几秒才问何强，"你找我有事？"

"没……嗯。"何强被他这句问蒙了，点点头，"也没啥事，那我回去了，晚上一起打游戏？"

"不打。"

"我看你昨天晚上不是还一直挂着线到半夜……"

"最近在做代练，带着别人打。"李川看他，挺认真地说，"你要是付钱，我也可以和你打。"

何强："……"

何强走后，李川才把眉皱起来。他找了一上午的工作，都不要他这样还在上学的学生。以他现在的情况就只能在学校里找一份小时工，不然没有地方肯要他。

今天原本的计划是去找林乐扬，但是林若柳回来了，姐弟俩大概有许多话想说，李川并不打算打扰。

他从车站往返，顺着这条街往学校走，来往有无数小贩的吆喝声，日头猛烈地照着街道拉出一道窄窄长长的影子，而后又重新投到少年脚下。

秦蕊去打印部打印周一要交的作业，刚一进门就撞见李川，她步子猛地一顿，李川却像没见到她似的，绕开她直接就往里面走。

秦蕊一时间怔住。

他们这所大专在靠近郊区的一片地里，学校对于学生出入管控得很严，除了极特殊情况可以走读，其他学生一律要住校。

而李川就是那个"极特殊"。

她大一刚入学时就听人说李川有精神类的疾病，整日整日闷头走路和谁都不爱交流，身上还总有一股异味，导致女生们见了他都绕道走，就是一些男生都猜测他多少天不洗澡，整个人看着脏兮兮的。

反正系里班上没人愿意和他讲话，好多人跟辅导员反映，辅导员实在没办法，把他单独叫出来，让他注意一下个人卫生。当时还是大一，秦蕊作为副班长也在办公室，看到李川点了下头，脑袋还是深深埋下去，喉咙里不发出声音。后来那股异味确实消失了，但还是没人愿意和他交流，他看上去也不想和任何人沟通。

李川每学期都会消失那么几次，大家都明白是怎么回事，他是发病了，去住院了，一开始还会可怜他，慢慢也就麻木了。

每一次看到他重新回到他们当中，秦蕊都会冒出奇怪的想法——他看上去好像比之前更加痛苦了。

这一次也是一样，大家都对他的消失司空见惯，对他能重新回来也没表现出任何惊讶。

几天前，从办公室回来的几个女生说她们看到李川了，还是以前那样，但看上去精神了不少，不再病恹恹的。

秦蕊听见有人开玩笑："是吗？他不臭了？我怎么这么不相信？"

其实早就没有味道了，只是这种偏见根深蒂固。

大家两三句讲完就进入下一个话题，没人在意这个人，老实说秦蕊也不是很在意。

直到李川正式返校上课。他来得很早，不坐在最后一排，反而坐在靠前的位置，换了一套以前从未有过的装束，课上到一半甚至有好几个人在看他转笔。

据那天坐在他身后的女生所说，他身上很香，说不上来，就是洗发露的味道吧，很淡很好闻。

听她讲话的几个人立刻笑起来，开很恶劣的玩笑："不是吧，你不会喜欢李川吧？"

女生涨红了一张脸，语气激动地反驳自己没有。

没人愿意和李川搭上边，这是默认的，之后再没有听到别人夸过他。

李川来上学这几天，每一天都是这个状态，有一些课从头听到尾，有一些听到一半就开始转笔玩手机，似乎在和谁聊天，每一天都聊，偶尔还会露出点笑意来。

大家虽然嘴上说着他的不好，不愿意接近他，却又对他产生好奇。

李川和以前相比变化太大了，完全不像一个人，一个人的言行是难以在这么短时间内发生改变的，最主要的是气质。

李川以前总是驼背缩肩地走路，脑袋低低地埋下去，现在的这个人却不是，他把背挺得很直也不畏缩别人的目光，偶尔秦蕊和他对上视线都会感到脊背发凉。

眼前的这个人还是李川吗？

她不由得冒出这样不应有的奇怪念头。

李川进入打印部，开口问："请问这里招学生工吗？"

秦蕊在旁边听到了，忍不住转头看他。

李川有所感应一般也看了她一眼，确认不认识便转回去了。

李川询问过时薪后从店里出来，秦蕊的作业也打印完了，除此之外她还帮宿舍里另外五个人一块印出来了。她的好心肠总给自己添加一些不必要的麻烦。

打印部离男生宿舍特别近，几个头发染了色半黄不黄的男生说说笑笑往这边走，裤子的裆很低，走路故意撇着外八。

秦蕊步子一顿，回过头张了张口，声音却闷在喉咙里。

李川就走在她身后："你要说什么？"

秦蕊抿住唇，李川表情不变，视线却晃过即将要走过来的那帮人。

"你不然绕路走吧。"秦蕊说。

"谢谢提醒，不用。"李川很有礼貌地朝她讲，"我在等他们。"

秦蕊露出惊讶的神情，想不通为什么。

李川精准地指到一个人，声音不冷不淡："他前些天撞到我了。"

秦蕊说："他们是故意的。"

李川忽然笑了，他本身长得就不差，如今稍作打扮，笑容虽然很浅却是恰到好处："我知道。"

这之后的事情秦蕊就不知道了，只听说李川和这帮人打架被学校下了处分。

处分是那帮人的，李川是受害者。

其中两个人住院了。

李川身上也有伤，但其他几个比他严重得多。那帮人是隔壁信息系的，平日里就爱欺负人，专挑性格内向的让人家买饭跑腿，还不给钱，很多人都看不惯。但毕竟是三四个大高个子凑在一起，有一个还是校篮球队的，更多人只敢私下里抱怨。

李川是他们欺负的对象之一。

至少以前是。

他们找他借钱从来不还，粗略算一下也有小两千块了。

李川这次是来要钱的，不过这帮人看着壮实实际虚得很，要不也不会被李川一脚踹得跪下，又被两拳打趴。

李川自己也挺疼，面无表情地揉了揉自己的手，心下计算接下来该增加多少运动量才能让自己这副身体健康起来。

"我打他了，你们不帮忙吗？"李川看着另外两个待在原地的人，轻飘飘一句，"还是不是兄弟了？"

李丽梅接到辅导员打来的电话时也很震惊："什么？他都出院了？！那怎么又进医院了？"

辅导员无语片刻，接着讲下去："嗯，是这样的……"

因为李川也受伤，并且声称是他们想找自己要钱才动手打起来的。

两个辅导员都明白自己带的学生什么样子，自然而然把这件事归到那帮问题学生身上。

学校也是心大，把几个学生都安排在一个病房里。

大晚上的另外两个人咽不下这口气又打起坏心眼，对视一眼就要下床干坏事。李川突然开口说话："你们知道吗？学校后面那块地是没有摄像头的。"

余下所有人都沉默了。

他们就是在那里打的架。

"不困吗？睡觉吧。"李川说，"哦，对了，记得还钱。"

病房在一片寂静下到了天明。

李丽梅本来不打算来的，自己这个儿子什么样她清楚得很，可到底是被别人欺负了，她还是要来看一看，顺便给他点生活费。

李丽梅见到李川的时候，李川已经准备出院了。

母子两个碰面皆是一阵尴尬，李丽梅率先说："你出院怎么不和我说一声？"

李川有些奇怪地看她一眼："不是你说没事不要打你电话吗？"

李丽梅语塞。

"手里还有钱吗？"

"有。"李川转头看了眼门内。

"你哪里来的钱？"李丽梅有些不相信，"我已经打了三千块到你卡上了。那几个打你的小子呢？我去见见他们。"

李川看着李丽梅，让开一条路。

他确实有钱了，清晨的时候把那两个人的被子都掀了让他们转钱给自己，多一分不要少一毛不行。

李川刚说了两句话，他们就乖乖把钱凑出来转给他了。

他的袖子一直撸到上臂，手臂上的疤痕触目惊心，之前检查身体的时候更是露了上半身，胸膛、腰间都有太多斑驳的痕迹。

都是二十不到的学生，自然怕得要命，很快就把钱转过去了。

李川讲："你们怕什么？我没病。"

他们两个更怕了。

李川所有的言行都很诡异。

两个人聚在一起悄悄说感觉到半夜有人盯着自己。

"他昨晚好像一直站在床头盯着我看，真的吓死我了。"

他们正讨论着，李丽梅忽然开门进去了，指着他们就是一顿骂。

李川站在门口思索片刻，自从在医院醒过来他晚上确实有起夜的习惯，但只是为了确定一些事，没想吓唬任何人。

想到这里，他的手机忽然响起来，看一眼来电显示是林乐扬。

"喂，乐扬哥。"少年变了音调，声音里平白多出许多温柔。

电话那边传来林乐扬的声音："我今天有时间，可以去找你。"

李川微微愣了下："已经和你姐姐谈完了吗？"

"嗯，对。其实没什么好说的，我和她道歉了，她让我下周有时间去公司看看。"听声音林乐扬的状态还不错，紧接着下一句，"我可以去找你了。"

李川沉默一下："抱歉乐扬哥，我这边有点事今天不能出去。"

"啊，那没关系啊，那就、就下周？下周如果有时间……"对面的声音降下去，而后又再度恢复活力，"反正每天都有在聊天，那就改天再说吧。"

"……嗯，好。"

电话挂断后，李川直直进了病房。

李丽梅还在骂，那两个学生都被震慑住了，一时间没注意到李川的到来。

李川一脚踹在离得最近的铁皮柜上："谁让你们打脸的？"

这回连李丽梅都不骂了，转头怔怔看着自己儿子。

"谁打的脸？"李川的目光扫过那两个人，极其短暂地笑了下，眼神冷冰冰，"我忘了，你们主动报一下吧。"

病房内除了李川外的所有人："……"

李丽梅已经快要忘记上一次看到自己儿子如此鲜活的表情是什么时候了。

她和前夫离婚前就搬出去住了，再回来是收拾自己的行李，依稀还能记得当年十几岁的男孩站在那间逼仄的小屋，头低着，肩膀也瑟缩，她看过来，他却不敢与之对视。李丽梅在那一刻有些心软。

她结婚太早生孩子太早，李川如今十九岁，她四十二岁了。

从医院出去，她犹豫着开口："你现在正常了？"

话说出口，她就有些后悔。

她有很久没见过李川，自从有了小女儿后更是无暇顾及这个阴郁内向的儿子。今天看他似乎改变很多，但是具体哪里变了她又形容不出。

她对这个儿子的关照实在太少了。

李川脸上的冷霜还没完全褪去，扫过来的这一眼又令李丽梅骇得后退一步。

李丽梅是有些怕这个孩子的，最初她带着李川离开前夫，也曾想过母子二人相互照料好好生活。可是李川实在太怪了，很多个夜里李丽梅惊醒过来，发现儿子坐在床边看着她，那眼神像看一个死物。

从那之后，她开始整夜整夜睡不着，大把大把地掉头发，直到遇见现在的丈夫，情况才有所好转。

李丽梅有一双非常动人的眼睛，五官大气，是标准的美人坯子。李川只有五官轮廓像她，那对阴郁无神的眸是随了前夫。他对李丽梅似乎有怨，他对谁都有怨，多数时候掩藏得很好，可是和他朝夕相处过一段时间的李丽梅清楚，少年总是爱当着她的面伤害自己，某些时刻里她能窥到他眼底的疯狂和肆意。

他在报复她。

他恨她。

李丽梅害怕了，所以从自己儿子身边逃走。

"以后都不用给我打钱了。"

而现在衣装整洁、面目平静的李川开口说话，并没有因为她方才的问题而恼怒。

李丽梅愣了愣，不明白少年的意思。

李川再一次讲道："不用给我生活费，我已经成年了。"

李丽梅这一回完完全全地惊讶了："你确定吗？"

他们之间的联系只有这个了，每个月李川会提前催促她打生活费，李丽梅从不过问他把钱花在哪里，只要母子能够不见面，她花钱买个安心。

可现在李川居然提出不要这份钱。

她忽然不安起来："我不给你钱，你去喝西北风吗？"

李川说："我会打工的，这你就不必操心了。"

李丽梅更加难以理解，终于肯正眼看李川，也看到他眼眉上的瘀青。

"你也开始在意自己的样貌了？"她忍不住说。

李川看她，并不完全明白她的意思。

"被人打了脸还知道生气。"

李丽梅说着双手环住手臂，抬头看已经比她高出不少的儿子。少年长大了，眼底的戾气消失不见，她心底的那份畏惧终于淡去一些。

"钱我还是会照常打给你的，再怎么说都要等到你毕业找到工作以后，我可不想被别人戳脊梁骨说闲话。行了你也不要再说，这事就这么定了。"

她后面的话说得飞快，不等李川答话便踩着高跟拦了一辆出租车走了。

新的一周，天气更热了，李川换了一身新衣服，黑色衬衫掖在米白的休闲西裤里，前襟的一颗扣子敞开，显得人更挺拔帅气。他选衣服都偏韩系，宽松之余修饰了还很瘦弱的身体。

穿搭真的很能提高一个人的颜值，因为是公共课，还有其他班的学生在，一堂课下来又有不少人嘀嘀咕咕地讨论他。他本人脸冷得可以，轻易没人找不愉快。

少年脸上的瘀青明显，坐在中间排的位置也不管别人避不避开他，上课铃响之前始终看着手机。

天气越来越热，更多的人穿上半袖，李川却不可以。

好在他没有那么怕热，衬衫的面料也很柔软透气，忍一忍就过去了。偶尔抬手露出手腕，脉搏处细细密密的划痕总能让想要上前朝他搭话的人望而却步。

一连三天，李川都穿了不同的衣服，每一套都很好看，还是有男生忍不住问了一句："兄弟，衣服哪儿买的？"

李川："网上。"

那人："噢……噢。"

李川这几天一天比一天心情差，整个人游走在暴躁的边缘，但他没有差劲到会朝陌生人发火，见那人还在偷偷打量自己便说："需要我发链接给你吗？"

"……"

李川补充道："三十九块九一件。"

他面无表情地说完，那人半张嘴巴摇了摇头。

过一会儿，那人又找过来说："不然你还是给我发个链接吧，不和你买一样的，就是看看店铺，我女朋友老是说我土。"

男生个子也挺高，和李川是一个系不同班，隐约听过李川以前的事迹，但没有真正接触过，自然也没那么深的偏见。

两个人交换了微信，李川给他转了链接，男生说："谢啦啊兄弟，我叫彭思远。"

李川微一点头："……李川。"

"知道知道，你这几天在我们班上可火了，女生都在说你。"彭思远朝他挤挤眉毛，互换过联系方式后又问，"我这几天都看你在操场上跑步，篮球打吗？"

李川点头。

彭思远非常爽快："晚上有空没，我们正好缺人。"

李川看了眼手机，林乐扬说他明天要去公司。

两个人已经一周没见面了。

李川心生烦躁，急需发泄。

他于是回答彭思远："好。"

　　林若柳提议让林乐扬去公司看一看。在林乐扬的印象里，家里开的小公司应该是坐落在市中心的某一处三层小楼里，可现在显然不是要去原来的地方。

　　这天林若柳开车载着他，绕道进入商贸街。林乐扬的心脏不受控地猛烈跳动起来，手腕处又在隐隐作痛。

　　每当他踏入陌生的环境，踏进与记忆不符的地方，疼痛感都在拉扯他，仿佛提醒他——他不属于这里，这是十年后的世界，而他的灵魂刚刚十八岁。

　　公司的员工见到林若柳都叫"老板"，林乐扬走在她身后，好几个人看到他都愣了，随即才叫一声"小老板"。

　　林乐扬对这称谓不适极了，无所适从感令他对每个打招呼的人都点头示意，结果大家的表情更古怪了。

　　"他们好像很怕我。"进入电梯后，林乐扬开口。

　　林若柳转头看他，他没有把头发梳上去，略长的茶色头发乖顺地落在肩膀，长期的少食令他颌骨的线条明显，长发很好地修饰了面颊轮廓。

　　林乐扬没戴眼镜，睫毛雅黑纤长，而那双眼睛澄澈，映出她的倒影。

　　她无端躲过那份注视："他们也怕我。这不是很正常吗？你是他们的上级。"

　　林乐扬茫然地点点头，心里悬空的那部分仍然落不了地。

　　林若柳刚一到公司就开始忙碌，相比之下林乐扬就太闲了，坐在会客室的沙发上，手里捧着几分钟前助理给他泡的咖啡。

　　周围的一切都很陌生，公司里没有一个他曾经见过的人。

　　长相漂亮的女助理拎着一份早餐上来，林乐扬接过早餐扬头说了声"谢谢"。

或许是他展露出的神情过于幼态，助理愣了愣才露出一个微笑："不客气，应该的。林姐说你可以随便走动，如果觉得无聊就打车回去。"

林乐扬："所以她让我过来真就只是让我看看啊？"

助理听出他言语间的抱怨，忍不住多说一句："你现在的身体情况也没办法继续工作，之前也一直在休养……"

林乐扬解开外卖袋的手一顿，抬头看助理："我以前身体也很不好吗？"

他猜公司里的人都知道他"失忆"的事情，不然态度不会这么小心翼翼又带着探究。八卦是人们永恒的话题。

助理的神色有些疑虑，但对上林乐扬的目光，心里就软下来，略微点了头："你很少来公司，都是在家办公。"

林乐扬点点头，没有再多问。

公司里更无聊，包括中午去食堂吃饭都没人敢坐在他这一排，林乐扬吃到一半，林若柳下来陪他吃完了这顿午饭。

林若柳观察他的神情："你想回去了？"

林乐扬点点头，这和他想的一点都不一样，面对陌生的面孔，他连进一步了解二十八岁的自己的兴趣都没有。

"那就回去吧，你一个人没问题？"

"我又不是小孩子。再说是回我自己的家，总不能迷路吧？"林乐扬说。

林若柳还是不放心，想找人把他送回去。

"姐。"这一次林乐扬阻止，伸出手臂在她面前打了个大大的叉，"拒绝过度保护。"

他已经穿上短袖了，为了不让人注意到手腕处的伤口，特意用白色腕带遮盖住，现在那里麻麻痒痒又有些热。

但是已经不痛了。

所有疼痛都是虚假的。他再一次在心里告诉自己。

林若柳却觉得他手腕上那道白色分外刺眼，像是在时刻提醒她发生过什么。

"好，那你到家了告诉我。"她说。

林乐扬爽快地点头，可踏出公司的那一刻，承诺就不作数了。

他好不容易出来一趟，自然不甘心就这样回去。

公司里的人对他来讲都是陌生人，大家认识他，他却不认识他们，那种感觉很窒息。

林乐扬翻找着聊天记录，在街口打了一辆车报了地址，出租车持续开了半小时，在郊区的十字路口停下。

林乐扬付了钱从空调车里出来，一股闷热瞬间涌上来，他是怕热的还有点害夏，长期不出门导致肤色很白也更容易泛红。正好是要上课的时间，校门不难进，林乐扬又穿得很休闲，完美地融入在学生堆里，丝毫不显突兀。

进入校门后，他躲到阴凉处给李川打电话，李川那边却还没下课，今天一整天满课。

于是班上的人第一次见李川偷偷摸摸弯腰到桌底下接电话。

彭思远在他旁边讲："还有十分钟下课，谁的电话你这么急？"

彭思远一打岔李川什么都没听见，他黑着脸干脆回了一句："关你什么事。"

彭思远不说话了。

李川放轻声音对手机那边的人讲："哥，你再说一遍，我没听清。"

彭思远不解。

林乐扬说："我在你们学校，你什么时候下课啊，我记得你今天下午只有两节课，我等等你。"

下午正是热的时候，林乐扬躲在树荫遮盖的长椅下等人，似乎到了上课时间，来往走动的人少了许多，没过多久便看到李川向这边跑来。

林乐扬站起来，一时间起猛了脑袋一阵眩晕，待到视线恢复，李川已经到自己面前。

"你跑什么？"他问。

李川还在微微喘着气，低下头仔仔细细看林乐扬的模样，而后答道：

"怕你等太久。"

林乐扬的目光落在少年脸上，下意识抬手碰他脸上泛青的那一块："这是怎么弄的？"

李川微微抿了下唇。

林乐扬立刻紧张起来："学校里是不是有人欺负你？"

"没有，放心好了。"李川向他保证，"我打架很厉害的。"

林乐扬不信，只当是少年的自尊心在作祟。

"怎么突然过来了？"李川转移话题道。

"在家待着太闷了想要出来透透气。"林乐扬回答着，注意到少年手腕上粉蓝色的一条，"头绳，你一直戴着吗？"

李川"嗯"了一声，随即把头绳从手臂上拿下来递给林乐扬："你头发有点长，扎上应该凉快一点。"

林乐扬愣了下才反应过来，连忙"嗯嗯"两声，接过那根头绳。

"是不是打扰到你上课了？"林乐扬这才想到问李川，他穿得已经够凉快了，可还是很热，身上不停冒汗。

李川回答得很迅速："怎么会？乐扬哥能来找我，我高兴还来不及。"

"你的脸……"林乐扬还是有些担心，想到在医院时李川是如何介绍自己的，是不是在学校里也同样受欺负。

"很难看吗？"李川问他。

林乐扬摇摇头："不是这个问题……到底是怎么弄的？"

李川只好老实说："和人打架了。"

林乐扬瞪大眼睛，少年继续说："下次不会了。"

林乐扬呼出一口气："那就好，还是不要打架比较好。"

他是没资格管着李川的，更想和李川像朋友一样相处。

李川没有问为什么，只说："嗯，以后不会了。"

李川脸上的瘀青已经很淡很淡了，之前和彭思远打了两天篮球，碰巧又撞见那帮人，李川心情不好，在球场上把人耍得团团转。

彭思远亲眼看见李川投出一个三分后轻描淡写朝对面说："垃圾。"

他神色高傲到过于理所应当，让人生不出厌恶的情绪来。

对面更是敢怒不敢言，毕竟在李川那里吃过一次亏，知道他是会打架的而且不怕打架，甚至不避讳露出自己手臂上的伤口。这样的天气下打篮球穿长袖不现实，彭思远第一次看到李川胳膊上密布的划痕时也是吓了一跳，李川给他们解释是："生病的时候我控制不了自己，今后不会了。"

他表现得过于冷静，手臂上留下的白痕、脱落一半的痂皮好像都与他无关，反而让惊讶的人不好意思起来。

彭思远有意和李川交朋友，李川虽然冷淡但不会故意不理人，顶多就是话少一些，但做事踏实又沉稳，很快就和打篮球的那一帮混熟了。

平日里上课李川会自觉穿长袖，不会刻意露出伤口。他在自己班上没有朋友，其他班的人却对他印象不错。

李川带林乐扬去最近的奶茶店里坐着，想让他吹会儿空调。

彭思远给他发消息："下节课你不来了？"

李川趁林乐扬看菜单时回了个"嗯"。

林乐扬很快便问："你下午没课了吗？"

"嗯，没有了。"李川面不改色。

林乐扬看了眼时间："我待一会儿就得回去了。"

"这么快？"

林乐扬拿到属于自己的那份沙冰，吸了一口，嘴巴里凉丝丝的又甜甜的，和今早那杯苦涩的咖啡形成鲜明对比。

"其实我是偷偷溜出来的。本来和我姐去了公司，但工作上的事现在的我又不懂，人我也都不熟悉，就回来了，看时间还早，离你们学校也蛮近的就想过来转一圈。"

他说谎了，公司离学校根本不近。他就是想过来找李川而已。

"你到底为什么打架？"林乐扬好奇道。

李川说："他们欠我钱，我讨回来，顺便帮忙修理下人。"

"帮忙？"林乐扬歪过脑袋，发丝又落下来，"帮谁？"

"你少喝一点，不能全部喝了。"

他没回答这个问题。

林乐扬弱弱问一句："为什么？"

不知道怎么搞的，在李川面前，他总是硬气不起来。

"你身体太弱了。"

林乐扬想要反驳，他们两个人明明差不多，可他再次看向李川，发现少年好像比在医院时强壮不少，不再是那副孱弱的模样。

林乐扬："……你是不是背着我偷偷锻炼了？"

"我每天做什么不都跟你汇报吗？"李川将他手里的沙冰拿过去，"哪里有事背着你？"

"你打架我就不知道。"林乐扬觉得自己聪明极了，一下抓到李川的"小尾巴"。

少年坦然道："那是不想你担心，之前答应过你不会再受伤了。"

从奶茶店出来，林乐扬整个人晕乎乎的，下意识地讲："好热啊。"

李川把剩下的沙冰喝掉，朝他伸出手："很热吗？我是凉的。"

林乐扬还在脑内组织措辞，李川已经先他一步说："现在天气太热了，你身体又没养好，下次还是我去找你，好吗？"

林乐扬受不了别人这样温柔地和他讲话，好像他是什么易碎品，所有人都很宝贝他，怕他再一次被摔碎。他蓦然有点生气，几乎不受控地讲："可你不是没来吗？"

李川微微愣了下："因为脸上的伤还没完全养好，不想你知道我和别人打架，怕你把我当成坏学生……"

局势瞬间扭转过来，林乐扬说："我没……"

"知道你没有。"李川低下头，"但是我不想承担任何一点风险。乐扬哥，我很珍惜我们之间的友谊，这段时间也很想找你玩，今天能见到你足够我开心很久。"

林乐扬觉得自己待在这里久了，心态真的要上升到二十八岁，完全不能招架年轻人的直白。

李川继续："不要生我的气好不好？"

少年的音色动听，尤其还刻意放轻了声音和他讲话。林乐扬完全无法抵抗，李川说完的下一秒，他就妥协了。

李川笑起来，他对着林乐扬总是有许多笑容，就仿佛他们已经认识多年。

而后，他又说："我下午没课了，回家也是自己一个人，不想再吃泡面了，能去你家蹭顿饭吗？"

林乐扬当然想都不想地答应了。

坐上出租车，他才想起来："你不是说你会做饭吗，怎么还吃泡面？"

李川没一点被戳穿的慌乱："是会做，但是只有我自己一个人，做饭太麻烦了。"

林乐扬："……你之前可不是这么说的。"

林若柳打来电话问林乐扬是否到家，林乐扬坐在出租车上睁眼说瞎话："已经到了，我忘了和你说。"

林若柳静了几秒："常姨说你还没回去，你到底去哪儿了？"

林乐扬忘记还有这一茬，整个人脊背一麻，还是李川拿过手机帮他解围。

"喂，你好，我是林乐扬的朋友，叫作李川，林乐扬刚刚去找我了，我们两个现在正在回去的路上，等回去了可以让常姨回一个电话。"

林若柳听赵瑞宵提到过有这么一个人，但没很深的印象。知道弟弟身旁还有人，她语气缓和下来："那好，你们不要在外面多待，他本来身体就……"

她不该和一个外人讲这么多，适时止住了。

好在李川并不好奇，只说："好的。"又把电话递回林乐扬手里。

林乐扬这边又和林若柳再三保证自己很快就回去，电话挂断后长舒一口气。

李川问："你经常擅自出去吗？"

"没有，我能去哪里？"林乐扬转过头看李川，"我对哪里都不熟悉。"

这是实话。

这几天里林若柳每晚都会回来，但是白天只有常姨和他在家，他除了找李川聊天外就是躺在沙发上看电视。房子空荡荡，连带心里某一处也填不满。

到了住所，常姨给两个人开门，看到李川就有看到老乡的亲切，立刻用家乡话和他打招呼。

李川微一颔首："阿姨，最好还是说普通话，他听不懂要生闷气。"

林乐扬果然没听懂，换了鞋转头问李川："你们又在说什么？"

常姨笑起来，林乐扬目光怀疑地盯着李川看。

李川摊开手："总之没有说你坏话。"

彭思远发消息说："点名帮你喊到了。"

李川回道："好，谢了。"

林乐扬从客厅里冒出头："你怎么不进来？"

"在回消息。"李川朝他走过去，"之前和你说过的，新认识的朋友。"

林乐扬点点头："对嘛。大家其实都很好说话的，你不要板着脸生人勿近，肯定能交到朋友。"

李川随林乐扬一块点点头。他自然知道怎么能交到朋友，不过是觉得没必要，这个年龄段的男生想要打交道实在很容易。

两个人打了一下午游戏，打着打着，林乐扬就偎着沙发躺下了，等待复活的工夫竟然睡着了。

李川让常姨帮忙拿了一条毯子，把毯子盖在林乐扬身上，林乐扬就无意识地往毯子里面缩了缩。

林乐扬这一觉睡到天将黑，睁开眼发现脑袋一点都不痛，自己枕在靠枕上。

李川侧头问他："醒了？"

林乐扬迷迷糊糊转过脑袋和他对视："我睡了多久？"

"两个多小时。晚上没睡吗？"

"睡了……"林乐扬慢吞吞地爬起来，只是他晚上一直睡不踏实，夜里会醒很多次。

林乐扬睡得头发起了静电，乱糟糟的，四处翻飞。李川又帮他顺头发重新梳起来。

"你在家也这么照顾人吗？"林乐扬已经睡糊涂了。

李川接道："在家我只需要照顾我自己。"

林乐扬一下闭上嘴巴，他好像总是踩别人的雷区，李川至今为止还没跟他生过一次气，相比之下自己就很斤斤计较。

李川给他梳好头发，再一次戳戳他的发尾："饿了吗？常姨已经做好饭了。"

"再等等我姐……"

李川微微顿住："那不然我先回去好了。"

林乐扬一下按住他，立刻改口："那怎么行？你不习惯有别人？那咱俩先吃吧，我可以少吃一点。"

"既然吃饭就好好吃。"李川一只手搭在他肩膀上，提醒似的拍了拍，"我没问题，只是不知道见到你姐姐该说些什么。"

"什么都不用说，我姐就是看着严肃，其实挺好相处的。"

"是吗？"李川看他，"那是对你。"

林乐扬不明所以。

林若柳在玄关处看到一双陌生的运动鞋，在客厅见到少年时也不觉得奇怪。

李川看到她便朝她点头打招呼，犹豫道："林姐好。"

林若柳不由得多看他两眼："你看起来小我很多岁，叫阿姨也合适的。"

李川坦坦荡荡地让她看，丝毫不闪躲目光。

林乐扬洗完手回到饭桌，另外两个人都不是多话的，这顿饭便在沉默中进行。

直到林若柳看到李川小声和林乐扬讲话，大概是催促自己的弟弟再多吃一点。

她实在太熟悉这个画面，神色不由得紧张起来，握紧手里的筷子。

"我听赵瑞宵提到过你，没想到年纪这么小，上大学了吗？"林若柳忽然问。

李川："上了。"

"在哪里？"

李川停顿一下，报了学校的名字。

林若柳露出了然的神情："那是打算毕业之后就找工作？"

林乐扬想不明白这是什么发展，林若柳很少会好奇这些事情，李川已经答："会继续升本。"

"哦？打算考什么方向？"

李川回过头直视她："金融方向。"

林乐扬终于能插得进话："我大学就是这个专业，虽然还没来得及上。"

林若柳抿住唇。

李川朝向林乐扬："那以后有什么问题我能问你吗，乐扬哥？"

林若柳听到这句话，刚提起的那口气又松懈下来。

那个人不会再回来了，眼前的少年又太年轻。

林乐扬已经把他忘记了，旧事便不用再重提。

李川说完话，林乐扬低头小声道："你忘了，我压根儿还没去报到。"

李川只是淡淡回："嗯，抱歉，我忘了。"

林乐扬怀疑他是故意的，用脚轻轻踢他。李川也不恼，反而夹菜给他。

林乐扬阻止道："哎，我吃不下了！"

晚饭过后，林若柳说："天色也不早了，不如在这边住下吧，家里也有客房，明天你要是有课我上班可以开车送你去学校。"

李川本来打算拒绝，但转头看到林乐扬也在等他回复，便改口说："那就麻烦阿姨了。"

林若柳："……"

这感觉实在太像了。

但她知道这并不可能。

林若柳的目光更复杂地投向林乐扬身上，不知道他是不是总会被这种性格的人吸引。她并不想干涉弟弟的交友，但这样的重叠令她心有余悸。

李川一开口说自己要留下，林乐扬就开心了，立刻露出笑脸。

李川也随他笑，并问他："我可以留下吗，乐扬哥？"

明知故问。

林若柳在心里评价，然后就听自己傻了吧唧的弟弟分外雀跃地回答："当然啦！"

林若柳忍不住扶额。

"你们两个不要太晚睡。"林若柳洗漱出来后看两个人还在沙发上看电影，忍不住提醒道。

"李川说他明天上午没课，看完这部我们就睡。"林乐扬转头回答。

林若柳还是不放心："看完就去睡。李川你的房间在二楼左边第一个就是。"林乐扬现在迫切想要一个"同龄"的朋友，李川的出现刚好合适。

林若柳回了自己的房间。老实说，她在这里睡得并不踏实，这栋房子的许多布置都变了，再不复从前的温馨，陌生到她进门前需要做好充足的心理准备。每当这扇门打开，便时刻提醒着她，如果林乐扬想起来，她会失去什么。

林乐扬又犯困了，脑袋一点一点的，还拼命想把眼睛睁开。

"要回屋睡觉吗？"李川问。

林乐扬用尽力气摇晃脑袋，勉强清醒一点："看到结局就去睡。"

"你不是已经很困了吗？"李川说。

林乐扬再一次点头，嘴上却倔强："我不困。"

李川自然不信，又问了一遍："不困吗？"

"嗯……"

"那就再看一会儿吧。"李川眼看他又窝回沙发的一角。

客厅里灯光明亮，外面则漆黑一片，李川等了一会儿，直到林乐扬彻底睡着。

他眼底有复杂的情绪，在此刻终于不加掩饰地表露出来。如果林乐扬现在睁开眼说不定会起疑。

可少年最终只是缓缓叹口气，叹息轻盈，温柔得像这夜轻轻吹拂过的晚风，恐怕有人被惊扰。

第三章

不再遇见

记不清就不要去想了，噩梦不值得去记。

晚上十一点多，彭思远见李川的游戏账号仍然在线，止不住好奇心问道："你今天还在代练呢？"

他等了一会儿，李川这把游戏结束才回他："？"

彭思远对着这个问号斟酌了半天，想要继续深入问又不太敢问，干脆作罢。

这把游戏打完，李川侧头见林乐扬睡得更香了，一时间犯了难。

他沉吟一会儿，还是伸手拍了拍林乐扬的肩膀。

"哥，醒醒，别在这里睡回屋里睡。"

林乐扬难得入睡这么快而且没做梦，被推醒后眼睛半合着低头好几秒才含糊回答："再睡五秒钟。"

李川首先愣了下，而后安静等了五秒："到时间了。"

林乐扬把背后的抱枕扯进怀里，仍是低着头嘟嘟囔囔："那我就在这里睡吧……"

这一次，李川沉默的时间更长："会着凉的，还是回屋睡。"

半分钟后，林乐扬清醒过来，也更加想把自己埋在沙发缝里。

李川似乎看出他的窘迫，出声道："乐扬哥，你睡迷糊了。"

林乐扬立刻顺着这个台阶往下出溜："嗯、嗯，不好意思……我这就回房间。"

他全程低着脑袋找拖鞋，不敢抬头看李川。

李川却很坦然地盯着他看。

早在回家后，林乐扬就换了一身睡衣，现在长裤翻卷到膝盖的位置，露出笔直白皙的小腿，前半脚掌用力撑起上半身，踝骨凸显出来。他的消瘦并不完全苍白，反而将人衬得更加精致，也更需要呵护。

李川思索要不要把他拽回来，考虑到会把人吓到，最终打消这个念头，只是帮他把拖鞋摆到面前。

林乐扬这下彻底醒过来，穿上拖鞋往楼梯方向走，刚踏上第一阶，李川把客厅的灯关掉了。

房子瞬间漆黑一片，林乐扬停下来适应光线，李川已经走到他面前，问："怎么不走了？"

林乐扬："……你把灯关了，我走去哪里？"

李川侧过头："抱歉我忘了，楼梯间的灯开关在哪里？"

"不用了，这样也能看到。"林乐扬已经适应屋子的暗度，月光透过客厅一整面的玻璃窗映到两个人脚下，把影子扭曲。

李川微微勾起唇："那好。"

林乐扬继续往上走，李川跟在他身后。

走上二楼，林乐扬忽然转过头。

李川还没有迈上台阶，见他停下来便仰头看他。

少年大多数时候都是冷淡的，沉着而冷静，对他却有数不尽的耐心。

林乐扬看到他眼底柔和的光亮，十分想问他为什么自己觉得他这么熟悉，好像很久以前就见过面一样。可他根本没有记忆。

"晚安。"林乐扬说。

他没有问，话到嘴边忽然胆怯了。

"晚安，乐扬哥。"

林乐扬回到自己的房间却久久未能入睡，李川则站在楼梯处注视那扇已经关上的门良久。

早上七点，林若柳自认已经起得很早，李川却比她更早地出现在厨房里。

林若柳连洗漱都顾不上："还是让常姨来吧，你是客人怎么能让你下厨？"

李川转过身："没事，我醒得比较早，没有打扰到阿姨休息吧？"

林若柳再一次从头到尾打量起他。

要说李川身上最特殊的地方就只有脸上那处断眉，这个年龄段的小孩叛逆不羁一点实属正常。可李川的一言一行都和叛逆搭不上半毛钱关系，言语间的周到更是让林若柳想到另外一个人……

林若柳有段时间很讨厌季挽柯。

一直觉得是他"带坏"了自己弟弟，让弟弟有自己的主意，逐渐不听家里的话。

反正两个人只要一见面必定阴阳怪气，林乐扬作为夹在中间的那个苦不堪言。

林乐扬不止一次地向林若柳示好说："姐姐，人是我带来的，是我好不容易交到的朋友，怎么也给我一点面子吧。"

林乐扬的情绪是放在明面上的，他在乎这个朋友，半点都藏不住。林若柳见不得他这个样子，自己的弟弟叛逆了、不听话了，一定是那个家伙带坏的！

朋友哪里有家人靠得住。林若柳看不惯弟弟偏向季挽柯的样子，干脆变本加厉地挑季挽柯的刺。

季挽柯从不主动帮林乐扬解围，要林乐扬开口求了才肯帮忙，两个人能成为朋友更像林乐扬自己一头热。

这也是林若柳不满的原因之一。

季挽柯待她，就像如今的李川一般，礼貌之余又让人感觉话里有话。

林若柳叫来常姨，想让她把林乐扬叫起来，毕竟李川是客人，没有客人醒了主人还在睡的道理。

李川却阻止道："让他多睡一会儿吧。"说完才再次询问林若柳，"就咱们两个人先吃，可以吗阿姨？"

虽然知道李川叫她"阿姨"是出于礼貌，但林若柳越听越不是那回事，也不好让少年改口叫自己"姐姐"。

两个人整整差了一轮，这声"阿姨"叫得实属正常。

于是，二人安安静静吃完这顿饭。

林若柳说："你上午没有课？"

李川："有一节。"

林若柳挑起一边眉，李川朝她微笑："不过我自己能坐车过去，不麻烦阿姨了。"

林若柳看着他："但是你和我弟弟说你上午没课。"

李川面不改色："嗯，其实是有的，我昨天又看了课表发现自己记错了。"

林若柳也露出微笑："好，那我开车顺道送送你吧。"

李川说："真的不用了阿姨，我十点半的课，你送我就该迟到了。"

林若柳："没关系，我今天上午没有那么多事情。"

李川："……"

就在两个人僵持之时，林乐扬推开卧室的门出来了。

"你们怎么醒那么早？"林乐扬一边下楼一边问，"还吃过早饭了，怎么不叫我？"

李川在林若柳前面回答："想让你多睡一会儿，晚上不是很晚才睡吗？"

林乐扬脚步一顿，有点警惕道："你怎么知道？"

李川看他："十一点不算晚吗？"

林乐扬被问蒙了，一时间也不知道算不算。

林若柳这才有机会开口："好了，你还要不要吃饭？"

林乐扬点点头，在看到桌上的饭时又看向李川："又是你做的，你怎么每天都起这么早？"

李川道："睡不着。"

林若柳见两个人又熟视无睹地聊起天也颇为无奈，叹了口气说："你朋友上午还有课，一会儿我送他去学校，你老老实实在家待着，不要再说谎往外面跑……"

"真的？"林乐扬已经拉开椅子坐下，闻言问李川，"你不是和我说上午没课吗？"

李川双手撑着桌沿忽然低头凑近说了句什么。

林若柳："……"

这一次她真的警惕起来，自己弟弟怎么总是和性格古怪的人做朋友？

李川对林乐扬小声说："我才刚来没多久。"

林乐扬用叉子插进烤得金黄酥脆的面包片里，李川再接再厉："乐扬哥，我们这一周课都很多，我好不容易才来这儿一趟。"

林乐扬将面包塞进嘴巴里："那你也不能旷课吧……"

"那听你的。"李川瞬间改口道，"一会儿我就去上课。"

李川坐上林若柳的车："那就麻烦阿姨了。"

林若柳转方向盘的手一顿，还是把这口气忍下去，等红绿灯的时候她透过后视镜看坐在她旁边的李川。

少年和季挽柯尽管性格相似，长相却全然不同。季挽柯长得太过招摇惹眼，林若柳第一次见到那人就觉得他锋芒太盛。而李川虽然年轻，脸庞还带着少年的青涩，眼神却足够沉稳。

"我弟弟的情况你是知道的吧？"

"知道，我和他就是在医院里认识的。"

车子重新往前开，林若柳继续说："那有没有在医院听人说起过什么？"

这一回，李川没有立刻回答。

"不管听到什么都不要和乐扬讲。"林若柳说，"那些都是假的。"

李川这才接话："那什么是真的？"

林若柳直视前方："你现在所看到的人是真的。"

李川到学校时还很早，阶梯教室里只有零星几个人，彭思远看见他便抬手打招呼。

李川落座后，彭思远用胳膊捣了捣他："昨晚代练怎么样？"

李川斜过去一眼："什么代练？"

彭思远脸上的笑容一僵，知道是自己猜错了："昨晚没有在代练啊，我看你那么晚还在线，我还听到你叫对面的人'哥'？谁啊，在校外认的哥？"

李川这才想起来，也懒得解释，将错就错回了一个"嗯"。

彭思远早就习惯了李川的话少，摆摆手没怎么在意。

午休时间，李川一边拿手机打字一边吃饭，两样事情哪一个都不耽误。

彭思远是真好奇："你一天到晚手机都不离手，网瘾这么大吗？"

李川这才把手机收回去，安静吃饭。

他只是需要确认林乐扬一整天都在干什么。

彭思远换到下一个话题："哎，对了，我昨天顺便看了下你的战绩，发现你和一个英文名玩得最多，还老是输，是你金主吗？你也接陪玩？"

李川摇头："是我哥。"

彭思远："……"

这话没办法接下去了。

彭思远挠了挠头："你那个认的哥是干什么的啊，你俩总是聊天？"

李川打字的手一顿："无业。"

彭思远："啃老族啊……"

李川抬眼看他，彭思远一缩脖子。

"他只是生病了需要在家里休养，你们可不可以不要乱想，而且……"李川顿了下，"他年纪也不大。"

彭思远愣住："原来还是学生，那你不早说！"

"我说你和小朋友每天这么聊天……"吴旭最终还是拆开那包放在橱柜上许久的薯片，"咔嚓咔嚓"嚼起来，"不无聊吗？"

林乐扬立刻把手机扣下去："要你管？"

吴旭撑着下巴，"嘿哟"一声笑了："你这么紧张干吗？"

林乐扬说："我俩差了九岁，他朋友本来就少，就把我当哥哥一样。"

吴旭转头就问："哎，赵瑞宵，你和你弟有这么多话讲吗？"

林乐扬随他一块看过去，奇道："你还有弟弟？"

"嗯，同父异母。我十四岁的时候我妈发现我爸出轨，离婚后就再没联系过。"赵瑞宵说完笑着看向吴旭，"你这么多话讲，不如来帮忙切菜。"

吴旭无所谓地耸耸肩，拍拍屁股起来了："行呗，那你炒菜啊？"

林乐扬一时间傻在餐桌前，赵瑞宵看他的模样："没关系，那些都是过去的事，我并不介意。"

林乐扬点点头，赵瑞宵又说："你现在的样子和当初简直一模一样。"

林乐扬茫然道："什么？"

赵瑞宵难得没有打哑谜："大一的时候我也说过这件事，你就是现在这个样子，很不知所措。"

林乐扬有些不好意思。他十八岁的时候确实还什么都不懂，初高中都是上的私立学校，大家的家庭都差不多，就是没有非常有钱也不会多窘迫，每天唯一要苦恼的事情就是作业和课后班。

林乐扬的反应让赵瑞宵一下回想起上学的那段时光，他和季挽柯因为性格相像且都是一个城市来的，自然而然成为朋友，两个人都是彻头彻尾的利己主义，对于对方的一些所作所为只是看在眼里并不评价。

那时候他总是在想林乐扬要不是季挽柯的舍友，两个人估计不会有什么交集。

至于赵瑞宵为什么这么笃定这一点——季挽柯的经历可比他惨多了。他最起码还有个妈疼他，季挽柯的父母却在季挽柯很小的时候就去世了。是姑妈拉扯季挽柯长大，但是姑妈自己也有一个儿子，对于这个吃白饭的自然没什么好脸，当初把孩子接到自己家也是为了弟弟名下那套房子。季挽柯还没考上大学时他们就明明白白告诉过季挽柯，成年以后不再承担季挽柯的学费。

自此季挽柯和他父亲那边的所有亲戚断绝往来。

季挽柯上学时可比后来几年性格恶劣多了，对谁都没个好脸，脾气暴躁还爱打架，嘴也不饶人。纵使有一张分外好看的脸却架不住这样糟糕的性格，刚入学的时候好多女生喜欢他都被他的烂脾气给劝退了。

他和赵瑞宵完全是臭味相投混到了一起。

林乐扬呢，和谁都是自来熟，一天到晚挂着张笑脸，一看就是在幸福家庭下无忧无虑长大的小孩，每周都还要给家里人打电话报平安。

季挽柯是最不愿意和这种人打交道的，用他的话评价就是："太矫情了。"

可季挽柯是林乐扬的舍友，林乐扬每天风风火火，连在走廊里遇见个认识的人都要打招呼，每一次季挽柯都无视他。

"再怎么说都住一个宿舍，这样好吗？"就连赵瑞宵面对林乐扬那张过分灿烂的笑脸，都忍不住开口为其抱不平。

季挽柯则回答："我不是点头了吗？"

赵瑞宵："……"

后来他发现确实如此，季挽柯对这个舍友虽然态度恶劣，但总要比对旁人好一点点。

当然，也只有这一点点。

一个学期过去，赵瑞宵以为季挽柯已经接纳自己的舍友。

结果开学第一天，人家好端端在走廊里站着，他扬声讽刺一句："林乐扬，你来回张望什么，找妈妈呢？"

林乐扬一脸茫然地转过头，两个人已经到他面前。

赵瑞宵为了不让两个人吵起来，率先开口："好了，先去教室。这学期刚开的课，怎么也不能迟到了吧？"

林乐扬马上无视季挽柯，接话道："太好了，我正愁不知道该往哪边走！"

季挽柯："要不说你缺心眼？"

林乐扬不满道："就不能叫点好听的吗？"

"好听的？"季挽柯状似认真地思考，"林小缺。"

赵瑞宵："……"

三个人刚到教室外，林乐扬又被季挽柯敲了脑袋。

赵瑞宵眼看他拎着林乐扬的衣领把人往门里面提："走路看前面，想撞门框上？"

林乐扬抱住脑袋，抱怨道："打人不打头！"可还是跟着季挽柯一块进到教室里。

季挽柯轻笑一下，再一次抬手敲了敲林乐扬的脑袋。

赵瑞宵有时候会觉得季挽柯不是不接纳林乐扬，而是故意找碴儿想让林乐扬注意到他。

"赵瑞宵，你在那儿发什么呆呢？倒是过来炒菜啊！"

吴旭一喊，赵瑞宵瞬间从回忆里抽出神。

林乐扬还坐在桌子前，微长的头发落在肩膀，脸瘦下去，皮肤也白了不少。

此刻在他面前的是二十八岁的林乐扬。

赵瑞宵不禁想到要是这两个人没有遇见……

他对着林乐扬点点头，转身朝吴旭应道："别催了，这就来。"

他们不会再遇见了。

林乐扬手机是新的，手机号也是新的，微信更是重新申请的账号，以前的号根本登不上去。

那帮人好像铁了心不让林乐扬知晓过去的一些事情，可他们越是这样做，林乐扬越是好奇。

他没想探究那段过去，可除了那个人以外呢？他这十年的生活里不该只有那一个人吧？

最近几天，林乐扬翻到了上学时用过的 QQ 号，试了以前常用的几个密码，还真让他给登上去了。列表上只有二十几个人，他一一翻过去，甚至还看到了赵瑞霄，之后都是一些陌生的名字，八成是他的大学同学。

林乐扬翻自己的个性签名，一看都是歌词就没兴趣往下看了，空间则记录了一些琐事。

比如：救命啊我饭卡丢了！！

再比如：救命水卡也找不到了！！

还比如：洗衣机里的衣服谁拿走了？那是我的！！

看到这些，林乐扬有些无语。

他到底有没有脑子？

很快，他每条说说底下的评论就给了他解答。

季挽柯：怎么不把你脑袋一块丢了？

季挽柯：在我这儿，你用完放我桌子上了。

季挽柯：我帮你拿回屋了，在阳台晾着，不想要我可以再帮你扔下楼。

林乐扬愣愣地看着那个名字，手指在屏幕上轻轻一触点进去。

倒是没有锁空间，但里面一片空白，连头像都是最简易的蓝天白云。

这个人是谁？

他认识自己？

那现在他在哪里？

经过整整两周的改造，李川已经把之前那个凌乱不堪的出租屋收拾得井井有条。

这期间何强上过一次楼，来李川家里借酱油。

"要酱油干什么？"

"吃饺子啊。"何强说。

少年的表情古怪了一瞬："不应该是蘸醋吗？"

何强摆摆手："醋哪够味？"

李川点点头，从壁橱里找出酱油和醋，两样全部递给他。

何强见他态度坚决，一下乐了："我说你从医院回来后怎么变这么多？"

李川抬眼："哪里变了？"

何强摸摸长满胡楂的下巴："有那么点生气了，之前都是半死不活的。"

他说得很笼统，李川点点头表示知道了。

班上的同学渐渐开始和李川说话了。少年虽然还是冷着一张脸酷酷的，但对于上前和他搭话的人并没有表现出排斥，出乎意料地好相处。

就连彭思远都说："我以前怎么没注意到你？你篮球打得那么好，跑步也不差，运动会从没见你出场过，不应该啊。"

李川在选修课上看升本教材，时不时还要看一眼手机回消息，闻言抽空答道："我以前脾气很差。"

"噢——和人处不好呗？现在还行。"彭思远说。

李川"嗯"了一声，往后翻了一页书。

"还和你那个大哥聊天呢？"

李川终于肯抬头看他一眼："你好像很好奇。"

"我当然好奇，你们俩什么时候再见面也捎上我呗，太好奇模样了。"

李川看着手机上林乐扬刚刚回复的消息，微微蹙起眉："今晚。"

彭思远瞪大眼睛，脖子不由自主地往前伸："那就算了吧，我怕大哥生气再揍我。"

"我以前脾气很差，"李川重复自己刚刚说过的话，紧接着下一句，"遇到他之后才慢慢变好的。"

这回彭思远没话说，抱拳以表尊敬。

这是林乐扬第 N 次向李川表示自己想要出门。

李川也是第 N 次回复："还是等你身体好一点再出去吧，乐扬哥不想和我多聊会儿天吗？[/ 可怜 / 可怜]"

林乐扬面对那两个栩栩如生的表情无语了。

他算是明白过来，无论李川表面说得再好听，实际就是和赵瑞宵他们一伙的，把他看得死死的，每天早晚安说得那么勤快是想知道他的动向。

前几次他都算了，这一回说什么都忍不了，他打字道："只是去市里逛一圈，我自己完全没问题。"

至于自己为什么要征得李川同意……压根儿就不用征求意见好吗！

这一次李川没有很快回复，过了一会儿，对话框多出一行字："那我和你一起。乐扬哥等等我，等我晚上去找你。"

林乐扬盯着那行字看了又看，最后把自己摔回床上。

我为什么非要等你呢？

他想问，打字到一半就停住了。

这样就太不近人情了。他不想做那样的大人，仗着年长的几岁去欺负一心一意待他好的人。

最终，林乐扬打下一个"好"，胳膊半掩在眼睛上方，闷闷发出一段只有两秒的语音："那我等你。"

他需要出去，需要透一口气，需要把这几天梦到的暂时忘记。

梦仍然是不完整的片段，画面里有赵瑞宵有林若柳，还有其他的他叫不上名字的同学，他们和他讲话，对话是连接不上的。他已经意识到了，应该有另外的人站在他身边，他说的话大多数是那个人在接……

林乐扬再一次醒过来，太阳已经落下去，他睡得后背湿了一片，起身把头发都顺到后面，低下头微张开嘴喘息，随即难过的情绪漫过口鼻，眼泪从眼睛里坠下去。而他的神色尽是茫然，用手抹了一把温热的泪水，连为什么哭都不知道，只觉得手腕又痛起来，比以往任何一个时候都要痛，痛得他抬不起手，眼泪更加汹涌地流出来。

林乐扬简单洗了个澡，镜子被雾气笼罩，他用手划拉了两下，那一片镜中映出他的半边脸以及泛红的眼尾，很快又被水雾重新填上了。

楼底下响起门铃声，他知道是李川来了。

林乐扬来不及换衣服，套着浴袍从浴室里面出来，常姨已经把门打开请李川进来坐。

他把毛巾盖在自己的脑袋上颇为粗鲁地乱擦一通，想要发尾的水快点被吸干，别总是一个劲往自己后背滴，没来由地闹起脾气，胸闷至极，明明谁都没惹到他，他只是做了个意味不明的梦而已。

他没想到李川会不敲门直接进来，脚步声令他整个人僵住却不敢把脸从毛巾里露出来，怕李川看出端倪。

李川也没想到林乐扬会在这个时间洗澡，脚步微微一顿，仅仅一瞬便继续朝前走，在林乐扬面前停下来。

"乐扬哥。"他叫。

"你等一下我，我把头发吹干……"

李川却直接上手按住他头上的毛巾，兜住他的发尾轻轻擦拭起来。

"刚才那样用力对头发不好。"

"……知道了。"林乐扬闷闷回答。

他说不过李川，李川总是正确的。

李川帮林乐扬擦干头发就把毛巾拿下来了，林乐扬像只淋雨的布偶猫，整个人都湿漉漉的。

李川忽然问："哭什么？"

林乐扬的眼皮跟着颤了颤，其实很多时候李川都不像一个不满二十岁的少年，两个人在一块，总是他顾虑林乐扬多一点。

现在也如此，听到李川的问话，林乐扬竟然想落泪。

疯了吗？他在心底问自己。

"做了噩梦。"林乐扬说。

"梦到什么？"李川的声音很轻，适时安抚了林乐扬焦躁的情绪。

林乐扬沉默几秒："记不清了。"

这是实话，他记不清，只知道梦里面缺少了某一块，而正是那一段空缺令他躁动难挨。

"那太好了。"李川温声和他讲，"记不清就不要去想了，噩梦不值得去记。"

林乐扬吹干头发换好衣服，从衣帽间出来时，李川正坐在他的床铺上看书桌旁摆着的他小时候的照片，照片上只有他自己，穿着一件淡粉的毛衣双手捧着脸笑得分外开心。

这应该是他五六岁照的。照片有一定年头了，用来装照片的相框却是崭新的，新相框里套旧照片总显得格格不入。

林乐扬换了宽松的短袖和休闲裤，即便是心情不好也好好地卷过头发，微长的发丝向后撇去，恰好停在脸颊一侧遮挡不到视线。

李川站起来向林乐扬走过来，说："那现在要去哪里？"

李川的嗓音低沉好听，声线里带着非常容易察觉的温柔。

林乐扬抿住嘴，眼神胡乱扫到门外："只要不待在家里，哪里都行。"

他话说得多少有点任性，李川却应声说："好，那就随便逛逛。"

常姨问两个人不在家里吃饭吗？

林乐扬见她为难的神情，心底的焦躁更甚了。

他知道自己不能轻易外出，他们不放心自己，可究竟在不放心什么呢？无非就是怕他再出事……

"我已经和我姐说过了今天要出去。"

林乐扬没有看任何人，怕别人看出他情绪不好。没人招惹他，他不想无端地摆脸色给谁看，可又控制不了。

洗澡之前，他确实已经和林若柳报备，只不过林若柳一直没回他的消息。

"那就好，那今晚……"常姨看着两个人，询问的语气更偏向李川。

李川伸手轻轻碰了碰林乐扬，林乐扬这才抬起头，露出一个笑来："我不一定什么时候回来，常姨你该休息就休息吧。"

常姨点点头，眼睛还是看向李川。

林乐扬有些郁闷，现在的自己在旁人看来比明显小他许多的李川都不靠谱……

但这也是事实。

林乐扬也觉得自己蛮不靠谱，只是一个没头没尾的梦而已，竟然就能让他的心情跌到谷底。

李川和常姨说了两句，无非是让她不必担心之类的话，最后还承诺："我会照顾好乐扬哥。"

林乐扬在两个人身后悠长地叹口气，李川已经很自然地转身和他说："走吧。"

出租车里，林乐扬没有主动说话，车厢内气氛一直很压抑。

车子进入隧道，橙黄的两排灯光打在道路两旁，风顺着半敞的车窗猛烈地吹进来，驱散炎热的同时也让林乐扬被头发糊了一脸，开始拨弄了几下，后来发现没什么用，索性不去管了，直到车开出隧道。

"马上快到了。"李川开口打破沉默，"下车之后先去吃饭？"

林乐扬低着头看自己的手机，屏幕并没有亮起来。

"都可以。"

"你饿吗？"李川问他。

"还好。"林乐扬把屏幕按亮了，看着上面显示的时间。

李川说："我中午没有吃饭。"

这下，林乐扬终于肯把头转向他，声音微微提高了："这都六点多了，你到现在还没吃饭？"

"嗯。"

"那就去吃饭。"林乐扬立刻说。

李川平静道："也不是特别饿，你要是想先逛一逛……"

"我没什么想逛的，只是想出来透口气。"林乐扬打断他，"去吃饭吧，你中午就没吃。"

李川勾起嘴角："乐扬哥这么关心我，我很感动。"说这四个字时的模样一点都不像感动，更像一种调侃。

林乐扬干巴巴道："不用感动，应该的……"

李川说："还在想那个梦吗？"

林乐扬微微一愣，摇头说："没有，已经忘得差不多了。"只是心口还像压着一块石头，喘不过气。

李川拍了拍他肩膀以示安慰："不要这么闷闷不乐了，好不容易出来一趟。"

少年的笑容恰到好处，眉间的那道瘀青已经完全看不出了，模样比之前更加精神。他沉稳内敛得不像是十九岁，双眸却是那么明亮，带着少年人的朝气，无论林乐扬说什么都能回以微笑和鼓励。

林乐扬最终放松下来，露出笑来："我真的没有再想了，接下来想想吃什么吧！"

他再次恢复活力。

林若柳的电话在两个人饭吃到一半时打过来。

林乐扬对着手机一阵紧张，做了几秒的心理建设，鼓起勇气要接的时候李川说："要不要我来接？"

林乐扬已经拿起手机，摇摇头："怎么能？这可是我姐。"

李川将剥好的虾尾放进林乐扬的餐盘里："也对。"

林乐扬连忙补救："我不是那个意思。"

"你以为我什么意思？"李川抬眼，无所谓道，"我什么意思都没有，快接吧，不然她可能直接杀过来。"

林乐扬按了通话键，林若柳果然第一句就是："你在哪儿？"

那股窒息感再次涌上来，林乐扬很怕他们这样盯着自己，好像自己时刻会犯错。

"……和李川在外面吃饭。"

林若柳沉默两秒："吃完饭就回家吗？"

"不……我还想在外面多待一会儿，或者，"林乐扬瞥了对面的李川一眼，"我今天不想回去了。"

李川自然也听到这句话，依旧从容淡定地剥虾放到林乐扬餐盘里。

林乐扬把电话稍微挪开一点，拦住李川说："别给我了，我吃不下。"

　　与此同时，林若柳在电话另一端问他："不回来你住哪里？"

　　林乐扬只好再次把手机放回耳边，刚想说话，李川突然说："他可以住我那儿。"

　　林乐扬微微一愣。实际上，他只是随口说说也没想好自己能去哪里，说不定一会儿就回去了。

　　李川的话却让他心动了。

　　无论去哪里都好，他是真的不想回去。

　　林若柳显然不同意，用近似家长的语气讲道："你去人家家里住不是给人添麻烦吗？"

　　"不麻烦。"李川实在耳朵灵，站起身弯腰靠近林乐扬的耳边，"乐扬哥能来我很欢迎。"

　　林若柳："……"

　　林乐扬看着突然凑近的李川。

　　李川忽然朝他眨眨眼，难得俏皮的模样。

　　林乐扬忍不住要笑，知道他是故意和林若柳那样讲话。

　　"我也不一定真的会在外面住，只是姐，我需要一点自己的空间，不想一直闷在家里。"林乐扬再次朝那边解释道，"我以前也经常出去，去朋友家住啊。"

　　林若柳只好让步："那好，你注意安全，有什么事记得给我打电话，晚上最好还是回家。"

　　"嗯、嗯，好。"

　　林乐扬满口答应着挂了电话，刚想呼出一口气，李川忽然说："哥。"

　　"嗯？"林乐扬抬起头。

　　"你以前经常去哪个朋友家住？"

　　林乐扬茫然地眨眨眼："吴旭……"其实他很少留宿在朋友家，刚才那样说只是让双方都能各退一步。

　　李川扯了下嘴角："哦。"

　　林乐扬问："怎么了？"

"没什么。"李川把笑容重新展露出来，"以后乐扬哥也可以经常来我家住。"

林乐扬突然有一种坐立难安的感觉，李川还是第一次把情绪这么明显地挂在脸上。

"你不要给我夹菜了，我根本吃不下。"林乐扬再一次说。

李川却抬手指了指他的手腕："你太瘦了应该多吃点。"

林乐扬知道对方是好意，却只能无奈说："我也想多吃一点，但我吃太多肠胃受不了会吐的。"

李川摘下塑料手套，把手放在自己腿上虚握成拳，看着他："有这么严重吗？"

林乐扬点点头："嗯……不知道怎么搞的，好像很久之前就这样了。"

李川的眼神沉下去，眉眼压低看上去冷冷的。

林乐扬有点怕他这个表情："可不是我想这样的，你知道的，我醒过来就是十年以后了……"

李川瞬间调整神色，将眼底的情绪压下去："我知道，你也不想的。"

林乐扬立刻点头。

李川朝他笑："那吃不下就不要吃了，要是难受一定要跟我说，好吗？"

林乐扬迟疑一下点头，李川忽然起身："我去一趟洗手间，马上就回来。"

洗手间的玻璃镜前，李川面色阴沉地看着镜子里的自己，眼睫、下颌都滴着水，水龙头开着。

有人从厕所单间里走出来，望见少年结冰的面容吓了一跳，战战兢兢在旁边洗了把手，纸巾都没抽就走了。

又留他一个人在那里。

过了一会儿，李川若无其事地从里面出来，脸上看不出丝毫水迹，落座到林乐扬的对面，嘴角还带着淡淡笑意："哥，你吃饱了吗？"

"吃饱了。"林乐扬随他笑起来，"这家餐厅的菜都好吃，你之前经常来吗？"

"嗯。"李川的手指轻轻敲击桌面，有一些分神，随意答道。

林乐扬歪过头："你自己来吗？"李川不像是会自己来餐厅吃饭的人。

李川像在回忆："不，我不经常在外面吃，只是常常被拉着来。"

李川没有说被谁拉着来。

林乐扬稍微有一点在意，可是主动问了又怎样，说得好像自己会认识一样。

他和李川的结识本就充满意外，两个人的年纪不同，性格不同，家庭状况更是不相同，若不是恰巧在一家医院里接受治疗，这辈子说不定都不会遇见。

他忽然有些失落，两个人年龄上的差距永远不会消减，就算他的灵魂是十八岁，有些时候还是会不由自主地想到这是十年后，从他睁眼的那刻开始许多事情就变得不一样了。

好在这样的惆怅只维持了很短暂的一会儿，夜色越来越浓郁，灯光就越加明亮，从商业街出去右转的一条深巷里挂满装饰用的红灯笼，隔过那层透亮的布，暖黄色的光朦胧洒下。林乐扬有些好奇地向里面张望，李川在他身后问："要进去看看吗？"

林乐扬有些退却，里面的人实在太多了。

"以前这边没这么多人……"

林乐扬依稀记得这条街，夜里总是很喧嚷，但从没这样拥挤过，里面卖什么的都有，比其他地方都便宜一些，很受老人和小孩的欢迎。小时候他淘气，常常揣着父母给的零用钱和吴旭四处乱窜，吴旭是幽会新认识的小女生，林乐扬单纯是为了买好吃的。

那段时光忽然变得很模糊，和眼下热闹的街巷重叠在一起。他想起刚才和李川去吃饭的那栋楼是新建起来的，李川说是六年前重新翻盖的。

"那这里之前是什么？"林乐扬随意问了一句。

李川想了一下，摇头道："不记得了。"

林乐扬仔细回忆最终也只能说："我也不记得了。"

就连这条从小走到大的街巷，现在看也是如此陌生，重叠的仅仅是一小部分。

两个人最终还是走进去了。吃过晚饭后总要散散步，更何况林乐扬现在还不甘愿回去。

街口有卖棉花糖的小贩，旁边有好几个孩子围着，粉色绿色的一团团插在棉花机两旁，甚至还有动物形状的。

林乐扬好奇指着其中一个问："这是怎么做出来的？"

李川看了眼："有专门的模具吧。"说完走过去掏钱买了一个。

他太高了，站在几个小孩中间，那帮孩子全部仰头看着他。

李川丝毫不受影响，依旧气定神闲地掏出手机扫码。

林乐扬有些想笑，直到李川走过来把棉花糖递给他，他都没反应过来，只是接过去，接过去的时候什么都没想。

李川给他了，他就接着。

"不是你自己想吃吗？"林乐扬终于想起来问。

"我不吃，买给你的。"李川按住他的肩膀，半推着他往里面走。

"我也不吃。"林乐扬转头和李川说，"只是看看，你不要什么都买给我。"

李川说："没关系的。"

林乐扬抿了下唇，视线落在石板路的死角，看着墙角排成串匆匆搬家的蚂蚁，后面有人要过去，两个人被迫往前走了一段路，这个话题才没有继续下去。

这条街的里面也完全变了样，以前都是烧烤摊和小吃店，外边还摆了四五桌供人坐下聊天喝酒，现在则是一些饰品店玩具店，零食也卖，皆是包装精致又昂贵的小袋装。

走着走着，林乐扬就发现来这里的人更多，他手里举着棉花糖就有点碍事了。

拿了一小会儿，他还是上嘴吃了，咬下来一块很快化在嘴里，实在太甜了，是现在的他受不了的甜度，甜过了头在嘴巴里微微泛苦。

林乐扬吃得一脸纠结，李川见了问他："不想吃？"

林乐扬不好拂李川的面，摇摇头又含下去一块，舌尖刚一沾到就化开了，白色的棉花糖，就是甜丝丝的冰糖的味道。

李川把他手里的棉花糖拿过去。

林乐扬回神时，李川已经吃得差不多了，剩下一小块捏在手里，眉头皱起来嘀咕一句："好甜。"

难得的孩子气。

林乐扬都不知道自己怎么想的，笑起来说："那你可以给我吃。"

李川佯装递过去，仅仅一瞬又塞回自己嘴巴里。

"你不喜欢吃。"李川舔掉指尖上残留的糖，状似认真地讲，"这次就算了。"

林乐扬怔怔地看着李川。

有许多时候，他都觉得李川似曾相识，这样的想法本身就有问题，他藏在心里一直不敢表露出来，也不愿意深究这到底意味着什么。

——季挽柯。

他又想起这个名字。

那些空缺的梦里是不是都少了这个人的存在……

可十八岁的自己不曾认识他，那得是几年后的事情。

他尚未见过这个人，提这个人的名字也并未有什么感受。

林乐扬想到对方一条不落的留言，总是凶巴巴的，自己真的认识他吗？总不能真的只是看脸交朋友吧。

好肤浅！

他想吴旭他们是不是又在说谎，根本没有所谓的在意的人，有的只是这么一个叫作季挽柯的人……那真相到底是什么，他忽然又开始产生怀疑。

天色已经足够昏暗，暗得不像八点钟的夜晚，没过一会儿便毫无预兆地下起雨，雨落得又急又密，好多人往屋檐底下躲，人与人之间更没有缝隙了，有的是冲撞和躲闪。

李川拉住林乐扬，站在他前面。

林乐扬发现李川真的很高，也真的在变结实，反观自己，除了气色好一些，几乎毫无变化，啊不对，头发也长长了。

李川将手掌摊开盖在林乐扬头顶，可是并没什么用处。

林乐扬又想笑了，很奇怪，这没什么好笑的，心里这么想眼睛再次弯下来，脸仰着朝着李川。

"下雨了你这么开心？"

"对哦，我们没有带伞。"林乐扬还是笑，也学着他把手高高举过他头顶。

李川看着他："我不需要。"

"你需要的。"林乐扬难得执着地讲。

他不想只做被照顾的一方，心安理得接受少年的好意。

要么两个人一块淋雨，要么我也为你挡雨。

坐上出租车，司机问他们去哪里，林乐扬和李川对视一眼。

"我还不想回去……"

"不然去我那里吧？"

两个人几乎同时说话。

林乐扬确定自己听到了李川的话，李川继续说："去我那里吧，地方有些小，你介意吗？"

"当然不介意。"林乐扬立刻说。

这场雨下得又快又急，没一会儿就停下了，雨滴溅在车窗上又滑下去，留下一道道断断续续的水痕，伴随着车子碾压马路的声音一并融在夜色里。

林乐扬靠着车窗看了一会儿，外面气温低下去，出租车的温度反而升高了，竟让人有些困倦，他闭上眼睛歇了一会儿，很快便睡着了，十几分钟后被李川摇醒。

打开车门，林乐扬冻得一哆嗦，李川站在他身前，宽阔的身躯罩着他，挡住一大部分冷风，在前面领路。

　　天已经很黑了，林乐扬把手电筒打开将光照在李川脚下。老旧的筒子楼像另一个世纪的古董，自他们跨进这条巷子的那一刻起就是一场无声的穿越。

　　楼里甚至没有灯，只能靠摸黑走上去，林乐扬一心一意给李川打光，抬头时看到暗淡的月色洒在少年的发梢上，明暗交替间眉眼的冷淡都是另外一种韵味。

　　旧楼里光线暗淡，阴冷潮湿，阴暗的角落里走路声越发明显，黑暗里看见的月亮总比夜空下明亮。

　　"不继续走了吗？乐扬哥。"李川问。

　　林乐扬点了下头，犹豫一下跟上去。

　　月光将窗框的影子投在两个人脚下，他们就一起跨过月光，快要走到六楼时，林乐扬终于忍不住问："我们之前是不是也见过，在我……在我失忆之前？"

　　李川只用一只手把钥匙拿出来，低着头开锁："没有。"

　　林乐扬沉默了下："今天不是太方便，我还是先回去……"

　　门已经开了，在他的角度看，里面黑漆漆一片，带着未知的可怕。

　　李川手里拿着那串钥匙，晃动间发出"丁零"的轻响。

　　"为什么？都到这里了，而且外面还在下雨。"他看着林乐扬。

　　林乐扬摇摇头，露出半是困惑的表情："我们才认识一个月，但是我感觉你很熟悉……"

　　"一个月不够长是吗，那相处多久才算可以？"李川看着林乐扬，言语并不激烈，却给林乐扬极大的压迫感，"还需要相处两年才能真正成为朋友吗？"

　　他说话的态度太过理直气壮，林乐扬都想给他道歉。

　　林乐扬只能摇头，张口便是："对不起，我只是……"

　　李川不过抬眼扫过他的眼睛，他便闭了嘴。

林乐扬忽然感到委屈，他说的就是实话，就是觉得李川熟悉，在哪里见过，偏偏李川看他一眼，他便觉得自己的理由站不住脚，是把李川当成另一个人了。

　　"先进去吧。"李川再次开口，"都到这里了还不进来吗？我把家里都收拾好了，干干净净，不脏的。"他说完特意看了林乐扬一眼，将年龄优势发挥得淋漓尽致。

　　可林乐扬完全慌了，他往后退了一步，说："还是下一次吧……"

　　李川随他的步伐往前迈了一步，手还是松垮握在他的手腕上："乐扬哥。"

　　"嗯……嗯……"林乐扬心虚。

　　"乐扬哥，你要拒绝我吗？"李川见他想要逃，紧接着说，"你拒绝我，我会伤心的。"

　　林乐扬耳边那些嘈杂的声音瞬间归于沉寂，阴暗潮湿的走廊里空气泛着雨后泥土的香，他怔怔看着眼前的人，场景像旧时电影，卡顿在某一刻，和过去重叠。

　　"季挽柯，你要拒绝我吗？"少年在阳光底下，一双眼眸亮晶晶闪着光，一边招手一边朝头顶上方的观众席喊，"你要是也拒绝我，我就太伤心啦！"

　　烈日猛烈照耀，晃过他的眼睛，他连人影都看不清，只能听到声音。

　　"你还会伤心？那快哭给我看。"他听见回答，紧接着传来人群的惊呼声，有人从很高的地方跳下来，双手猛地按在他肩膀上，带着他一个跟跄。

　　林乐扬听到自己的声音，充满活力地大呼小叫："哇！你疯了吧，这多高啊就敢跳？"

　　"少废话，不是你让我不要拒绝你吗？走了，下次少参加这种鬼活动，让你拉人你就跑腿拉人，傻子吧。"

　　"哎，我也不想，但是都答应人家了……"

　　那人嘲讽道："你是缺心眼吗？林小缺。"

　　他抗议："能不能不给我起这么难听的外号啊！"

那些模糊不清的画面断断续续出现在眼前，响彻于脑海，林乐扬的呼吸急促起来，被李川拉住的手腕，皮肉下有钻心的痒意，让他想将那道疤痕重新翻开露出里面鲜红的新肉。

李川立刻察觉出林乐扬不对劲，两只手都伸出去搀扶住林乐扬。

林乐扬试图平缓自己的呼吸，指甲深深陷在李川的胳膊里。李川一面轻拍他的背，一面安抚道："我们先进去好不好？先去休息一下。"

林乐扬额头上渗出细细密密的汗，几秒过后点了头。

两个人进到屋子里，李川开灯，橙黄的光罩在头顶，狭小的空间瞬间明亮起来。

林乐扬坐在床上，手里捧着李川的杯子，里面倒了半杯温水，他只喝了一口便重新递回给李川，杯子被李川随手放在身后的电视柜上。

林乐扬的目光扫过这间出租屋的每个角落，尽管被李川收拾得井井有条，但潮湿的地方依旧潮湿，墙角发黑掉皮。

"刚刚怎么了，是有哪里难受吗？"李川紧紧蹙着眉，上前一步想要看林乐扬的情况。

"没有，只是脑袋里闪过一些画面……"林乐扬抬起头，神色仍带着迷茫，"一些不属于我的回忆。"

李川的身形一顿："什么？"

"他们都说我以前有一个很好的朋友。"林乐扬说着看向李川，心里有一块地方是柔软的，但还是鼓起勇气，"你知道的，就和你之前在病房外听到的一样，我有个很要好的朋友，我可能为了那个人自残了。"

李川的眼神没有丝毫动摇，或者说他隐藏得很好："但那不是十八岁的你。"

林乐扬抿住唇，干脆狠下心："都一样的，无论十八岁还是二十八岁都是我，可是真的有那么一个人吗？我很怀疑，我问过吴旭，他的回答一点都不具体，模棱两可……但是我觉得你很熟悉，像我梦里的一个人……"

林乐扬第一次发现自己的残忍，对比他小九岁的少年，对待这份友情，他竟然说李川像另外一个他压根儿记不起长相的人。

李川却说：“可是你忘了，那些就都不作数了。”

“我有个外号，吴旭说过，赵瑞宵看样子也知道，我现在想起来了，是他给我起的。”林乐扬强迫自己继续说下去，“我确实不记得，我也不认识他，十八岁的我不认识他，可是以后的我会。”

李川递给林乐扬纸巾，耐心听林乐扬说这些与他毫不相干的事情，从头到尾都没有展露出一丝一毫的生气。他太沉稳了，这样的表现只会让林乐扬更加愧疚。

“即便是这样你也不介意吗？我透过你在看另外一个人……”林乐扬的神色有些仓皇，他不知道空白的这十年是否也由他负责，他明明还没有经历过。

“说到底你为什么和我成为朋友？”

他终于问出口，这才是不安的来源。面对他这个病恹恹的“失去记忆”“疯言疯语”的人，李川太过于包容了。

林乐扬不明白，反正他不喜欢这样的自己，身体糟糕、情绪糟糕，很多事情都只能用自己才十八岁这个借口搪塞过去，他夜里失眠时总会想很多，却什么都不敢说。

甚至连失眠都不敢说。

他对林若柳撒谎，对吴旭撒谎，面对李川时却再也藏不住。

李川认认真真看着林乐扬，神情严肃到林乐扬屏住呼吸。

“我不介意的。”李川说。

林乐扬一时间愣怔，慌乱之下才发现自己今天出来时忘记戴腕带，手腕就那么赤裸呈现在眼前。

李川把自己的情绪隐藏得很好，林乐扬总是看不透他在想什么，但现在很清晰，他看到少年眼里复杂的情绪，像有什么秘密在心里却无法说出口。

林乐扬下意识想要逃避，说不是的，他们第一次见面是在医院的假山后面，那时候的双方都很狼狈，瘦弱又病态。他差点摔倒，李川扶了他一把，他甚至有些害怕李川。

这种情况下要怎么能对他有好的印象？

少年把手放在林乐扬的肩膀上，目光看似轻飘飘，实则沉沉地落在林乐扬身上。

"可是……"

林乐扬还想再说些什么，却被李川打断："不要否定我，乐扬哥，你知道我说的是心里话。"

这让林乐扬完全张不开口。

"可是我……我觉得，我还是觉得你……像我缺失这十年里认识的人，你真的不是吗？"

李川摇了摇头。

林乐扬眨了眨眼，眼睛干涩到疼痛，眼泪已经干在脸颊上。

"我不是。"李川否认道，"我只是我，你只要知道你眼前看到的这个人是真实存在的。"

林乐扬看到满是缝隙裂纹的天花板，细小的纹路也同样爬满了心上。

他很清楚这不是现在的他所拥有的情感，而是这具身体残留的感情。

他多少有点分不清，十八岁和二十八岁的自己明明是同一个人，情绪却可以另外分开成两份吗？

"我现在没办法分清楚，但是没关系。"林乐扬说，"迟早有一天我会全部记起来。"

记起他忘掉的一切，找到答案，然后便可以不再纠结于过去，安心过之后的生活。

这是最好的结果了。

他心底由衷地希望以这样的方式落尾。

林乐扬说着深呼出一口气，神色逐渐平稳下来，终于有一点年长者的样子："抱歉把你当成另外一个人，我最近实在是……做梦做得有点累了。"

"从我看到你的那刻起，无论什么样子我都想和你成为朋友。"李川抬起头，"你什么样子我都会上前和你搭话，还要我证明给你看吗？"

林乐扬连忙摇头，开口弱势道："我知道了，是我的错，我向你道歉，你不用再说了……"他本来想更像个大人，拿年龄压一压李川。

李川却比他更加强势："为什么又不让我说了，明明就是如此，不是吗？我就是要说，乐扬哥，你不能限制我的说话自由。"

林乐扬彻底放弃思考，觉得脸都丢光了，被比自己小这么多岁的男生教育。

最丢脸的是，李川说得一点没错。

李川仍在继续："你一点都不糟糕，我们会遇到，我会向你搭话，这是已经发生的事，你改变不了。"

"要是重来一次，我们还是会遇到。"李川一字一句念道，"还是说你压根儿就不想遇见我？"

林乐扬莫名慌乱起来："我没、我没这么说……"

"你后悔了林乐扬。"这是李川第一次直呼他的大名，发红的眼眶对着他，"你后悔才和我说这些话。"

林乐扬见李川哭，整片后背都麻了，瞬间觉得自己罪不可赦，竟然欺负比他小这么多的男孩。

李川态度强硬道："收回你刚才说的话。"

"什么……我刚才说什么了？"林乐扬脑袋乱哄哄一团，只知道自己把人惹哭了，尽管他自己刚刚也在哭，但性质完全不一样。

李川稍微冷静下来，恢复往日说话的调子："全部收回，我就当作没听到。"

"但是……"林乐扬还想说什么，刚刚开了个头，李川又开始落泪，不发出一点声音，表情也很凶，偏偏眼泪往外流，吓得林乐扬什么都不敢讲。

李川一边掉眼泪一边语气冷淡地问："可是什么？"还带着鼻音，听着可怜兮兮。

"没什么，我收回刚才说的话。"林乐扬立刻接道。

李川看着他："这是你说的。"

"嗯、嗯。"

李川满意了，转回头眼眶还是红的，下颌还有尚未滴下的泪，神色却镇定极了，仿佛哭泣的人不是他。

　　林乐扬被唬得一愣一愣，过了一小会儿还是控制不住地问："你……"

　　"嗯？"李川抬眼，神情有些冷淡。

　　"你还好吗……"林乐扬一双眼探究地望向他。

　　"你想问我是不是装哭？"李川把林乐扬看透了，那双黑得发亮的眸子瞥过去，问话间用手背将眼泪抹掉，更像控诉了，"如果我说不是，你会信我吗？"

　　林乐扬为了让自己看上去真诚，迅速点了头。

　　李川却不按常理出牌："那我要说是呢？就是故意哭给你看的，你要怎样？"他一边问一边与林乐扬对视，"你就要生气把我推开，然后自己回去？"

　　好话坏话都被李川说完了，林乐扬什么都不能说。

　　不知何时起外面又下起雨，雨水打在窗户上有"啪嗒啪嗒"的声响，天阴得发紫，一看就是恶劣天气。出租屋里除了有些潮湿，竟然意外地温暖，甚至有些闷。

　　林乐扬颈间一片汗湿，看到床单被自己弄皱了就伸手去抚平。

　　终于，李川起身去检查窗户有没有关严，他趁机挪到床尾却没想到对方回来得飞快，他手还没够到鞋子就被抓包了，只能尴尬地直起身。

　　"那个……我该回去了。"

　　"外面又在下雨了，你今晚还要回去吗？"李川重新走到他面前，微微低下头看他，"先说好，你要是想回去，我一定会去送你。你要怎么选，乐扬哥？"

　　他说得好听，把选择权留给林乐扬，给出的余地却没多少，全部倾斜向一边。

　　林乐扬有些怕他，倒不是怕他会凶自己，就是没来由地知道自己对付不了李川。

　　林乐扬稀里糊涂说："那不然我留下？"

李川立刻回答："那当然是最好。"

这一回，林乐扬主动看向李川，眼神澄澈："你是不是就等着我说这句呢？"

李川却反问："没有，乐扬哥怎么会这么想？"

僵持间，林乐扬重重叹口气："我发现你说话总是半真半假，能不能多点真诚啊？"

"当然可以。"

李川微微歪头，试图表现得更纯真一点，眼底那抹暗色却出卖他。

林乐扬又提到："我该回去了，我本来就是打算回去的。"

"今天雨下太大了，你回去淋湿了感冒怎么办？"李川说着，并且把林若柳搬出来，"你姐姐会杀了我的。"

"她不会。"

"她会的。"李川有些孩子气地讲。

"况且你刚刚还说会留下，结果只是为了套我的话，让我白高兴一场。乐扬哥，你就是这么欺负我的？"

林乐扬哑口无言。

他确实说不过李川。

而且自从出院后，他冷不丁就会冒出一两句问话，吴旭和赵瑞宵都接不上来，只有李川会这么耐心地回应他，每一句都给予回应，哪怕在外人听来两个人的对话很莫名其妙。

李川见他装死，不急不忙地弯下身，抬手把他的鞋拿到外屋。

林乐扬手撑着床沿往外探："你幼不幼稚？"

李川坦然："幼稚，但我才十九岁，应该还有资格幼稚。"

林乐扬再次无言，只能无意义地重复："我真的要回去了。"

话说完，手机突然响起来了，林乐扬眼睛一亮："我姐给我打电话了。"

李川表示："你先接。"

林乐扬把电话接通，林若柳说："你现在在哪里？"

"李川家。"

"外面雨下这么大，你是不打算回去了？"

林乐扬提高音量："回去的！我回去！"

林若柳那边却静了两秒："我今天回不去，不然你就在那小子家住吧。"

她也是权衡再三，和赵瑞宵商量后才决定放松对弟弟的管控。

林乐扬万万没想到林若柳会松口，扣着手机不敢有别的动作，答非所问道："嗯……我这就回去。"

林若柳以为他没听清，重复一遍："我说你今天可以不回来，外面太冷了你也不要折腾了……"

林乐扬强行扯出的笑脸要维持不下去了，对着手机那端道："好，我知道了。"

"那好。"林若柳再次停顿，"你照顾好自己，有事打我或者赵瑞宵的电话。"

"没问题。"林乐扬回答，电话挂断之后没有立即拿开，反而补了一句，"我这就回去。"

他看向杵在门口的李川，硬着头皮："我姐让我赶快回去，你把鞋还给我吧。"

"她让你回去？"李川有些意外，看着外面的天气，"你确定她是说让你回去？"

林乐扬努力让自己看上去无辜可信，再次把林若柳搬出来："我姐说的。"

李川沉吟几秒，林乐扬发誓，这一定是他今天最难熬的时刻。

最后，李川乖乖把鞋递回来，拉开床下的抽屉柜。

林乐扬第一次见这样的收纳柜，穿鞋的动作慢了一些。

李川大方地让开给他看："不用偷看，就是平时穿的衣服，我拿件外套给你，现在外面太冷了。"

林乐扬有些愧疚："真的不用你送我。"

"要的。"李川说，"之前就说过了，要么我送你，要么你在我家住。"

林乐扬说："不然你去我家住好了。"

李川想都不想地拒绝："不要。"

"为什么？之前明明住过，你在我家也睡不好吗？"

"因为是我先邀请你的，你拒绝了我。"李川把外套拿出来，抬起头问，"'也睡不好'是什么意思？"

林乐扬闭上嘴巴。

李川继续问："你失眠吗？"

林乐扬不想说。

"乐扬哥。"李川搬出终极武器，"回答我。"

"有一点吧，但是早点躺下就好了，总会睡着的。"林乐扬模棱两可地答道。

李川又是一阵沉默，就在林乐扬以为他又在酝酿情绪时，他忽然开口："即便是这样也要回去？"

林乐扬确定他是生气了。

"话都说到这种地步了，要是还住在你这里，不是更奇怪吗？"

"我不觉得奇怪。相反，我觉得下这么大的雨还要回去更奇怪。"

林乐扬无言以对。

又是很长一段时间的沉默，李川忽然说："那就当我没说过。"

林乐扬疑惑："什么？"

"所有都当我没说过，你可以把我当成你那个朋友。"李川似是妥协一般地说道。

林乐扬自认是个很糟糕的人，不清楚这十年间发生的事，稀里糊涂地被困在自己的十八岁里。

李川说完这番话也没有要解释的意思，把外套递给林乐扬，依照他的意思把他送回了林家。

夜深，林乐扬睡在偌大床铺一端。

与此同时，逼仄小巷的旧楼里，李川半靠在床头看天边劈下一道闪电，雨下得太大，雨水声很快把惊雷冲散。

他也有很多个夜晚睡不着，惊醒后面对只有他一人的房间，抬手看自己满是伤痕的手臂，一边困惑自己是谁，一边压抑胸口空缺的痛楚。

李川见到林乐扬是五月份，那时候春天来临了，花开草盛一片欣欣向荣，唯独假山后面闷热潮湿，泥土深陷，美的景色都在它之前盛开。

林乐扬偏偏跑到那里去，他也只能跟过去，把人扶起来都想说一句"好笨"，话到嘴边就变成："你笑什么？"

其实是想说我们可不可以认识一下，想说我觉得你很熟悉，想要和你成为朋友。

他迫不及待想要和林乐扬有所交集，每天拿着一杆破笔一张破纸在他有可能出现的地方乱涂乱画。

他不会画画。

他只是想要等到一个人。

天边再一次劈开一道雷，明亮得像一瞬间跨进白昼里，暴雨还在下，把打湿的叶片也一并埋在一棵春天开的树下。

他等待它发芽。

林乐扬在梦里看到"旺财"，那只被他从雨天里捡回家的小猫。

它在梦里已经很大只了，橘橘胖胖地蹲在玄关迎接他回来。

"你家怎么这么多宠物？"有人在他身后讲话，用有些嫌弃的语气。

"你不喜欢猫吗？"林乐扬把旺财抱在怀里，拿它的爪子和那人打招呼，"很可爱啊。"

那人嗤笑一声："你连自己都照顾不好，还能养这么多猫狗？"

"我很专业的好不好？"梦里面林乐扬有些不服气地讲，把猫放下来站起身。

那人便伸手将他身上的猫毛摘下去。

林乐扬撇撇嘴，直到那人说："还是谢谢你收留我，就住这儿两天，等换掉这份工作我就走。"

"不客气啦。我爸妈去旅游了，我姐晚上才会回来，我已经和她说过朋友要来。"

梦里的画面随着他的话语一点点变得清晰，家里旧时的装修被完整地复原出来。

"不过现在是暑假，你在这边找工作是不打算回家了？"

林乐扬在冰箱里拿了冷饮，转过头，原本模糊的视线里一个高大的身影出现在眼前，那人精致白皙的面孔映在他的视网膜，清晰得不像一个梦。

"回哪里？我没家。"对方说完这句不等他接话，又说，"你呢，不陪你发小了？"

林乐扬只好回答："他现在还没放假。"

对方轻哼一声："放假你就去找他玩了，哪里能想到你的便宜舍友。"

季挽柯。

睡梦中，林乐扬皱眉往被子里缩了缩身。

"我这不就想到你了吗？"林乐扬分外积极地凑近一步，果汁拿在手里，还要把身子往上贴，丝毫不矜持，"还特意卷了头发出门见你呢！"

季挽柯很高，几乎和他家一米九的冰箱平齐，随意插着兜低头，嘴边带着笑意："那不是你自己臭美吗？"

"才不是。今天好热的，我都出门接你了，要是吴旭，我肯定让他自己打车来。"

季挽柯像是接受这番说辞，伸手拍拍林乐扬的头，像拍小动物似的："你说话语气词怎么这么多？"

林乐扬："那真是对不起哦。"

"没关系，我今天心情好原谅你。"季挽柯说着把冰凉的果汁倒入玻璃杯中递给林乐扬。

林乐扬充满警惕："干吗啊？"

"不是热吗？喝点凉的解解暑。"

林乐扬："拜托，这是我家，而且饮料不是我拿出来的吗？"

"没说不是，你到底喝不喝？"

林乐扬狐疑地看着他，过一会儿还是喝了一口，之后季挽柯便把杯子接过来一口饮尽。

有一件事忽然在林乐扬脑海里变得清晰——

那个炎热的酷暑，还在旧装修的家里，是他和季挽柯相熟的第一步。

吴旭发现林乐扬最近异常老实，具体表现为他和赵瑞宵来探望时，他都没再问自己失忆之前发生的事。

要知道之前林乐扬在赵瑞宵那里套不出话，就来撬他的口。吴旭到了后面也不敢再多说什么，恐怕一不小心触了雷。

他们确实有事瞒着林乐扬，并且谁都不知道怎么开这个口。

林若柳倒是洒脱，直接说："那干脆就别让他想起来了。"

赵瑞宵这个叛徒，想都不想便回答："好。"

这里面有多少私心，吴旭用脚趾都想得到。

且不说能不能瞒得住，时间一长林乐扬自己就会发现不对劲，这导致每次见面，吴旭分外难熬。

赵瑞宵倒是四平八稳，话是半真半假掺着说，且说得脸不红心不跳，要不是林乐扬在一旁，吴旭都想当场给他鼓掌。

今天稍微有点不一样，家里来了客人，是之前在医院里见过的那个男孩。

说男孩其实不太准确，十九岁也是上大学的年纪了，大概不愿意被当作小孩子看，而且气场完全不像个学生，见到两个比他大的男人，一点都不拘谨，略微点头打了招呼，叫人挑不出毛病也说不清是哪里不对。

林乐扬见他们像见到救命稻草，一下从沙发上蹿起来，声音里饱含劫后余生的喜悦。

"你们今天这么早来？"

吴旭转头看旁边的赵瑞宵，这厮还是保持着一张微笑的脸。

他们都没有固定的时间来探望林乐扬。这一回林若柳把自己弟弟看得尤其紧，更是限制出门，前阵子还是赵瑞宵和她谈过，她才稍稍松口。

"有些事没办法瞒一辈子。"赵瑞宵对林若柳说。

林若柳难得显现出脆弱的神态来，半晌过后还是应声道："我知道。"

随即，她提到出现在林乐扬身边的李川："你们见过他吗？"

赵瑞宵稍作回忆："见过一面，乐扬说和他是朋友，估计是在医院太无聊才认识的同伴？"

"他也就只有十八岁的时候才会做这样的事了。"林若柳随意评价了一句，随即想到什么，秀气的眉微微皱起，"那个男生实在很像季挽柯。"

那个男生实在很像季挽柯。

吴旭起初听到这句话时还不信，能像季挽柯那样脸长得那么好性格又如此糟糕的人可真不多。

他见过李川一面，丝毫不觉得两个人有什么相像的地方，且不说年龄差了十万八千里，就是长相也完全不是一个类型，性格……之前病房里那么短的相处时间根本看不出什么。

吴旭只觉得李川有些阴沉。这又和季挽柯不一样，季挽柯是张扬的，更喜欢单刀直入，嫌你碍眼就直说嫌你碍眼，李川给人的感觉内敛，一看就是不爱讲话的类型。

现在再一次见到李川，吴旭还是如此认为。只不过少年要比他们初见时气色好太多，发型变了，也不再穿那身松垮的蓝白色病号服，唇薄薄抿起，眼神还是冷漠，和之前像又不像。

吴旭和赵瑞宵一起进来，没正行惯了，看到还有其他人在便笑嘻嘻说："哟，小朋友也在呢？"

林乐扬刚挂在脸上的笑容一僵，想转头看李川的表情，碍于一些事情拼命止住了。

李川倒是很坦然，打过招呼之后就不说话了，只是站在林乐扬身边，安安静静却存在感强烈。

林乐扬之所以对两个人的到来表示出热烈的欢迎，原因无他，就是因为站在他身边的李川。

　　自那天过后，两个人的相处就变得尴尬起来，一方面李川绝口不提当日发生的事情，还是和从前一样地跟林乐扬相处，让林乐扬无力招架，另一方面他最近频繁做梦，总能梦到大学期间的一些琐碎片段，这一回梦是完整的，每个场景里都有自己的"好朋友"。

　　林乐扬逐渐有些分不清哪一个才是真正的自己。

　　心底却一直有个声音告诉他，要找回自己缺失的记忆。

　　自己为什么那么想要找回记忆，总不能是为了和一个自己压根儿不认识的人重新再认识一遍吧？

　　林乐扬一边在心里问，一边在这个无名氏脸上打上大大的问号。

　　两个人到底是怎么绝交的，到现在赵瑞宵都不肯讲清那些细节。可既然都不再联系了，过去不管多熟络，再追究也毫无意义。

　　林乐扬还是决定把十年前的自己和十年后的自己分割开，起码不要想着梦里那个人，他们之间的故事已经过去了，就像李川说的，既然忘记了那就不作数。

　　梦醒之后能记下来的画面本就不多，少年健忘，十八岁会为了一件事哭也会为了无数的事情笑，难过的情绪维持一阵子，离开这张床，水拍打在脸颊上，他很快就会忘记方才把脸埋进手掌哽咽闷在喉咙里，哭泣像某种嗡鸣。

　　李川这天来找林乐扬，事先和彭思远通过气。他们上午没课，下午却是满课，李川说看情况回去。

　　彭思远忍不住问："弟啊，你又在联系你哥？"

　　李川拿着电话的手很稳，应了一声"嗯"。

　　公交车站报了站名，李川下意识抬手握前面的靠背又把手收回去，这才刚到市区而已，离林家还有好远。

　　李川转头看向车窗外，视线定格在某条街，街边种着枝繁叶茂的常青树，热风刮过去一股清新的植物的气息，他记得转角处有一家文具店。

　　"还有我什么时候成你弟了？"

"哎呀，你生日我都看到了，11月的，我6月啊，比你大半年。"彭思远理所应当道。

李川默了默："没事的话就先不聊了。"

彭思远："嗯嗯，行。弟，替我跟咱大哥问声好啊！"

李川："……"

他把电话挂了，不给彭思远再讲话的机会。

李川来林家之前压根儿没有和林乐扬说，站在门外了才给林乐扬发消息："乐扬哥，我现在能去找你吗？[/可怜/可怜]"

林乐扬那边显示"正在输入中"。

之后一直都是正在输入中。

李川早就料到这种结果，干脆直接敲门。

开门的是常姨，自然不知道两个人之间发生什么事，照例把人迎进屋。

林乐扬开了房间的门，在高高的一处往下望，真正见到李川反倒是没那么紧张了。

林乐扬一天到晚也没什么事能做，最近频繁做梦令他不爱待在房间里，现在李川来，是把他从无趣的日常中解救出来。

林乐扬企图让自己走下楼梯的步伐没那么轻快，表情也不要变得很愉悦。

"乐扬哥。"李川叫他。

林乐扬一只手拿着手机，屏幕还停留在和李川的聊天界面上，只好背过手去。还好李川只是专注盯着他，并没有在意他手里的小动作。

他一紧张就爱抓紧点什么。

"你今天没有课吗？"林乐扬问。

李川却不正面回答："你希望我有还是没有？"

林乐扬："……你该不会翘课了吧？"

"没有。"李川说。林乐扬却不太相信，然而不信又能怎样，还要对方拿出证明给自己瞧吗？

他只好点点头，又问："你吃饭没？"

李川一顿，实际来之前是吃了一点东西的，但这个时候当然要回答："没有。"

果然，林乐扬抬头看了表："已经十点半了。"

李川与他对视："嗯。"

林乐扬："那、那先吃饭吧。"

他的眼神游移开，不再看李川，一门心思往厨房走，还是常姨把他拦住，说热饭的事她来做就好。

林乐扬只好返回去，随李川坐在餐厅里。

"你吃过饭了吗？"李川问。

"吃过了。"林乐扬回答，就听厨房里常姨讲，"吃得太少啦！"

林乐扬下意识把脑袋低下去。

他和常姨也相处了一段时间，她很热心，做饭也很家常好吃，前两天还矜持着不讲话，后面见林乐扬脾气好，话匣子就打开了，常常和林乐扬讲她家乡里的事，林乐扬在家的大半部分时光都在她的故事里消磨过去。

最近不知道怎么回事，常姨开启另一个让林乐扬难以招架的话题，前阵子突然问林乐扬："对啦，小林，你有对象了吗？"

林乐扬当时还觉得奇怪，如实回答："没有。"

常姨一边在院子里晾衣服，一边敞开嗓子："用姨给你介绍一个不？"

林乐扬："……"

"哎，瑞宵也是，这个年纪了不谈个对象，家里给介绍的都推掉了，你们现在这个年纪的男生都不着急的？"

她说普通话还带着蹩脚的口音。

林乐扬当时趴在客厅的沙发上，还事不关己地懒洋洋回了一句："可能是有喜欢的人了吧。"他是说赵瑞宵。

常姨却解读为："小林你有喜欢的人了啊？"

林乐扬从沙发上起来，松垮的睡衣全斜向一边露出肩膀，没一点成年人的样子，闻言还笑，脚搭在沙发一边说："我没有啊。"

他十八岁的时候还没遇到喜欢的人。

常姨把热好的饭菜端上来，贴心地给林乐扬也盛了一点饭。

两个人都不怎么饿，很快便结束用餐，期间林乐扬一直低着脑袋，颈椎都隐隐发酸，觉得自己像个乌龟，只敢把身体缩进壳子里。

常姨把碗收拾下去，他们移步到客厅，万万没想到她又开始了。

"李……小川啊。"

林乐扬没忍住笑出声，李川看他一眼。

"小川啊，你有没有对象啊？"常姨说。

这下林乐扬笑不出来了。

李川歪了歪头，重复那个问题，在林乐扬明显好奇的目光下若有所思，而后才说："阿姨，我现在还没有。"

"我最近给你发消息你都回复得很迟。"李川自动忽略聊天框上一直显示的"正在输入中"，林乐扬不是故意不理他，只是打下的每行字都在斟酌。

"乐扬哥现在……"李川没说完话，常姨拿着装床单的桶走过来，横穿过客厅。

"那你和你小林哥一样，单身汉一个。"常姨笑呵呵地推开玻璃门，温热的风吹进来，暖风和空调吹出的冷风相融。

"前几天我还想给小林介绍一个，他和瑞宵一样都不肯！"

李川看向林乐扬，林乐扬无处闪躲，迎上对方的目光。

"乐扬哥现在都不怎么和我说话了。"李川把刚才未讲完的话说完，明明是再正常不过的语气，林乐扬的耳朵却无端红起来。

"我是做错了什么事吗？"

"没有……"

"那就和我说话。"李川说话从来都直白，"你这样我会很不安。"

"抱歉。"林乐扬下意识地道歉。

李川的眼皮很薄，这样近的距离，睫毛也是根根分明，看他的眼神淡然且无害，让他生出愧疚来。

正好这时玄关处响起声音，吴旭和赵瑞宵到来。林乐扬一个翻身从沙发上蹿起来，为能逃避这个话题而松了口气，积极道："你们今天这么早来？”

吴旭看到客厅里两个人，尤其是李川，一咧嘴笑起来：“哟，小朋友也在呢？”

第四章

本能反应

雨不会一直下，总有时刻要天晴。

如此兜转一圈，又回到这一天的上午。吴旭瞧着两个人的神态实在太有趣了，一个惊慌不已，一个镇定自若。林乐扬实在不会掩藏情绪，比旁边的男孩更像学生，处处是破绽。

吴旭属实怀念这样的发小，仿佛回到两家还是邻居的时候，十七八岁一起拎着书包疯狂到处跑不怕摔倒的年纪，林乐扬傻他也傻。后来随着年龄的增长，荒唐的事不做了，林乐扬却改不掉天真的性子，工作上、生活上摔倒几次才慢慢学会收敛自己。

十年真的很长，吴旭起初毫无察觉，直到十八岁的林乐扬再一次出现在他面前，他才意识到二十八岁的林乐扬和十八岁是多么不一样。

他明白林若柳想挽回什么。

林乐扬有一段时间恢复了笑容，所有人都以为事情在往好的方向发展，他可以面对新的生活，毕竟他才二十八岁，还那么年轻，不能永远被困在一个地方原地打转。

林乐扬也向林若柳承诺过："我会好好生活，你不要担心我。"

林若柳信了，结果再一次见面就是医院的病房里。

吴旭明白林若柳对弟弟的掌控欲从何而来，但以林乐扬目前的状态，把他限制在这个家里也不是件妥当的事。

他的目光落在林乐扬旁边的少年身上，直到现在也不觉得少年和季挽柯有哪里相像。但林若柳这么说一定有她的道理，吴旭于是扬起一张笑脸："小兄弟，这么早就来找我们家乐扬啊。"

这回不只是李川皱眉，连林乐扬都跟着皱眉，表情变得古怪，怀疑吴旭脑子有问题。

"你好。"李川再次打招呼，声音还是很冷淡，也没有见到长辈该有的客套。

吴旭毫不在乎，迈步向前，这一回站在李川对面，两个人的身高几乎是平齐的。

李川不怵，坦然和他对视。

隔了好一会儿，李川好像才想起什么似的："不好意思，我们之前是不是在医院见过？"

吴旭眼睛一眯，保持微笑："对，是见过。"

少年露出极淡的一个笑，转瞬即逝："刚刚没认出来，实在不好意思，叔叔。"

吴旭下意识转头看赵瑞宵。

赵瑞宵开口道："不用那么紧张，大家都放松一点，也不是第一次见面了。我叫赵瑞宵，你旁边那位是吴旭，我们和乐扬是认识很多年的朋友，乐扬也经常和我们说到你。"

"啊对，常常说到你。"吴旭转回头指了指两个人，牙齿间挤出几个字，"小朋友。"

李川侧过头小声问林乐扬："哥，你这么叫我吗？"

林乐扬矢口否认："我才没有。"

吴旭木着一张脸："我和林乐扬一个岁数的。"

李川像是没听到，抬头做出询问的表情。

到了这个地步，吴旭不得不承认李川是和季挽柯有些相似的地方，这种差别对待人的方式实在很熟悉。

吴旭一合计，退后两步拉着赵瑞宵往庭院里走："那个，我俩有点事出去商量商量，你俩该干吗干去吧。"

林乐扬满脑袋问号："什么事不能在屋里说？而且你俩一天十二个小时都待在一块，有什么事比看望我还重要啊？"

他现在不知道该怎么和李川独处，怕李川又问出什么他无法回答的话。

吴旭朝他摆摆手："大人的事情小孩少管。"

林乐扬气闷至极。

两个人出去后，李川问："他们平时就这么对你吗？"

"什么？"林乐扬先是头皮一麻，意识到李川是在说什么才慢吞吞回答道，"是……是吧，因为我只记得十八岁之前的事，他们就把我当小孩子看。"

"他们好坏。"李川突然说。

林乐扬抬起头，看李川说话的模样认真，想了想说："也没办法吧，毕竟我做了那样的事，他们关心我而已，到目前为止这个程度我还能接受。"只是偶尔受不了要反抗一下。

他把最后半句吞进肚子里。

"我就不会那样做。"李川又说，"不管乐扬哥多少岁我都……"

林乐扬及时捂住李川的嘴："不是说好了不再说吗？"

李川垂下眼睫，声音闷在林乐扬的掌心里："好，我不说了。"

林乐扬讪讪将手挪开，没想到吴旭和赵瑞宵就站在庭院里，透过玻璃窗景将两个人看得一清二楚。

常姨晒在外面的米黄色床单随风吹起又落下，吴旭趁机捣了捣赵瑞宵，别过身问："你确定这是好主意吗？"

赵瑞宵回答："不知道，全凭双方自愿，你在担心什么？"

"这靠谱吗，对方一看就是个毛头小子……"

"现在连谈恋爱都讲究恋爱自由，只是交个朋友有什么不可以？"

吴旭还是担心："你从哪里判断林乐扬真把他当成季挽柯了，我还是觉得……"

赵瑞宵："是你拉我过来问要不要观察他俩，时间还不过五分钟怎么就后悔了？"

"话是这么说，但林乐扬那个死脑筋……"

"他已经忘了。"赵瑞宵说，"现在就是最好的时机。"

新的生活，新的朋友，把过去清空，一切就能重新开始。

赵瑞宵知道这样很残忍，但他是这样残忍的人，林若柳说他某些时刻不近人情，他完全不否认。

他和季挽柯是朋友。

他们是一类人。

除非今天季挽柯重新站在他们面前，不然他们就只能抓住这次机会。

林乐扬不能永远等在原地，他要是不往前走，过去又会重演。

这是谁都不想再经历的。

屋子里，林乐扬还陷在低落情绪中。

李川已经若其事地给他梳头发。

"你怎么这么爱玩我头发？"林乐扬闷闷道。他的头发已经很长了，和林若柳相似的样貌让他在某个角度看去有种柔弱的美感。

他和少年时期的气质完全不同了，但毫无疑问无论过去十年还是二十年，林乐扬就是林乐扬。

"哪天去理发店剪短一些吧，这样太热了。"

林乐扬一惊，抬头看李川。

"乐扬哥终于肯看我了。"李川低下头说，"还以为又生气了。"

"我没有生气……我没理由生气吧。"林乐扬扯出不太好看的笑容来，眼底有易碎的脆弱，"明明是我更任性，你一直在迁就我。"

李川却露出意外的神情："你有哪里任性吗？我怎么没感觉出来？"

林乐扬愣住。

"明明是你在迁就我，一直以来都是。"李川拉起他的手腕，食指按在那道疤上，也按着他跳动的脉搏，"是我太着急了，我很贪心，想要的太多，你不用立刻回应我，但我还是希望你会回应我。"

林乐扬不由得脱口而出："哪怕我曾经为了一个人而死？"

"哪怕你曾经为了一个人……"李川说到这里却说不下去，难得无法控制表情，深深看着他，"那么可不可以为了我而活着？"

吴旭和赵瑞宵回来后各自揣着心事，另外两个人表情也很沉重。

最后还是吴旭拍了拍手："我说，你俩在这儿演琼瑶呢？"

林乐扬回过神，李川直接问："琼瑶是什么？"

吴旭干笑两声："2007年生的孩子连琼瑶都不知道了吗？"

李川面不改色："抱歉叔叔，解释一下？"

是故意的吧。

绝对是故意的。

吴旭咬牙切齿："抱歉啊小弟弟，这个我有点解释不清楚了，叔叔老了。"

李川："嗯，没关系的。"

赵瑞宵倒是很明显地笑了。

吴旭更来气了，用手捣他："也别光我说话啊，你也说点什么？"

赵瑞宵气定神闲："我说什么？"

李川："对了，刚刚就很想问，乐扬哥说你俩十二小时都在一起，请问你们两个人的关系是？"

赵瑞宵："……"

吴旭："……"

这回换林乐扬笑倒在沙发上。

"是同事关系。"赵瑞宵回答道。

林乐扬在旁边："他们关系很好的，天天在一起。"

吴旭："你别煽风点火了！"

"是朋友也是合伙人，除此之外没别的了。"吴旭努力保持微笑，"不是小弟弟你想的那样。"

"嗯。"李川看向他，"我还什么都没想。"

吴旭万万没想到自己连个小孩都玩不过，干脆闭嘴不说话了，斜了赵瑞宵一眼，但赵瑞宵一言不发，只在观察对面的少年。

两个人都要留到午饭时间，其间和李川聊了一会儿，意外发现不管聊什么他都能搭上话。这个年纪的小孩基本还对未来很迷茫，李川却已经有清晰的规划，他们这样的过来人听着都觉得可行。

吴旭不由得用一种评判的眼光看李川，李川有所察觉一般地抬起头，两个人对视一眼各怀心思。

"乐扬。"赵瑞宵忽然叫一直在旁听的林乐扬，"你姐姐说晚上要在外面吃，是我们晚上来接你，还是你自己去饭店？"

林乐扬有些意外："我自己去就可以。"

看来他们对自己的管束确实宽松了，这让林乐扬长久以来提着的那口气松懈下来。

"好，那等晚上我把地址发给你。"赵瑞宵说。

林乐扬应了声好，眼看快要到午饭时间，还是不放心地问李川："你今天真的没课吗？"

李川对上林乐扬的眼睛，这是他第二次问自己，最终老实回答道："……下午有课。"

林乐扬："我就说不可能一整天都没课，又不是周六。"

"嗯。"李川还是看着他。

林乐扬的表情鲜活，完全不知道伪装自己，担忧是担忧，开心是开心，所以当他真诚问出一个问题时说谎就变得很艰难。

尽管到目前为止，李川已经说过很多谎。

"那你吃完饭回去上课？"林乐扬询问道。

"你这么迫不及待赶我走吗？"李川说，"有其他人在，我都没来得及和你说几句话。"

吴旭和赵瑞宵很自然地被他排进"其他人"的队伍里。

"可是你有课啊，怎么就变成我赶你……"林乐扬在李川的眼神攻势下投降了，语气一点点弱下来，好像自己真有这个意思似的，连忙补救，"又不是不能来了，有什么话手机上也能说。"

"那你记得回我消息。"

李川成功得到自己想要的回复，弯起嘴角，眉宇舒展开，有独属于少年的帅气，那处断眉已经长好了，看上去没以前那么凶。大概是相处久了，林乐扬只觉得他大多数时候都在耍酷，冷淡也是假象，明明就热情又黏人。

老实说，有点像"旺财"。

但是没有旺财的身材。

林乐扬去了卫生间，李川等在客厅里。

赵瑞宵忽然走过来递给他一根烟，微笑朝他示意。

"我不抽烟。"李川拒绝了，赵瑞宵便将烟收起来。

"我看你很喜欢乐扬这个哥哥。"赵瑞宵开门见山道，"先别急着否认，我毕竟是过来人，看人还是很准的。"

李川也不慌乱："我没有要否认。"

赵瑞宵微微挑眉。

"倒是你是什么过来人？"李川装作听不懂的样子。

赵瑞宵："……"

"刚刚你也听到了，今晚我们要在外面吃饭。"赵瑞宵说到这里一顿，眼神看向他，竟是询问道，"你要来吗？"

李川没想到赵瑞宵要来邀请他。

"别担心，我们都希望乐扬好好的。"赵瑞宵回以一个友善的笑容，他自认的友善，"他和我们说起过你，还常常和你聊天，要知道这几年里他很少会这么在意一个人，所以我想你对他来说应当是有点特殊的。"

李川的表情复杂了些许，像是想扯出一点礼貌的笑又很勉强，最终失败了。

"我不太明白你的意思。"他说。

"我调查过你。"赵瑞宵开门见山，早在林若柳提到这个人时他就留了心眼，"老实说对你的初印象不太好，你有多次伤人的记录，医院里的病人包括护士都被你弄伤过，但事情都被压下来了……不用担心，这件事我没有和乐扬的姐姐说过，她并不知道。"

"你调查我做什么？"李川本来还略显紧张的神情在听到赵瑞宵最后一句话后消散了，他的情绪一直是内敛的，轻易不会外露，"而且现在还跟我说这些，是觉得我不会为此生气吗？"

一般人都不会乐意别人调查自己。

"但是你确实没有生气。"赵瑞宵微笑道，"这也是我意料之外的，你的反应很奇怪。"

李川却表现出超常的淡定："既然调查过就应该知道我自从这次醒过来以后情绪都很稳定，也积极配合治疗了。"

赵瑞宵点点头："是的，你恢复得很快，以前的那些症状几乎没有了，不然我不会放心你和乐扬单独待在一起。"

他说完略微额首："所以是什么导致你变化如此之大呢？"

他并不需要一个回答，只是在警告李川。

李川却说："因为死过一次了吧。"

赵瑞宵微微一愣，瞬间反应过来对面的人是十九岁的成年人，但也仅仅只有十九岁而已。

他应当也经历了许多事。

"抱歉，只是我必须确保乐扬是安全的，你也希望他好起来对吗？应该明白我……"

"你管得太多了。"李川打断他，"林若柳让你照看他，是要你事无巨细什么都插手的意思吗？"

赵瑞宵有些意外，这一刻李川身上的攻击性暴露无遗。

"当然不是，但是你很危险。"赵瑞宵开玩笑似的举起手，"要不是乐扬对你的态度比较特殊，我不会放任你们之间有来往的。"

"不需要你们多管闲事。"李川直白道,听上去更像少年的倔强。

赵瑞宵并不感到冒犯,非要说的话是他先冒犯到李川了。

他差不多摸清李川的性格,就像林若柳说的,确实和季挽柯很像。这也让他不由得担心起来,林乐扬对待李川的那份特殊,究竟是对李川的,还是对曾经的季挽柯……

应该不会的,毕竟林乐扬现在什么都没想起来。

李川却是不放心地看着他:"我是认真的,不需要你们插手。"

赵瑞宵微一歪头:"当然,我都明白,所以今晚吃饭你到底去不去呢?"

李川:"……去。"

赵瑞宵又笑起来:"好的,那就和乐扬一块来吧。我直接把地址发给你,你应该比他更熟悉路吧?"

"嗯。"李川不情不愿道。

赵瑞宵还是忍不住说:"你和我的一个朋友很像。"

李川抬眼,干脆道:"那你朋友挺倒霉的,摊上你这么缺德的朋友。"

赵瑞宵无奈笑了下:"确实,他要是知道我做了什么,一定会想办法弄死我。"

李川沉默一下:"也没那么严重,你们不是朋友吗?"

赵瑞宵耸了耸肩,事实上从林乐扬醒过来以后,他们决定瞒着他的那一刻起,很多事就无法挽回了。

赵瑞宵不知道这么做是错是对,忽然又回想起出事前的那个雨天,林乐扬撑着一把伞,脸色很苍白,带着点病态,但仍然笑着,推了推鼻梁上往下滑的眼镜,雨落在他肩膀上,鲜花却安然无恙被他捧在怀里。

"我这样应该很成熟了吧?他总是说我像小孩子长不大,现在这样应该没问题了。"

雨水重重摔在伞上又滑落,赵瑞宵不明白这天为什么永远在下雨,雨声不停,一下一下敲击在心上,一直滴在一个地方,疼痛来得很慢也来得更刺骨。

"走吧,"那天的林乐扬轻声说,"我们去见他。"

林乐扬觉得饭桌上的气氛很怪，吴旭不止一次往他这里瞟，而赵瑞宵一直盯着李川看。

他忍不住把拖鞋放下，用赤裸的脚踢了踢李川的小腿，用两个人才能听见的声音问："他们在干吗？"

"我不知道。"李川也用同样的音量回复他，"要不要吓吓他们？"

林乐扬抬起脑袋，好奇道："怎么吓？"

李川用行动证明了。

他放下碗，开口："叔叔，你们两个在偷偷摸摸做什么？"

那边吴旭把米饭呛进气管里，猛烈咳嗽起来。

赵瑞宵则反击："叫什么叔叔，叫哥就好了，就像你叫乐扬哥哥一样，千万不要见外。"

李川："……"

他把不情愿直白地写在脸上，显然不想管这两个人叫哥。

林乐扬的目光在这几个人身上轮番转一圈，怀疑道："我就去个卫生间的工夫，你们关系什么时候这么好了？"

"没有。"李川立刻否认道，当着另外两个人的面，厚着脸皮说，"还是我和乐扬哥的关系比较好。"

吴旭："呵呵。"

赵瑞宵也难掩笑意。

临走前，赵瑞宵和林乐扬说了晚上李川会和他们一起吃饭的事。

林乐扬一时间没反应过来，赵瑞宵说："他不是你朋友吗？再说他家里那个情况，多和人接触接触不是更好吗？"

林乐扬直觉不是这么回事，又一时挑不出什么毛病，只得点点头。

"那你们晚上一起过来吧？我已经把地址告诉他了，到时候你们碰面然后一起过去。"

林乐扬没想到自己离开那么一小会儿，已经被安排得明明白白，只能晕乎乎地呼应点头："好、好的。"

"那我和吴旭就先走了。"赵瑞宵说，"晚上见。"

"晚上见。"

这下又只剩下他和李川两个人。

这一回李川没有再说什么奇怪的话，一直安分到离开，走之前和林乐扬说："我晚上来找你。"

林乐扬说："赵瑞宵和我说过了，还是我去找你吧，你放学都六点多了，我提前走，去你们学校接你。"

这边离市区远，来回一趟更麻烦，而且林乐扬总觉得自己比李川大一些岁数，更应该是照顾李川的那一个。

李川点头："好。"

林乐扬犹豫一下还是问："你为什么答应和我们一块吃饭？"

"你不想我去？"

"不是……但是会很拘束吧。"林乐扬一看李川就是不会开开心心和长辈吃饭的人，会答应下来的原因只有一个，那就是有他在。

"都说了我愿意的。"

林乐扬不知该怎么回，只能木讷地点点脑袋，小鬏鬏也随着晃一晃。

李川说："那就晚上见。"

"……晚上见。"

是不一样的。

赵瑞宵和李川说了同样的话，给他的感觉却完全不相同。

林乐扬最近总是逃避做梦，这次困意却完全占了上风，趴在床上胡思乱想了一会儿就睡着了。

这一觉睡得很沉，沉到他以为自己不会再梦见谁，可隐隐约约的说话声又让他知道自己逃不掉。

"我比你大了整整八个月欸。"梦里面自己夸张地比画着数字，不满地讲话，"叫我一声哥怎么了？"

"搞清楚，咱俩一个年级。"有人弹了他的脑门，力道不大，但他还是往后扬，干脆躺倒在床上。

"林小缺，谁给你胆子敢往我床上躺？"

"别这么小气啦，床不就是用来躺的嘛，我分你一点。"林乐扬说着大方地往里面挪挪，让开一些地方。

季挽柯站到床边，居高临下地看着他。

林乐扬则扬起笑脸，笑嘻嘻地回视。

"一脸蠢相。"季挽柯评价道。

林乐扬指责："这是人身攻击。"

"叙述事实而已。"

季挽柯伸过去一只手把林乐扬从床上拉起来，他力气很大，林乐扬一下被带起来，整个人一抖，兔子一样两三下爬上自己的床。

季挽柯的床在下铺，他则是对面的上铺。

季挽柯看他蹿得这么快，忍不住咋舌。

林乐扬按住自己的胸口，故意道："你这么说我，我伤心了会哭哭的哦。"

季挽柯随意扬了扬手："你再这么说话，我就揍你。"

林乐扬忽然撑着栏杆俯下身去，季挽柯一惊，双手抬起来想接住他，意识到他两只手都牢牢把着栏杆，神色冷下来："我看你真想挨揍。"

"这不是凑过来给你揍了吗？"林乐扬毫无危机感，"就叫一声哥给我听听。"

"做梦。"季挽柯面无表情，"除非我死，不然这辈子你都别想听到。"

"怎么这么小气啊？"

季挽柯抬起手，林乐扬以为对方真的要打他，眼睛闭上脑袋往后缩了下，结果季挽柯只是按住他的衣领。

"你到底在耍什么彪？"季挽柯说着拍了下他的脑袋，"快点下来跟我去吃饭。"

林乐扬低头嘀嘀咕咕道："我又不是你小弟。"

"林乐扬，你在说什么？"季挽柯立刻问。

"什么都没有，我现在就下来！"

......

"我说你怎么老是跟季挽柯混一块？"班上有同学问林乐扬，或许是好意，"我看他挺不耐烦你的，没必要事事都顺着他吧。"

林乐扬也不太确定，要说朋友，季挽柯和赵瑞宵那样的才算朋友，他和季挽柯算什么呢？舍友？对铺？总之都不能称之为亲密。

林乐扬无精打采趴在桌子上，深深叹了口气："没办法，我愿意的，是我眼巴巴贴上去的。"他越说越可怜，缩到桌子一角。

同学本来还想说点什么，余光瞥到后面忽然噤声，一句话也不讲。

只听身后季挽柯阴恻恻地说："我看你也没有很愿意。"

林乐扬吓了一跳，立刻直起身想往后看，奈何脑袋被对方按住了，季挽柯绕到前面来，眼睛扫过刚才说话的同学："怎么，我对你不好？你要起义了？"

"我没有啊。"林乐扬侧过身，把同学挡住，转移他的注意力，"我哪里敢啊，好开心每天跟着你哦，让我的生活都充实不少！"

季挽柯用一种冷淡的目光盯着他看。

林乐扬被看得有些难受。

他也不是全然乐观的，每天跟在一个各方面都优秀到极致的人身后跑，想想也挺绝望。

不然别跟了。

他把嘴角压下去，这样对大家都好，季挽柯说不定也很烦自己。

"你要哭吗？"季挽柯忽然问。

林乐扬瞬间晃过神，摇摇头还是回应："没有。"

"不如哭一个试试。"季挽柯很高，几乎是在俯视他，说话又让人难以琢磨出情绪，紧接着又说，"你要是伤心我说不定还会哄你。"

林乐扬不太明白他的意思，但还是回答："我不想哭也没有伤心……"

赵瑞宵站在一旁看够了戏，终于肯过来救这个糟糕的场。

"乐扬，你不要听他的，就当他在放屁。"温文尔雅的男人走过来坐在林乐扬身边，"他在说反话。"

林乐扬更是摸不着头脑。

季挽柯脸色很差："谁让你坐这儿的？挪开。"

赵瑞宵微笑："教室这么大，自然是我想坐哪儿就坐哪儿，你自己不坐还不让别人坐？倒是你，偷听算什么本事，一看有人和乐扬说话就偷听，你是变态吗？"

季挽柯："……"

女孩子早就在两个人说话时悄悄溜走了，现在座位上只有赵瑞宵和林乐扬，林乐扬见状默默举手，道："不然我让个地方……"

"你还想去哪儿？老实坐着吧。"季挽柯黑着一张脸，"让赵瑞宵滚蛋。"

林乐扬："……我办不到啊。"

"我办得到。"

季挽柯说着要上手，赵瑞宵立刻闪开了，临走前还笑呵呵地指指点点："你看这人根本不讲道理，太野蛮了，乐扬你还是小心点。"

季挽柯伸手捂住林乐扬的耳朵，林乐扬愣了下，抬头看他。

长相精致的男人语气不妙道："看我做什么？不许听他胡说。"

林乐扬一瞬间没有反应过来，脑子晕乎乎的。

季挽柯敲了敲桌子，半天才道："没不耐烦你。"

林乐扬眨眨眼："嗯，我……知道？"

"为什么是疑问句？"

"我也是刚刚才知道。"

"要不怎么说你缺心眼，我要是不耐烦你早让你滚蛋了。"

"……那谢谢你没让我这么早滚蛋。"

季挽柯又咋舌，看上去有些焦躁："我不是那个意思。"

"那是什么意思？"林乐扬也很惶恐。

他满是不安的十九岁里，遇见季挽柯，和季挽柯成为朋友。

"你以后还会和我一起走吗？"季挽柯低头，再抬起眼时仍是强势的，"敢说不会你就死定了。"

林乐扬："……"

"之前不是还闹着让我管你叫哥？倒是有担当一点啊，就这么当哥哥的？"

林乐扬心想这两者间有什么关系吗？嘴里说着："那你叫一声嘛。"

季挽柯看他："不要。"

"为什么啊？"林乐扬不理解，就喊他一声哥哥又不会少一块肉。

"休想占我便宜。"

林乐扬："……哦。"

季挽柯又自顾自地烦起来："你还是没懂。"

"我确实没懂啊！"林乐扬莫名其妙，"你到底想说什么？"

季挽柯有些郁闷道："林乐扬，你缺心眼吗？"

"所以到底为什么？"

他在梦里问。

这一刻终于能抽离出这个场景，像个旁观者一样看着一切发生。

就像你期望的那样。

他已经把你当成生命中很重要的朋友。

林乐扬被一通电话吵醒了，睁开眼，头发、脖颈都被汗水浸湿，房间里没有开空调，窗户还开着，闷热的风掀开薄薄的窗帘往里灌。

他迷迷糊糊坐起来，脑袋一阵眩晕，头疼得厉害，拿起手机看了时间已经两点过五分，自己趴在床上睡了快一小时，胳膊的关节处隐隐泛着酸痛。

手机还在闪烁，是李川打来的电话，他刚要接起来，屏幕的光就自己熄灭了。

林乐扬还没有从梦里彻底抽离出来，没能第一时间回拨过去，但是很快，没有半分钟的时间李川再一次打过来。

这一次他把电话接通了。

"喂？"林乐扬没想到自己的声音这么沙哑，还带着点鼻音。

手机那边静了一下才说："你在睡觉吗？"

"嗯……一不小心睡着了。"

"那就好。"

林乐扬疑惑："什么叫'那就好'？"

"还以为你又不理我了，给你发了好多消息你都不回。"李川站在走廊上,四周很安静,现在还不是下课时间,是他自己擅自从教室后门出去了。

"啊,不是的,我睡着了。"林乐扬连忙解释道。

"我是不是把你吵醒了?"

"没有,刚好我醒了。"林乐扬说了一个善意的谎,不想听少年再给他道歉了。

从这一刻开始,他忽然无法回忆起梦的内容,只有胸腔处残留着那股酸酸胀胀的感觉,心脏像被一只手攥住了。

李川还是给他道歉了,轻声说:"抱歉,那你继续睡吧。"

林乐扬攥着手机,张了张口竟然是想挽留,想要少年多和他说说话。

"那你也好好上课。"他把心里边那点任性的要求压下去了,说完这句才想起来,"你们现在没在上课吗?"

李川已经走到楼梯口,一边下楼,一边说:"嗯,还没,马上就要上了。"

"那我不打扰你了。"林乐扬说。

李川:"不打扰。"

这让林乐扬该如何回复,然而李川没有要他的回复。

电话挂断了,他按住自己的胸口缓慢呼吸起来,天气热得他喘不过气,脸是薄红的,心脏处又很闷,倒在床上四肢都无力。

林乐扬点开微信,李川给他发了好多消息,一开始是告诉他自己到学校了,而后每隔几分钟就问他为什么不理自己,渐渐地,文字越来越简洁,最后是一长串的"哥哥",不知道的还以为是小孩子误拿了家长的手机,只挑会拼写的字不停打出来。

林乐扬每一行都细细看过去,一点点下滑到底。

到了这个时刻,他再也无法否认自己把李川认作另外一个人。

在这个闷热的六月末尾,荒唐的穿越之旅当中,记忆只停留在十八岁的他遇到一个在梦里才见过的人。

下课铃响,李川慢悠悠从外面转回来。

彭思远给他竖大拇指:"你真行啊,老袁的课你也敢翘?不怕他给你挂科吗？"

李川回答他："会好好看书的。"

彭思远："你想靠考试考过啊，那不是挺难的，刚才出去干吗了？"

李川把手里的两瓶冷饮的其中一瓶递给他，坐了回来："打电话。"

"你说的不是废话？从上课铃响到出去你一直捣鼓手机，我是问什么事这么急？"

李川拧开汽水喝了一口："他没回我消息。"

这个"他"是谁，李川没说，彭思远已经自动脑补出来了。

"……咱大哥这么严苛吗？"这是彭思远第二次问。

李川一脸平淡地说："是我有点担心所以出去打个电话，有什么问题吗？"

林乐扬在浴室里洗澡，花洒下一片雾气，他的头发确实很长了，或许该听李川的话哪天去理发店剪一剪……想到这里，他又愣住了，为什么非要是李川提出来他才去考虑这件事？

林乐扬独自在浴室里深深叹了口气。

经过这么长的一段冷却时间，他隐约记起一点梦的内容，但也令他更加纠结了。

因为那些模糊的画面都属于另外一个人。

林乐扬越想越混乱，抱住脑袋任由花洒把自己浇个透彻。

晚上五点钟，林乐扬收拾好自己准备出门，常姨让他拿一把伞："现在外面天气可热了。"

林乐扬摆摆手："不用，我又不是小姑娘，而且太阳马上就要下山了。"

他说完出了门，不到一分钟就退回来朝里面喊："常姨，还是给我找把伞吧！"

见鬼了，这才六月怎么能这么热！

林乐扬不熟悉路，在路口打着把伞拦了一辆车。出租车在他身前停下，他把遮阳伞收起来刚坐到后车座，就听前面的司机说："姑娘，去哪儿啊？"

林乐扬："……"

他开口报了地址。

司机转头看了他一眼，胖胖的脸上挤出慈祥的笑容："哎呀，不好意思，看岔眼了，这一看就是搞艺术的。"

林乐扬："……我不搞艺术。"

他好像很久没有画画了。

以前就是不去专门的美术班了，每周都还是会画一些什么，但自从醒来以后给李川画过一幅速写外，就再没有画过其他的。

就连送给李川的那一幅，手法也十分生疏，让他很想要回来原地销毁。

林乐扬低头开始归拢自己手里的伞，不愿再想下去。

到达李川的学校后，林乐扬没有立刻给李川发送消息，而是在校园里独自转了一圈。

走在校园里的都是些年轻的男孩女孩，林乐扬一下子就感觉出自己和他人的不同，包括他和李川，两个人要是站在一起，谁是年长的那一个还是极好辨认的。

要是没有一觉醒来就是十年后这档子荒唐事，自己也应该是这些学生里的其中一员，作为新生初入大学……

太阳就快要落山了，他还是把伞撑着，希望将自己掩藏在这片阴影里。这样掩耳盗铃的做法自然没什么用，转了一会儿林乐扬把自己转迷路了，无奈只好打电话向李川求助。

"你下课了吗？"林乐扬不知道自己为什么要小声说话。

"还有五分钟，你已经到了吗？"李川蹲在座位一边讲话。

彭思远见怪不怪了，继续弯腰低头打他的游戏。

林乐扬还是放轻声音，像两人之间的密语："那我等你放学。"

"嗯，在门口吗？"

林乐扬只好实话实说："……不是，我在你们学校迷路了。"

李川停顿一下："那你等我，我去找你。"

李川到的时候，林乐扬已经把伞收起来了，蹲在墙角看蚂蚁搬家。

他听到脚步声抬起头，没有想象中刺眼的光，李川的阴影遮挡他，竟让他安下心。

"好像要下雨了。"他一边说一边站起来，感觉脑袋眩晕。

李川扶住他，胳膊碰到他的腕带。

他又把腕带戴上了，为了遮掩那道狰狞的伤疤。

李川还是穿着长袖，衣服底下的手臂已经很有力，足以撑起林乐扬。

他们都有要藏起来的过去，这么一想好像还是挺配的。

林乐扬自己都没注意到自己笑起来，李川低下头，阴影更多了，落在他的头顶、他的眼睛上，罩住他整个人。

他却不想躲避。

"笑什么？"李川问他。

和他们初遇时有点相像，又有什么地方变得不一样。

"不可以笑吗？"这一次林乐扬直接问出口。

李川则回答："可以的，你笑起来很好看，我喜欢看你笑。"

离赵瑞宵定下的开桌时间还有一段距离，两个人漫无目的地在校园里乱逛。

李川问他怎么拿着伞，他说太热了。

"那去哪里坐一下吧？"李川说。

两个人便出了学校找一家附近的甜品店坐下，即便天色有些许暗淡，外面气温仍旧闷热不减，店铺的空调温度有些低了，但相比起炎热，林乐扬更乐意冷一些。

李川问他："要点些什么？"

玻璃柜里展示出的每一种糕点都很精致，但林乐扬却没什么吃的欲望，来回看了两圈，抬头说："能只喝杯葡萄汁吗？"

李川便让服务员拿了两样，松饼和提拉米苏。

店里坐着几个女生，看样子像李川学校的，频频侧头看向两个人。

林乐扬坐在李川对面，被看得不太自在，微微倾身问道："是你同学吗？"

李川回头看了一眼，动作幅度很大，明晃晃的，看完转头用正常音量跟林乐扬说："不认识。"

那帮小姑娘便不敢再明目张胆地看了。

李川把小块的提拉米苏推给他。

林乐扬摇摇头："我不吃。"

"不喜欢？"李川问。

林乐扬点头又摇头："就是现在没什么胃口。你也不要每次来我家都带零食，我不吃，都被吴旭给吃了，挺浪费的。"

给自己的发小吃算浪费，要是让吴旭听见指不定要翻多少白眼。

李川闻言盯着那块提拉米苏看了一会儿，而后拿过叉子剜出一块放进自己嘴里。

林乐扬问他："好吃吗？"

"甜。"

"蛋糕当然都甜，你不喜欢吃甜的还点？"

李川没说话又吃了一块。

林乐扬觉得有趣，李川偶尔会展现出小孩子的一面，一言不发吃蛋糕的模样引人发笑。

李川吃下去一半多，林乐扬好心提醒："你要不别吃了？我看你吃得快吐了。"

"没有那么夸张。"

林乐扬两条胳膊都倚在桌子上看他："不然你吃松饼吧，那个不腻的。"

李川吃了，咽下去之后评价："还可以。"

他把装松饼的盘子推给林乐扬："要试试看吗？"

林乐扬微微愣住，他不再喜欢吃零食也不爱吃甜品，但最终还是尝了味道。

"这个不甜。"林乐扬评价。

"嗯。"

李川看着对面林乐扬的笑脸，最终也勾起一个微笑回应道。

气氛。

吴旭歪头，这个气氛怎么说呢。

林乐扬实在太容易看穿了，以前对季挽柯是毫不掩饰地崇拜，现在记忆停在十八岁，对李川的崇拜也掩饰不了。

吴旭的心情不禁变得复杂。

老实讲，林乐扬能忘记过去，重新开始一段生活是很多人都期望的。

但真应该是现在这个时候吗？在他忘了十年间发生的所有事，被哄骗着做十八岁的少年的时候。

这对于林乐扬、李川来讲都是一种不公平。

吴旭再次望向坐在餐桌另一头的赵瑞宵，这个人，一脸的斯文相，还在帮林若柳倒酒，自己真的很想照着这张脸揍一拳。

他郁闷地独自干了一杯酒，一闭眼一撇头，算了，就让一切顺其自然发生，不然自己这个傻子发小永远不会走出来，忘了也好，没人能守着一段回忆过一辈子。

吴旭在这边独自一人纠结，李川早就给林乐扬剥了好几只虾，林若柳的指甲不方便，由赵瑞宵绅士地代劳，放眼望去，整个饭桌上只有他在啃汤里的白萝卜。

林乐扬好意道："你不吃点肉吗？"

吴旭惆怅地摆摆手，啜着自己碗里的汤，就差翘个兰花指："这萝卜真香。"

李川微微偏过头，神色没变，平铺直叙："你发小脑子是不是不好使啊？"

林乐扬："……我现在也不是很敢确定了。"

林若柳观察着两个人，太熟稔了，熟悉到让她头皮发麻，想从这个地方逃出去，指尖微微颤抖着。

赵瑞宵自然看到了，轻轻叫了她两声，她才回过神。

赵瑞宵摇摇头，轻声提醒道："他不是。"

是的，李川不是季挽柯。

没有那样张扬的性格，不会和她斗嘴，不会明目张胆地说"那能怎么办，我俩就是朋友"。

林若柳曾经觉得季挽柯幼稚至极，这样的人不能照顾自己的弟弟，却要弟弟反过来照顾他。

"你是交朋友还是养巨婴？"还很年轻的女人绾着一头长发，对着自己不争气的弟弟说，"爸妈要是知道你在外面这么被欺负，肯定不会同意你和他来往！"

她总是在和林乐扬说，说你迟早会后悔的。

而林乐扬永远都在回答她，我不后悔。

直到后来，她再也不问林乐扬后不后悔这件事。

林乐扬主动和她讲："姐姐，我好像有点后悔了。"

那天的雨也下得很大，落了满山，又顺着河道漂走，什么都不剩下。

林若柳和李川的交流仅限于饭前饭后，见面时李川对着她说："阿姨，又见面了。"

吃完饭后，他和林若柳说："阿姨，再见。"

很难说他不是故意的，但又没什么恶意。

林若柳不明白自己弟弟怎么永远在跟这种阴腔怪调的人做朋友。

他们相似到令她感觉害怕。

怕一切重演，怕记忆复苏，怕林乐扬又一次消失在她面前。

林若柳说她今晚不回家，还有一些工作需要收尾。

赵瑞宵没有喝酒，开车送林若柳回公司，临走前和林乐扬说："你自己一个人回去没问题？"

林乐扬说："还有吴旭啊。"

"吴旭有事。"赵瑞宵面带微笑地看向吴旭，"对吧，吴旭？"

吴旭喝了不少酒，整个人蒙蒙的："我有啥事啊？"

气氛冷下来，李川开口："你没有事吗？"

这个冷淡的语气，这个刻薄的问话，吴旭一个激灵："啊对对，我有事……我不能跟你们一道了。"

林乐扬："确定是有事而不是有病吗？"

吴旭没反应过来："我有什么病？身体好得很。"

而后，赵瑞宵开车载着林若柳先走了，吴旭蹲在饭店门口联系代驾，林乐扬便和李川商量："我看你也喝了不少酒，要不打个车回去？"

李川是和吴旭一块喝的，最后吴旭喝多了，李川表面看上去没什么事。

林乐扬怕他是喝醉酒面上不显的类型，不免更担忧一些。

至于吴旭——二十八岁的人了，怎么还和十九岁的小孩较真啊，让李川喝那么多酒！

林乐扬不由自主地偏心。

李川点头算作同意。

林乐扬扬手要拦车，李川像改变了主意，忽然把他的手臂拉下去。

林乐扬抬起头看他："怎么了？"

李川低下头，身上带着葡萄酒的甜香，淡淡的，又有些好闻。

是的，他以自己年纪小为由在饭桌上喝的是葡萄酒，啤酒只喝了两三杯，而吴旭全程喝的是啤酒，现在正躺在自己后车座上被代驾载回家。

夜色与潮气一并笼罩在天边，天空沉闷得近乎于紫红色，李川低头声音闷闷地说："你不送我吗？"

再一次踏进这条潮湿的巷子里，林乐扬是完全不同的心情，心脏控制不住地怦怦跳动着。

有一户人家的门开了，里面出来一个发型乱糟糟的男人，天色太暗、灯光也暗，林乐扬什么都未能看清就被站在他前面的少年挡住视线。

何强喝醉了，眯缝着一双肿胀的眼，醉醺醺地开口："你带女朋友来了？"

他只看到落至肩膀的茶色头发，人的模样看不清，连性别都没认清。

李川没回答。

何强等了一会儿就知道他是不想说，这没关系，自己也不在乎。李川自从在医院回来以后变了很多，阴沉还是有一点，但是能沟通了，偶尔见面可以聊上一两句，游戏上何强让对方带带自己，这就足够了。

他不准备完全了解李川这个人。

这栋破旧筒子楼里的每个人都有故事，而且都很精彩，何强愿意和人吹嘘自己曾经的辉煌时刻，但是对别人的事情就没那么感兴趣了。

更何况是一个还没任何社会阅历的少年。

何强把视线转移到此刻面对他的少年的脸上："好像停水了，你回家看看不？"

李川说："嗯，好。"

何强便挠挠自己的头，把门关上了。

走廊里恢复黑暗，刚才灯光下隐匿的月色又悄然落在少年肩膀上。

林乐扬这才出声："你的邻居？"

"嗯。"李川回应他，终于肯让开身体，丝毫没有要解释方才为何挡住他的意思。

"他把我认错了。"林乐扬的声音很轻，眼睛向上移，漆黑的眼珠看着李川，"你以前常常带女生来家里吗？"

李川一怔，随即露出一抹以前从未有过的神情来，认真回答道："没有其他人来过我家，只有你。"

这场景好像在梦里出现过。

林乐扬一时间有些恍惚。

女生清脆的声音响在他耳边："林乐扬？林乐扬！我跟你说话你听到没？"

"嗯？我有听。"

"你说谎。"女生气馁道，"之前和你说话你怎么不听，又和季挽柯混在一起。"

"啊，那个……"林乐扬挠挠下巴，有些不好意思地吐吐舌头，"他就是看着凶了一点，其实人还是挺好的。"

"你还替他说话？"女生恨铁不成钢道。

林乐扬愣了一下，不知如何开口，乌龟似的缩在壳子里不敢讲其他的话了。

忽然，一只手落在他肩膀上，很有力地攥住他，他抬起头，果真是季挽柯那张冷得要死的脸。

"你怎么在这儿……"

"找你半天都找不见人……"

两个人几乎是同时开口又同时停下。

林乐扬稍稍顿住，季挽柯憋着一口气接着继续说："原来是在这里。"

季挽柯眼神似笑非笑扫过和他讲话的女生，然后再次落在他身上，嘴角也挂着笑意，但莫名让人感觉冷冰冰的。

女生有些急，鼓起勇气抱不平道："你别欺负林乐扬了！"

"我没欺负他啊。"

季挽柯一边用手指戳林乐扬的脸一边说："不信你问他，我欺负他了吗？"

女生："……"

林乐扬："……"

最后，林乐扬在两个人的注视下，弱弱地说："没有哦。"

女生瞪大眼睛，季挽柯则露出胜利的笑容，炫耀一般地讲："他说他没有。"

女生呵呵两声，从两人身边走过去了。

季挽柯这才把笑容收起来，戳改成掐，掐住林乐扬的脸说："我找你半天你就在这里泡妞？"

"我没有哇……"林乐扬满脸通红道，"天地良心，我没有，我和宁倩清清白白。"

"不然呢，你还想和她发展成什么关系？

"什么关系都没有……"

季挽柯："干吗底气这么不足？军训的时候不就和人家挺好的嘛，还给她送水。"

"那是帮别人送……等下，军训？"林乐扬愣愣扬起脑袋，发丝抵在季挽柯的脖子上，"那都是两年前的事了，你怎么知道的？"

季挽柯语气淡淡："不愿意说别说了。"

恶人先告状。

林乐扬却一把抓住他的手腕："军训的时候你有看到我吗？"

季挽柯咋舌，按住他的脑袋不让他看自己，说："有。"

他有史以来第一次这么坦诚。

林乐扬开开心心："真的呀，其实那个时候我也注意到你了。"

季挽柯轻哼一声："这不是必然吗？"说完又道，"你转移什么话题，现在明明在说你和她的关系。"

林乐扬忽然拉住了季挽柯："宁倩有喜欢的人，你也认识，总之不是我。"

季挽柯看着他的手："说话就说话，动手干什……"

"我和宁倩就是朋友关系。"林乐扬打断他说话，还以为季挽柯会生气，结果对方只是静静听他讲。

林乐扬壮着胆子，眼睛望向季挽柯："我也没有其他的好朋友，要说关系最好的就是你，只有你。"

天色似乎更沉了，橙色的灯光点亮整间屋子，又被投映在半敞开的玻璃窗上，像一团小小的焰火在燃烧。闷热的风灌进来，没有一丝凉爽可言，反叫人更加难挨。

李川拧开卫生间的水龙头，老旧水管发出"吱呀"的声响，水哗啦啦流下来。

他拿出手机按住屏幕："没有停水，你是不是忘记交水费了。"

林乐扬在房间里往外望："你在给刚才那个人发语音吗？"

李川应了一声走进屋子里，瞬间被灯光罩住，眼瞳、睫毛像镀上一层金，整个人耀眼不已，林乐扬一时间恍了神。

他该走了。

说好的只是送一送李川。

李川却好像知道他在想什么，挡住唯一的那条去路，阴影遮下来，落在他的发梢、眼睛上。

"乐扬哥，留下来吧，快要下雨了。"

又要下雨了。

这个季节总是多雨的，动不动就雷声大作，风吹雨落。

林乐扬没有立刻答应李川，忽而问："刚才为什么要挡住我？"

李川说："不知道。"

这算什么回答。

好在他继续说："反应过来的时候已经挡在前面了。"

"你不想我那样做？"李川问他。

林乐扬摇摇头，纠结道："也不是……"

"那现在能不能留下？"李川又问，"我喝醉了需要乐扬哥照顾我。"

雨下得毫无征兆，就在两个人说话时，闷热的天空中云和云拥挤在一起，一场大雨悄无声息地落下，落在地面，拍打树梢，而后才飞溅在窗户。

林乐扬被这雨声惊扰到，转头看向窗外，外面黑漆漆，树影在天边忽然的打闪之中疯狂摇动起来，雨溅进屋子里，星星点点落在水泥地上，很快就蒸发。

他转头看向李川，少年的面容平静，还在乖巧等他的回答。

"你不是害怕打雷吗？"

李川微微一愣，意识到谎言败露，抿了下唇道："我骗人的。"

这个时候倒是分外坦诚。

"你好像常常骗我。"林乐扬狐疑地看他。

李川却问："那你会原谅我吗？"

"……这要看你为什么骗我吧。"林乐扬说，"但最好还是不要。"

没人愿意被蒙在谎言里，那样太傻了。

李川静了一下，半秒，回答："好。"

这也是骗。

林乐扬说："那既然下雨了就没办法回去了……"

他给自己找借口，脚趾在白袜里蜷缩，为自己的厚脸皮。

他想留下来，想和李川多待一会儿。

"你也没有喝醉。"林乐扬说。

李川知道他要留下来，轻声回应道："醉了，醉了一点点。"

不一会儿，林若柳打来电话问他在哪里，语气平和，没有逼问的意思。

林乐扬说："李川家。"

林若柳像是早就知道回答一般，叮嘱他几句便挂断电话，也没有规定他第二天必须回来。

林乐扬对这份突如其来的自由感到诧异与惊奇。

电话这端，林若柳把手机放在茶几上，赵瑞宵坐在沙发对面的椅子上问："如何？"

林若柳抬眼："在那小子家里。"

她并没有如自己所言的那样回到公司，而是回了自己真正的住所，公司附近的公寓里。

赵瑞宵点点头，见林若柳还在看自己，只好说："喝完这杯我就走。"

"倒是不知道你什么时候这么爱喝茶了。"林若柳轻描淡写一句，继而问，"我说……乐扬再怎样都比那小子大不少，应该不会受欺负吧？"

赵瑞宵失笑："你想得也太多。"

林若柳冷笑一声："那可不一定。"

"你不要什么事都对标季挽柯。"赵瑞宵温言道。

林若柳垂下眼帘："当然，我当然知道他不是。"

一阵寂静过后，屋内有一声绵长的叹息，女人继而讲道："其实是他也没什么不好。"

李川家里连台电视机都没有，窗外雨下个不停，两个人半靠在床上玩游戏，一把接着一把，玩到林乐扬不想再玩下去，看李川的样子却是要陪他到底。

"不玩了吧。"林乐扬终于动动嘴巴说道。

李川利落地放下手机："好，你想做什么？"

林乐扬："……"

才刚刚过十点，要睡觉未免太早。

林乐扬硬着头皮道："我困了，睡觉了。"

李川没有异议："那我把灯关掉。"

屋子一下陷入黑暗，雨声重重击打在窗户上，室内却闷热难耐。林乐扬躺在床上看着天花板，过一会儿转头看李川。

少年也在看他，眼神直勾勾。

林乐扬抿住唇："可以把窗户打开一点吗？"

"不行，会着凉。"李川拒绝他，不知道从哪里摸来一把扇子，上面还印着广告，给林乐扬扇风。

林乐扬不好意思道："我不用，也不是很热。"

"没事，我现在也不困。"李川靠他近一点，"我醉着酒。"

林乐扬不明白他话里的意思，一双眼望着他："那你早点睡。"

窗外雨下得好大，淹没眼底隐藏的情绪，也淹没李川和他。

窗子外面潮湿一片，大雨浸润泥土，泥土又开出新芽，呼吸声淹没在电闪雷鸣中，林乐扬又在做噩梦，眼泪不知不觉间爬了满脸。

雨点再次重重拍打在窗户上，"啪嗒啪嗒"作响，他在睡梦中惊醒，掩住双眼哭起来，抽泣声时重时轻。李川便轻声安慰，伸手拍他的背。

雨不会一直下，总有时刻要天晴。

林乐扬的眼泪却停不下来。

"怎么了？"李川问。

林乐扬扭过头，神色带着些许茫然，他也想知道究竟怎么了。

黑夜里，少年的双眸沉得像这晚的夜空，密布着消散不去的乌云。

尽管如此，他的声音依旧低沉温柔。

"别担心，噩梦已经过去，不会再发生。"

和比自己小九岁的男生做朋友是一种怎样的体验。

林乐扬在思考了近一周后，最后总结为四个字——招架不来。

他扯住衣服下摆把自己埋起来。

常姨在外面贴心地喊："可不要露肚皮啊，会着凉的！"

林乐扬坐起身，回了一声"好的"，现在连常姨都把他当作小孩子看，或许赵瑞宵早和她说过自己的事情，她既作为眼线又作为保姆。

但这些都不重要了，林乐扬发现自己已经不那么在意这些事了，对周身的敏感度也在降低。

林乐扬还是第一次有这种感觉，虽然以前肯定也有过很要好的朋友，但那属于二十八岁的自己，十八岁的他还是一片空白。

李川却在上面画上浓墨重彩的一笔。

晚上快要到晚饭时间，常姨问："今天小川也来吗？"

林乐扬点头。

"好哦，他最近每天都来。"常姨随口念了一句，林乐扬却恍惚了一下，算了算日子好像真的是。

门铃响起来，林乐扬第一个冲过去开门，来人却是赵瑞宵。

只有他一个人。

林乐扬往后看了看："好难得，吴旭没跟你一块来？"

"被应酬缠住了。"赵瑞宵看向林乐扬，是再寻常不过的注视，林乐扬却一下子站直了。

男人好像什么都能看透，那一瞬间他觉得自己的思想都被对方看穿了。

"乐扬。"赵瑞宵开口，"不让我进去吗？"

"啊，不是。"林乐扬连忙让开，"请进。"

赵瑞宵换上拖鞋："常姨在厨房吗？我去帮帮她。"

林乐扬点点头，看着赵瑞宵一副欲言又止的模样。

赵瑞宵以为他是想问林若柳，便说："你姐姐她最近没什么时间回来，她没和你联系吗，你想见她？"

林乐扬摇头："她有跟我通电话。"

接着，他对赵瑞宵说："可以问吗？你和常姨是什么关系？"

他早就想问了。

没想到赵瑞宵如实回答道："是老乡，以前帮我母亲做事，后来跟着我。"

林乐扬张了张嘴巴，赵瑞宵看穿他："你是想说明明跟着我，现在为什么来照顾你了？常姨蛮细心的，乐扬，你不喜欢她吗？"

林乐扬连忙摇摇头："不是……"

赵瑞宵看着他："那你还有什么疑问？"

他以为林乐扬会回答没有了，却没想到林乐扬直接问："你是不是喜欢我姐？"

厨房里有洗菜的流水声，除此之外四周寂静。他早就发现了，之前也想过要问，但一直没有合适的机会，后来发现无论什么时候都不叫合适，犹豫久了更难开口。

不等赵瑞宵回答，林乐扬抢先一步说："我猜对了。"

赵瑞宵摇头，林乐扬以为他要否认，结果男人只是平静地说："这还需要猜吗？不是显而易见的事吗？"

林乐扬哑口。

赵瑞宵看向他："是的，我是喜欢她。"

林乐扬还想说什么，赵瑞宵却说："但也仅限于此了。乐扬，我必须说实话，我有些决定是会偏向你姐姐，但绝没有要伤害你的意思。"

"我知道，我没那么想过。只是想确认一下。"

"但你们有事瞒着我。"林乐扬接着说，"这也是为我好吗？"

正巧这时，门外响起敲门声，打断了两个人的交谈。

林乐扬去开门，李川站在外面。

赵瑞宵还没往厨房去，和李川打了个照面。

"又见面了。"他说。

李川挑眉："只有你一个人？"

赵瑞宵总觉得他话里有话，不敢轻易接口。

赵瑞宵去厨房帮忙，屋子里只剩下李川和林乐扬两个人。

赵瑞宵一走，李川立刻走到林乐扬身边："乐扬哥？"

林乐扬应了一声，想知道他为什么叫自己，李川却道："没事，就是随便叫叫，看看你会不会应。"

林乐扬有点无语，注意力集中于此，自然也看不到倚在厨房门口向这边看过来的赵瑞宵。

李川和他对视丝毫不露怯，甚至有些挑衅，眼神都仿佛在说，少多管闲事。

赵瑞宵叹了口气，移开视线摇了摇头。

他还以为林乐扬不会那么轻易信任这个突然冒出来的小鬼……

然而李川方才的举动实在和季挽柯完美重叠，这让赵瑞宵都不由得担心起来。

晚饭过后，李川没有留宿，赵瑞宵提议道："不然坐我的车吧，我正好要回市里。"

林乐扬觉得这个主意很不错，李川却瞧着桌角没抬头，看样子很勉强，林乐扬戳了戳他，他才道："那就麻烦了。"

赵瑞宵识趣地先出门开车。

赵瑞宵走后，李川抬手揉了揉他的头："等周六我早些时间来，带你去剪头发。"

林乐扬满口答应。

李川却没有立刻走。

林乐扬会意："那明天见。"

李川心情很好地笑起来："好，那我走了，乐扬哥。"

赵瑞宵的车已经停在路边，李川坐到副驾驶位，赵瑞宵说："还以为你会坐在后面。"

李川转头看他："为什么？你的副驾驶位是留给林若柳的？"

赵瑞宵："乐扬知道你直呼他姐姐的名字吗？"

李川转回头看着前面："总叫阿姨也不合适吧。"

车子开动，赵瑞宵转动方向盘："你现在和在乐扬面前很不一样。"

"你也说了是在他面前。"李川透过后视镜看他，少年眼底再怎么藏也藏不住肆意张扬的光，更何况压根儿没想藏，"我的耐心有限。"

赵瑞宵耸耸肩："我其实不太明白你对我的敌意从何而来。"

"没有敌意，你想多了。"李川回答他，"叔叔，你是有什么话要和我说吗？"

他不想和赵瑞宵绕弯子，有什么话直接说就好了。

"乐扬以前有个好朋友，这你应该知道吧？"赵瑞宵说。

李川却沉默下来。

赵瑞宵笑了笑，继续说："相信你是知道的，那天我们在病房里说话，你在门外不是都听到了吗？"

"我在想，你是不是还知道其他一些事情。"赵瑞宵目视前方，"医院里的消息最灵通，不可能一点风声都没走漏，而且我发现你看乐扬也看得很紧，更甚于我跟吴旭。"

车子穿越过十字路，一路上畅通无阻，空调的风冷飕飕往车顶聚拢，李川半边身子冰冷，另一面却被阳光烧灼着。

"那你是不是也知道，这个所谓的好朋友是虚构的？"赵瑞宵说，"他不是第一次进医院了，记忆衰退的症状，在此之前也有过。"

林乐扬讨厌入睡，讨厌做梦，他想要清醒过来，现实里有姐姐，有相识的朋友，还有李川。

而梦里那个他从未见过面的男人总是出现。

梦里自己总是追着那人的身后跑，好像怎么都不会疲倦，就连给他发短信都控制不住满脸是笑。

而那些情绪却被密不透风的塑料膜封住，无法传达给十八岁的他，他只能眼睁睁看着这一切发生。

视野里尚是少年的自己递给女生一封信，千叮咛万嘱咐要送到季挽柯手里。

女生说："好啦，我知道，不会弄丢的，就冲你帮李佳佳给我送那么多瓶水的分上，我也得帮你是不是？"

林乐扬比了个大拇指："那当然，好兄弟！谢啦！"

女生拿着信怀疑道："不过我给他，他真的会收吗？他对我的敌意可是很重的哦。"

"才没有！"林乐扬一口否定道，"你就说是我要你给他的，他应该会收吧？"

"怎么这么不肯定，你确定没会意错？他真的会收？"

林乐扬踌躇一下："是、是吧。"

"……你倒是给我语气肯定一点啊！"

林乐扬吐吐舌头，还想说什么，手机来了电话，一看号码——季挽柯。

他把电话接起来，季挽柯立刻道："林小缺，你出宿舍十五分钟了，到底去哪儿了？还非要躲着我去？"

"马上就回来啦。"

"给你五分钟，不出现在我面前，你就和宁倩去女生宿舍住吧。"

林乐扬："哎不是，你怎么知道……"

他话还没说完，季挽柯已经把电话挂了。

自从宁倩给他比了"OK"的手势后，他一整个下午都在忐忑等待季挽柯的答复。

晚上七点，林乐扬在选修课上收到季挽柯发来的消息。

季挽柯："林乐扬，你缺心眼吧？"

林乐扬："挽柯哥哥，我是又犯什么事了嘛，我可以道歉但不能挨揍。[/大哭/大哭]"

这当然是夸张说法，季挽柯从没揍过他。他不过是得了便宜还卖乖。

季挽柯："放学别走。"

下课后，整个教室的人都走光了，唯独林乐扬坐在后排，双手并齐放在桌子上像个听话的小学生。

季挽柯进入教室看到他，扬声道："林小缺，你让别人给我和解书，你自己没有手吗？"

"哎哎，小声点！"林乐扬立刻起身，"我不是觉得别人帮忙递比较有仪式感嘛……"

季挽柯说："你的仪式感就用在这种地方了？我还以为是你给宁倩的情书，差点当场撕了。"

林乐扬一边走向季挽柯，一边说："怎么会？我俩明明沟通清楚了！"

季挽柯面无表情："哦？是吗？商量好了？她把信递给我说'林乐扬给的'，我以为她在跟我挑衅。"

林乐扬："……"

季挽柯把信牢牢掐手里："一共写了十几个字也好意思装信封？"

林乐扬委屈巴巴："你不要给我……"

季挽柯抬起手不让他拿到，略微弯身到他眼前："谁说我不要，你不是要仪式感吗？我亲自来给你回信了。"

林乐扬这才紧张起来，攥住自己手里的笔。

季挽柯说："笔放下。"

林乐扬左右看看把笔放在桌子上，转回头时季挽柯把自己的手伸在他的面前："笔放下，我原谅你了。"

林乐扬眨眨眼，一副不敢置信的模样。

季挽柯干咳一声，佯装不耐烦："你到底是不是真心实意道歉？"

林乐扬期期艾艾："我信上不是这么写的。"

他在那张信封纸上写：

季挽柯，我错了！

早上不该和隔壁同学上早操不叫你，你原谅我吧！

要是你接受我的道歉，就主动和我说句话呗？

季挽柯"嗯"了一声，终于笑起来："这不是主动来找你说话了吗？还想怎么样？"

林乐扬满心欢喜："当然是要和好了！"

季挽柯低声嘟囔一句："笨蛋。"

梦越来越清晰了，他醒过来能记起的场景也越来越多。

这让林乐扬更加自闭，明明那些都是过去发生的事，他也不曾参与，但他就是有种背叛的感觉，既背叛梦里那个人也背叛了李川。

他躺在床上望着天花板，白得透彻的墙面，和李川的出租屋完全不一样，林乐扬开始想念那破旧的充满裂纹的小屋，而不是现在这样一间空荡荡的房子。

他不属于这里。

每每到这一时刻，林乐扬总要这样想。

他不属于这里，要是回到过去，他会和梦里那个人遇见，那么还会和李川遇见吗……

林乐扬的神色里充满茫然，侧过身把自己陷进被子里。

他不知道。

他的感情、他的情绪，有时候是被他所支配，有时候又完全不由他。

这具身体坏掉了。

他的胃开始抽搐着疼痛起来。

李川来时已经是下午，说好的周六来找林乐扬，见面却已经是下午了。

林乐扬知道自己不能太小气，李川有其他的事情忙，他为什么要为这点事斤斤计较，也不太能明白自己。

可心情就是不好，无端掉起眼泪，还要李川安慰他。

"乐扬。"李川最近总是这么叫他，却比以往更加小心翼翼，"是有哪里不舒服吗？"

林乐扬摇摇头，李川轻轻拍他的背："那怎么哭了？"

林乐扬不明白他对自己的耐心从何而来，自己分明在无理取闹。

他很糟糕，没办法担任年长者的职位，还要别人替他操心。

他收紧手臂，抽泣着说："我梦到别人了。"

"梦到什么？"

林乐扬决定坦诚："季挽柯。"

李川的手轻轻一顿："你知道他的名字？"

林乐扬点点头，紧紧拽着李川的衣摆，还想说些什么。

李川却说："别去在意他。"

他什么都不问，不好奇林乐扬的过去，也尽量避免林乐扬回忆过去。

"既然他让你那么痛苦就不值得你记起来。他是谁根本不重要，那些都过去了。"

理发店内，李川提议林乐扬剪成短发。

林乐扬纠结了半分钟，最后一锤定音："听你的。"

"夏天太热了。"李川盯着理发师不停下落的剪刀，"等气温降下来你还想养头发可以再养回来。"

林乐扬刚轰轰烈烈哭过一场，现在情绪已经稳定下来，回想自己的丢人瞬间，恨不得把脑袋埋进理发店的卡座下面。

李川全程表现得很沉稳，这个时候反而不会向林乐扬撒娇，利落地把事情解决了，安抚了林乐扬的情绪。

理发师被李川看得不自在，忍不住和林乐扬搭话："帅哥，我看你发质挺好的，不考虑再换个颜色吗？"

没等林乐扬本人回答，一旁的李川道："不需要。"

理发师："帅哥自己觉得呢？"

林乐扬透过镜子看了看坐在斜侧方的李川，他一直看着自己："听他的。"

理发师没脾气了，便随口问了句："两位是亲兄弟吗？"

林乐扬愣了下，李川接过话："长得很像？"

"说实话，不太像。"

"嗯。"李川语气无波无澜，"恭喜你，答对了。"

林乐扬忍不住笑出声，李川问他笑什么，语气正经得好像真的不知道一般。

林乐扬清清嗓子，眼睛里还残留星星点点的笑意："没什么。"

不等理发师讲话，李川又转头说："是剪短发，不是寸头。"

理发师着实委屈："我这才刚开始剪……"

"嗯，就是提醒一下。"李川的目光淡淡落在理发师身上，"别剪坏了。"

理发师："……没有问题。"

林乐扬看着镜子里的自己一点点变作干净利落的短发，忽然有种怀念的感觉——他本不该有这种感觉，仿佛真的回到十年前，自己还是个无忧无虑的准大学生。

一觉醒来没有出现在医院里，当然，也没遇到李川。

从座位上站起来拿下理发用的遮布，李川帮他把脖子上的碎发处理干净。

林乐扬低头看到剪下去的那些头发零落在木质的地板上，好像也把过去剪断了，没来由地短暂轻松了一下。

第二天，林若柳见到林乐扬都很诧异："你把头发剪了？！"

她表现得过于惊讶，跟在外面的吴旭和赵瑞宵都听到了，对视一眼往房子里走去。

林若柳有一周没回来了，这里实在离公司太远，很早起又要很晚回来，考虑到林乐扬最近状态良好，林若柳还是先回到自己原本的住处办公。

这样下去不是办法。

吴旭一直和她这么说，她何尝不知道。

可她看向林乐扬，看他常常藏住情绪的双眸，以及手腕上那道估计要留一辈子的疤，总想着再等等吧，再等一阵子……他迟早要知道的，但不能是这个时候。

等她准备好，他也可以迎接新的生活的时候，有些事自然就可以说出口了。

林乐扬现在愿意把养了两年的头发剪了，这何尝不是一种好的转变。

只是，再等等吧。

她由衷希望此刻的日子能够无限拉长，长到不去想之后的事，自然也能够不想从前。

"嗯，夏天太热了，李川陪我去理发店剪掉了。"林乐扬回答道。

余下三个人心里都有了底。

吴旭张罗着："今晚上在家里吃饭，你把那小孩叫上呗。"

"他有课吧……我问问他。"林乐扬嘴巴里这么说着，身子却动起来，积极跑到楼上拿手机联络少年。

吴旭趁机和赵瑞宵说："这关系也太好了吧。"

"嗯？"

吴旭神神道道地摇起脑袋："比我和他关系都好了啊……"

"关系好点还不好吗？"赵瑞宵问。

吴旭难得有点严肃模样："你知道我是什么意思，你之前不还和李川单独接触过，你敢说他不像季挽柯？"他没忍住把那个名字说出来。

"像又能怎样？"赵瑞宵回看他，"再说李川是知道的，我和他说了。"

吴旭瞪大眼睛："你说了什么？"

"什么都说了。"

"你疯了？"

"与其让他自己发现不如先告诉他，谁也不能保证他知道以后会不会和乐扬说。"赵瑞宵淡定开口，"不过确实是我想多了，他比我想象中知道的还多，也没有告诉乐扬的打算。"

吴旭皱眉："什么意思？"

赵瑞宵耸耸肩："我也不知他在哪里听说的，可能在医院？这倒是提醒我了，明天带乐扬去复查时一定要小心一点，别让他再听别人说起什么了。"

吴旭叹了口气。

赵瑞宵说："总归是往好的方向发展的，你看他现在不是愿意把头发剪掉了吗？"

人不能永远等待一个人，时间久了也会忘记。

他们都在心里这样宽慰自己。

话是这么说，吴旭没想到什么倒霉事都能落在他身上。

周末这天去复查，刚好赶上赵瑞宵有事，只有吴旭能来。

林乐扬对医院还是有些排斥，但最起码配合着出门了，去的路上都好好的，检查时也好好的，医生刚要例行公事地提问，突然被其他小护士叫走了。

至此一切都很正常。

直到林乐扬转头问吴旭："能问你个问题吗？"

吴旭整个人一僵，这似曾相识的开场……

他说："什么？"连带有种不祥的预感。

林乐扬问："我曾经真的有个好朋友吗？"

吴旭刚想打哈哈蒙混过去，却窥到林乐扬眼底那抹沉静，他很平静，就好像早就知道答案，问出口不过是要验证自己的想法。

吴旭一下哑了口，喉咙里发不出任何声音。

眼前的人更像是二十八岁的林乐扬，而非十八岁。

"为什么我一点感觉都没有？"林乐扬自问自答起来，点点脑袋，仿佛只是随口一问，"真的有这么一个人吗？还是说只是你们虚构出来哄我的？"

过去和现在重叠，总有一些相像的地方让他无法逃避。

他很害怕自己无意识间把李川当作梦里的那个人。

他要怎么表明自己的情感是真实的，是独一无二的，他没想要李川代替谁。

他才不要透过李川去想着谁。

他明明发自内心地在意李川。

吴旭刚想说些什么，医生回来了，只好先闭上嘴。

"林先生，我现在有几个问题需要你回答，放轻松，就和平常一样就好。"

林乐扬点点头："好的。"

好像又回到他刚醒过来的那一天。

那个时候他对周身一无所知，茫然地坐在病床上，面对熟悉又陌生的朋友和亲人。

现在他已经适应了，不再惊慌失措，也不再急切寻找回去的方法。

医生连续问了几个问题，他都一一作答。

最后，医生说："你现在的记忆仍然停留在 2016 年吗？"

林乐扬一顿，望向医生的神情发生了变化，目光里流露出一丝难以捉摸的情绪："不，我想起一些事。"

吴旭瞬间挺直脊背，脸上的汗水顺着额头流下。

天气太热了。

"想起一些大学时候发生的事。"

但他仍认为自己不属于这里。

"既然想起来了……为什么不和我们说？"吴旭开车载林乐扬回去，中途还是忍不住问出口。

"嗯，因为……没有为什么吧，我突然说我想起一些事情也很奇怪，更何况都很琐碎，只是最近才比较清晰。"林乐扬说完又一拍手，依旧是十八岁该有的模样，"啊，对了，我去医院的事没有和李川说，你不要说漏嘴了。"

"为什么不和他说？"

"不想他担心啊。他已经够照顾我了，我好歹大他九岁，不能事事都倚靠他吧。"林乐扬把头靠在车窗上，"我说……"

"嗯？"吴旭毫无防备。

"他们两个究竟有多像？"林乐扬说，"是很像吗？其实也没有吧，李川从来不会戏弄我的。"

"嗯，不像。"吴旭顺着这话说下去。

林乐扬静了一下："怎么总是骗我？"

这句话又听不出他的情绪。

吴旭再次心头一紧。

"你别想那么多了，你和李川现在不是挺好的吗……"

林乐扬这一回直起身："所以到底是像还是不像？"

吴旭实在是慌了。

林乐扬低声嘟囔："到底是什么事，连我姐都要联合起来骗我？"说着抬头看向他，"你为什么这么紧张？"

吴旭矢口否认。

这一刻他无比想念赵瑞宵，要是赵瑞宵在一定知道怎么应付这个情况。

空气几乎要凝固住，林乐扬终于笑了一下，仿佛在满意对方的反应，他直视前方说："不要紧张，我随口问问而已。"

吴旭小腿肚子都在打战，林乐扬这个模样实在和之前相差甚远。

他对着恢复完整记忆的林乐扬可不敢撒任何一点谎，任何谎言都会被林乐扬看穿。

而现在林乐扬还没完全想起来，他却已经感觉山雨欲来。

第五章

恢复记忆

我后悔了，我要是能早点遇见他就好了。

吴旭将林乐扬恢复记忆的事和其他两个人说了，尽管只记起一点点，还都是大学时期发生的事。

赵瑞宵对此很坦然："不然呢，难道真指望他一辈子都不记得？"

吴旭对赵瑞宵这份淡定简直瞠目结舌。

到了眼下这个时候，他们已经不知道说过多少谎，如果说谎要被判刑，那么很好，他们几个是共犯，共同进去蹲个几年不成问题。

吴旭根本不敢面对二十八岁的林乐扬，那十年不只是过去的光阴，还让一个人从青涩的少年长成稳重的青年人。

林乐扬的性格有所转变，就连行为习惯都发生了翻天覆地的变化。一切都不是十年前，一切都在支离破碎，所以当林乐扬醒来后宣称自己十八岁，用十八岁的语气口吻和他讲话，毫不夸张地说，在某一时刻里吴旭的眼眶是热的。

要是能重新来过就好了。

他相信林乐扬也是这样想。

林若柳已经不再限制自己的弟弟，他可以自由地出入那个家，带人回去或者被人带出去。

女人权当睁一只眼闭一只眼。

这放在以前是绝不会发生的事情，十年前的这个时候她不会允许，但是十年后的现在，她允许"十八岁"的林乐扬夜不归宿，允许很多以前她并不会允许发生的事情发生。

她不再计较这段友情里到底是谁付出得更多，情感里是没有公平可言的，当自己付出所有，对方也拿出了全部，这就足够了。

林若柳后来才想明白这件事，现在便对林乐扬放任自流。

她其实远没有自己形容的那么讨厌季挽柯，季挽柯也没有那么讨厌她。

但是他们都太需要林乐扬了，无意识地争宠、作对，谁看见谁都不顺眼，让林乐扬夹在两个人中间为难，让他在里面选出一个，谁才最重要。

他们以前总是刁难林乐扬，现在想起来实在太幼稚了。

这是他们的成长，而林乐扬的成长则在更后面。

她以前责怪弟弟永远长不大永远天真，现在她只希望林乐扬永远长不大永远天真。

赵瑞宵再一次和李川见面，还是在林家，这一次开门的甚至不是这个家的主人，也不是常姨。

李川站在玄关处，他站在门外，一时间不知该作何表情。

上一次见面他透露得实在太多。

这不应该。对一个十九岁心智尚未成熟的少年把一些事情讲出来，实在不像他的性格。

可他就是说了，并且收获到他预期中的神情——属于季挽柯的神情。

他没有可以参考的对象，只能把曾经的友人搬出来，想象他听到这番话会是怎样的神色，李川完美复刻了一切。

这让赵瑞宵感到荒唐的同时又有可怖的想法。

如果李川是季挽柯就好了，这样事情都能迎刃而解。

他产生这个念头，随即立刻否认了。

这对身边的少年不礼貌。

他在心里说了一声对不起，擅自把他当作另一个人。

一个消失很久不会再回来的人。

"下午好。"赵瑞宵朝他打招呼。

李川朝他点点头，很是随意地说："林若柳又让你来？"

赵瑞宵挂在脸上的笑容有片刻的僵硬，很快恢复过来。

李川毫不掩饰，不把自己当外人，也没有把他当外人。

赵瑞宵说："这次是我自己想来。"

李川显然不信，让开路："好的，来看乐扬哥？"

赵瑞宵却对他说："来找你。"

李川看着他："你觉得我该信吗？"

"信不信随你。"赵瑞宵露出他擅长的笑容，和善又令人捉摸不透，"要出去转一圈聊聊吗？"

李川回头往楼上看了一眼："不了。"

"乐扬在做什么？"

"睡觉。"

赵瑞宵看着李川，李川一脸坦然。

"若柳都没把他看得那么严。"赵瑞宵意有所指。

李川懒洋洋抬抬眼皮："原来私下里你这么叫她？"

赵瑞宵："……"

李川："……"

双方皆沉默。

"你不想知道更多吗？关于乐扬的事。"赵瑞宵抛出一个诱饵。

李川不为所动："现在不太想。"

"现在？"

李川回道："因为现在有更重要的事。"

重要的事是指什么？赵瑞宵没有问出口，他知道答案。

"我要留在他身边。"

赵瑞宵嘴边和善的笑容消失了，变作一种更复杂的神情注视着对面的少年。

这很冒犯。

他再次提醒自己不该把少年当作另外一个人。

"叔叔。"李川开口，"到底进不进来，空调开着呢，冷气都跑出去了。"

赵瑞宵回过神，点头，踏进温凉的室内。

季挽柯不会出现在这里。

眼前的人不是他。

林乐扬的记忆力出现衰退大概是一年前的这个时候，不，比这个时候更凉爽，气候宜人，是在四月末。

最开始是会在饭桌上提起季挽柯，当所有人都到齐之后，林乐扬忽然说："等一下，季挽柯还没到。"

结果全桌人都静下来。

然后，林乐扬道歉，非常诚恳地说："对不起，我忘记了。"

林若柳很担心他的精神状况，提议去医院看一看。

林乐扬感到莫名其妙："我没病，为什么要去医院？"

没有人敢回答。

但这件事远没有这么简单就过去，之后的很多次林乐扬都频繁提起季挽柯。

林若柳开始害怕了，林乐扬却安抚她："姐，你放心好了，我能照顾好自己。"

林若柳相信了。

结果换来的却是医院的一通电话，医生通知家属，病人有很严重的厌食行为，并企图把一整瓶安眠药吞下去。

吴旭和赵瑞宵赶到的时候，林乐扬正准备拔针管逃跑。

吴旭质问林乐扬为什么这么做，林乐扬坐在病床上，他那时候就已经很瘦了，神色显得那么无辜，语气却在平静诉说："我只是睡不着，意识很恍惚，注意力不能集中，不会再有下次了，所以我什么时候能出院？我不想待在医院里。"

他讨厌医院，消毒水和酒精混在一块，哀号和血液也混在一起。

他确实有十足的理由讨厌医院。

最后，几个人妥协了，让林乐扬回家休养，但每天都有不同的人去看望。林乐扬不喜欢他们进出自己的家，干脆回公司上班了，他有很久没有来，公司里的员工都有点怕他，因为这个不常来办公的小老板，脾气很差，情绪总是阴晴不定。

明明以前不是这样的。

但没人敢提以前。

五月天气暖了起来，阵阵花香裹挟着青草气息随风吹拂，而后下雨了。

赵瑞宵永远记得这一天，或者说他们都无法不记得这天。

雨后空气异常清新，山林里被雨水浇过的石板路上，深浅不一的水洼倒映出林乐扬的影子，还有灰白色的伞的影儿。

直到身后的林若柳提醒他已经不下雨了，他才把伞收起来，却忽然扬起头，对着林若柳露出茫然而无措的表情。

这很不像他。

他已经长大了，二十七岁，不该寻求家人的庇护。

可家人永远都是家人。

他终于把那层坚硬的壳剥下来，对着林若柳说："姐姐，我有点后悔了。"

走在前面的吴旭停下来，赵瑞宵也停下来。

雨已经不下了。

可是所有人的心里都酝酿着一场沉重的暴雨，他们都在等它下落，等雨水掩埋山谷——现在就是这个时刻了。

林乐扬的眼里蓄满泪水，他说着后悔，声音轻轻颤抖着。

他从来不说后悔的。

他后悔遇见季挽柯了吗？

那他一定是在撒谎。

所以林若柳说："你在说什么傻话？"

可是林乐扬接下来的话令所有人都沉默下来。

他是真心实意在后悔。

林乐扬说："我要是再勇敢一点就好了，我们见面的第一天我就说想要认识他，这样我们就能多相处两年。我最近记性开始变得不好了，很多事情都会忘，和他有关的一些事情都不记得，常常要想好久才能记起来。要是能重新来过就好了，这一次我们早点遇见，反正他迟早也要和我成为朋友的。"

他和季挽柯相遇在十八岁那年夏天，第一年仅仅是普通舍友关系，直到大三才逐渐变成好朋友。

他的眼泪终于往下落，像坠落的雨，滚烫冲刷过在场每一个人的心脏。

原来语言也能切割出疼痛。

"我后悔了，我要是能早点遇见他就好了。"

要是被季挽柯看到这场景，指不定要怎么指责在场所有人。

赵瑞宵猜他一定会说："你们就是这么照顾林乐扬的？！不及我在时的万分之一，你们是废物吧？"

那人活着的时候嘴上就不饶人，张口闭口："林乐扬、林小缺，是你先和我说话的，要是你敢突然不理我你就死定了。"

实际上没有安全感至极，要一直对只比他大半年的林乐扬撒娇，要他多多在乎自己，直到毕业以后才收敛，变得可靠变得沉稳，也学会把在意讲出口，去安抚当年脆弱无助的林乐扬。

赵瑞宵以前很羡慕这样的感情，知道如果不发生那场意外，这两个人应该能做一辈子的知己。

季挽柯死后，他常常想，怎么没有这样一段友情也成为一件幸事。

他们相互扶持走过的第七年。

季挽柯死在二十六岁的一个雨季里。

　　林乐扬梦到一家文具店里摆满五颜六色的发带头绳，身边有年轻的学生，他听到自己问："我把头发养起来好不好？"

　　他那个时候多大了？二十五或者二十六？这些都不重要。

　　画面又变成模糊的一层，蒙在他的眼睛上，他总也看不清，看不到站在他身边的人是谁，可他就是知道那人的名字。

　　季挽柯。

　　他在心里默念一遍，再一次听见自己的声音，开玩笑似的说："我把头发养起来，你会帮我梳吗？"

　　他没有得到答案。

　　梦还在继续。

　　浴室里的水是温的，温凉地冲刷过身体，他把自己洗得很干净，赤裸着脚掌踏在米色的地板上，留下不明显的水痕，一步一落。

　　这天刚下过一场大雨，窗子上留下雨水断断续续的痕迹，像缠绵的丝线不再缠绵，像蜘蛛的网刚织一半。

　　室内的温度有些冷，他却全然不觉。

　　不熟悉的房间内，枕边摆着熟悉的眼镜盒，他坐下来抚摸它，像以往很多次那样。

　　林乐扬是个太怕寂寞的人。

　　他十八岁之前有父母和姐姐的疼爱，十八岁之后遇到季挽柯，这人是典型的长相好脾气稀烂，唯独对他多点耐心。

　　林乐扬被泡在蜜罐里长大。

　　他向来没有大志向，无忧无虑又自由自在，学很久的画画说不学就不学，高中的时候就可以和同学坦荡地讲："我没有什么远大理想嘛。"

　　他是有底气说这些话的，他的家庭和睦到让旁人心生羡慕。

　　即便没志向没理想，也能安稳快乐地过完这一生。

　　林乐扬的视线在这间并不熟悉的房间里缓慢划过，从天花板上的灯，到地面用白色垃圾袋罩住的垃圾桶，拖鞋是一次性的，但这里并不是酒店。

客厅会是什么样子，厨房又是什么样子。

他坐在床上双腿交叠，一边想一边抚摸自己的左手手腕——那里什么都没有，没有丑陋的疤痕，没有疼痛。

他在做梦。

各种意义上的梦境。

突然就想明白一些事情。

他在这里生活，垃圾袋是他买的，头顶的灯也是他挑选的，垃圾桶……垃圾桶似乎不是，这个房子不止他一个人住。

——这里是他的家。

林乐扬从梦中惊醒，这一次是真的醒过来，枕头上湿了一片，连带鬓角都湿润，胡乱抹去一把，还有更多的泪从眼眶里涌出，心口被灼烧撕裂，连带手腕上结痂的疤也痛起来，呜咽像是悲鸣，闷在喉咙里，悲伤也一并被吞咽，无从发泄。

有人推开门快步走进来，一抬头便看到李川目光焦灼地望着自己。

他的手落在李川的手臂上，像落水的人拖拽木板，像坠崖的人抓住树枝，而他抓住李川。

赵瑞宵跟在后面，识趣地停在门口，听少年轻声安慰林乐扬，目光落在林乐扬的床头，他的枕边，那个眼镜盒还在那里，里面安然躺着一副银框的眼镜。

那是季挽柯送给他的生日礼物。

林乐扬一直嫌自己不够成熟，总是想拿外物装饰自己，一开始是把头发拉直了，再然后想要一副眼镜。

季挽柯嘴里说着没有必要，在林乐扬二十六岁生日时还是送给他一副，特意带他去测度数，手指在他的眼镜周围画一个圈，轻声说："还是不戴好看。"

林乐扬便承诺他："我见你时不戴。"

林乐扬的生日在三月，那场意外则发生在五月。

季挽柯的死亡像那天的雨一样来得迅疾且突然，没给任何人反应的机会。

命运对他一点都不宽容。

林乐扬的长大分为三个阶段，一是十八岁以后踏入大学，二是大学毕业那年正赶上的大雪，三是两年前的那场意外事故，季挽柯车祸身亡。

自那以后，林乐扬几乎没在公众场合戴过那副眼镜，他把它放在最触手可及的地方，把它保护得很好，要它伴自己入眠。

没办法，那是季挽柯送给他的。

他只有在祭日当天会把它戴上去见季挽柯。

这和承诺的正好相反。

不过没关系。

反正季挽柯也不能生气地跳出来教训他一顿。

又或者说——他巴不得对方能诈个尸。

当然不可能，季挽柯死了。

没有抢救没有漫长的等待，卡车在暴雨里失控直直撞去。

当场死亡。

赵瑞宵看着安然躺在床边的眼镜盒久久不能回神。

即便是记忆消失了，林乐扬也没能放下。

这该怎么办。

他有一瞬的茫然，眉头皱起又松开。

李川明明知道的，他知道很多，知道季挽柯的存在，甚至知道对方已经不在人世。

这是现在的林乐扬都未曾知晓的事情。

然而李川还在这里，温柔且坚定地安抚因梦境而情绪失控的林乐扬。

为什么？

他心底有个声音在问。

李川和林乐扬接触的时间不足以支撑这么庞大的情谊，林乐扬也是如此，他从不依赖谁，除了季挽柯。

林乐扬实际上很独立，如果他愿意，完全能把自己伪装得很好，假装没有生病，假装没有厌食、没有对付地过日子，谁都没看出来，直到事情再也藏不住，他也只会平静地说："没关系，很快就会好了，你们不必担心我。"

他活着宛如死去。

林乐扬不再哭了，心底却有新的绝望淹没他。

季挽柯的名字像是刻进他的骨子里，填满他过去的记忆。

可是现在在他身边安慰他的人明明是李川。

我是个糟糕的人。他在心里重复这句话，想要把少年推开一些。

林乐扬的眼眶又一热，委委屈屈地讲："不要对我这么好。"

李川一愣，随即抿起嘴角问："为什么，乐扬哥？"

他总是在叫自己"乐扬哥"，有时候很温柔有时候又有点坏心思。

不管是哪一种，林乐扬都很受用。

当他看到李川，就克制不住地看到对方身上另外一个人的影子。

林乐扬没有回答。李川起身为他倒了一杯温水，像在反驳他——凭什么不能对你好，我就是偏要对你很好。

就连这一点孩子气林乐扬都受用。

梦境却把他分割成两半。

一半陷在回忆里，一半处在现实中。

等林乐扬收拾好情绪，发现门口还站着一个人，整个人都不太好。

赵瑞宵终于上前一步："乐扬，做噩梦了吗？"

林乐扬下意识往李川身后缩了缩，李川自然而然护住他。

赵瑞宵失笑："这是把我当坏人？"

"没有，但是梦不重要。"李川转过头说，"不记得最好。"

林乐扬有些不好意思被一个少年护在身后，想要探出头和赵瑞宵说话，却被李川挡住了，少年气息覆盖在他全身："别拒绝我。"

林乐扬当即缴械投降，任由李川站在自己身前。

赵瑞宵露出一抹无奈的笑。

经李川这么一闹，林乐扬真的有些记不清梦里的画面，他把眼睫垂下，手指悄悄牵住自己衣角。

吴旭到时，几个人已经坐在饭桌前。

他提着一袋车厘子，将塑料袋放在桌上，圆滚滚的果实就摊开，铺一桌的红："不会就等我了吧？"

赵瑞宵耸耸肩不置可否。

李川却偏要说实话："是饭还没焖好。"

吴旭："呵呵。"

他看向坐在旁边的林乐扬，林乐扬又开始话不多了，安静下来更像失忆前的样子，即便把头发剪掉，也难掩那份富有美感的脆弱，像高脚的水晶杯，杯壁太薄了，轻轻一弹就震颤，时刻提醒人们要轻拿轻放，不然它会碎掉。

他已经碎了。

林乐扬的情绪不好，饭吃到后半段才主动说起话来。

李川察觉到他的情绪，陪他一起慢慢吃，一顿饭吃了好久。

今天不是周末，他还要上课。

林乐扬早就摸清他的课表，并且不允许他逃课，吃完饭没多久就催促他回学校。

李川走后，林乐扬吃起桌上的车厘子，他把红色的果实咬碎，齿间残留鲜甜，牙齿嗑在硬的果核上，舌头转一圈割掉鲜红的肉，精准吐进黑色垃圾袋包裹着的垃圾桶。

"其实不用这么频繁来看我，你们也很忙吧。"他转头问一瞬间挺直脊梁的吴旭。

"也不是特别忙。"吴旭心里直打突，不能怪他这么警惕，林乐扬的眼神仿佛洞察一切。

紧接着，林乐扬歪过头，嘴唇被车厘子的汁水浸润，留下一抹漂亮的红，像鲜血点缀在唇瓣："哦？不是我姐拜托你们来的吗？"

吴旭："……"

林乐扬看着他，露出了然的神色。

吴旭崩溃："你怎么还套我话？"

林乐扬故作无辜地眨眨眼："这不能叫套话吧？你们之前也这么对我的。"

早在第一个谎言开始时吴旭就在心里想过，他们一定会遭报应。

果然，报应来了。

吴旭预感不妙果断跑到厨房，准备挤走赵瑞宵的位置帮常姨刷碗。

而厨房里的聊天也正好到了尾端。

"你是说他第一次来家里的时候，半夜在乐扬房间前停下了？"

"是哦，我那天起夜去厕所，还以为那孩子梦游了，站了好一会儿才走开。但也不是什么大事嘛，也许是天黑找不到自己睡的屋了？"

常姨对李川的印象不错，对这件事的印象却很淡。总归不是个坏孩子，要不是赵瑞宵问，她可能都想不起来。

赵瑞宵微微眯了眯眼："好的，我知道了。"

吴旭在这时匆匆走过来："我来做苦力了，你去脑力劳动吧。"

直到他走进客厅才明白吴旭话里的意思。

林乐扬在椅子上规矩坐着，看样子正在等他，看他进来便弯腰把果盘推到他面前，再次坐回去抬起头："吃水果吗？"

赵瑞宵的嘴角向下抿了下，还是拿了一颗在手里，果实微凉的皮贴在他温热的肌肤上，水珠瞬间消失在掌心之中。

"我记起一些事。"林乐扬开门见山道，丝毫不见方才房间里的脆弱与无助，好像只有在李川面前才会如此，"现在有些问题想问你。"

"你会回答吗？"他问。

赵瑞宵说："看情况。"

如果是之前他会顺着林乐扬的意说当然了，可是现在不行。

他的谎言会被看穿。

十八岁的林乐扬好糊弄，他还没经历那些事情，没有长大，还会笑容满满地迎接新的一天。

二十八岁的林乐扬呢？

他不期待明天。

但是他会遵守和林若柳定下的诺言。

赵瑞宵的手不由得虚攥成拳。

林乐扬说："季挽柯到底是个怎样的人？"

客厅很静，没有风也没有热，没有开电视，为什么不开呢，起码能中和现在僵硬的气氛，能把真实的情绪掩藏在台词的段落里，假装没有听清，假装事情还有转机。

"你是说哪一时期？毕业之前还是毕业之后？"赵瑞宵最终选择说真话，他瞒不下去。

所以真的不怪吴旭后怕，就连赵瑞宵在他面前也没办法说假话。

"有什么不同吗？"林乐扬问。

"当然有。"赵瑞宵看着他，露出一点笑，像那天在病房里临别时对他的笑，带着些许歉意，苦涩融进眼底，"人不是一成不变的，遇见一些人经历一些事就会被改变。"

"吴旭和我说过他长得好脾气差，我想知道这之外的。"

赵瑞宵坐下来，让自己的背靠在沙发上，却觉得自己的脊柱还在悬空："那就是毕业之后，开始工作。"

林乐扬静静听着。

"那时候他脾气已经收敛了也会和人好好说话，不再浑身带刺，能冷静下来处理事情，沉稳可靠，但还是缺乏耐心。"赵瑞宵看向他，补充了之前吴旭只说到一半没说完的话，"除了对你。"

那他现在又在哪里？

林乐扬没有问出口，那句话哽在喉咙里说不出来。

仿佛他问了，得到一个答案，他和李川就不能再继续下去了。

他不要这样的结果。

要是能够不做梦就好了，他永远醒着，黑夜永远不要来临。

"他和李川很像吗？"他把问过吴旭的问题对着赵瑞宵问了一遍。

赵瑞宵说："你要听实话吗？"

林乐扬已经知道答案了。

他空白的十年里生命中还出现了另外一个人，但眼下这个人消失在自己的记忆里。

难道他真的无意识地把李川当作别人？

林乐扬的左手控制不住地在颤抖，却被他很好地掩藏起来。

"算了。"他扬起笑脸，温柔而漂亮地微笑着，"你还是不要回答我。"

"好。"赵瑞宵仍是看着他，"好的。"

李川在傍晚重新来到林家，林乐扬早早等在门口。

两个人乘出租车到市中心，又在市中心转坐公交车。

他们身处最繁华的一条街，黑夜比白天还要绚烂，四处都是闪烁的霓虹灯，都是来往的人群和车辆，两个人从这缤纷的色彩里走过，又走回黑暗里，走到车牌下。

身后的门店外音响播放着不同的歌曲，是现在正流行的曲风，车辆驶过，人们彼此交谈，各种声音杂糅在一块。

林乐扬突然转过头对李川说："我有点喜欢这里，可惜离家太远了，出门不方便，不能常来。"

虽然很吵，但是喧嚣让人不寂寞。

李川闻言立刻说："那等明天有空我带你来这边逛。"

他向来对林乐扬有求必应。

前提是他也要在场，要在林乐扬的身边。

"你明天满课欸。"林乐扬笑着指了指自己的脑袋，"我都记着呢。"

李川拽着林乐扬的衣角晃了晃，林乐扬这一回没有妥协。

"不行，等周末吧，周末一起来逛。"他说着抬起头，去看那些绚烂的色彩，眼底也映出同种颜色，一切都生机盎然。

"现在想回去。"林乐扬说着转回头看向李川，迎着七月里的暖风扬起笑脸，这一回真心实意地笑起来，"回家。"

第二天，李川早早就起床了，林乐扬在少年走后赖在床上躺了一会儿也清醒过来。

他不困了，不想睡觉，害怕做梦。

把被子叠好，拿着扫帚拖把打扫一圈房间，林乐扬看时间还早，便开门出去了。

李川在微信上说："哥哥中午等我回去。[/ 可怜 / 可怜]"

林乐扬看着看着不自觉露出笑，低头打字道："我已经出来啦，先回家了，等你晚上放学来我家找我吧。"

他犹豫一下也跟着发了两个"可怜"的表情。

"啊。"

林乐扬刚迈下一层楼梯，便听到其他人的声音，他抬起头，看到那天夜里见到的"大叔"，男人胡子拉碴，连头发都打卷。

何强也很震惊，尽管林乐扬已经把头发剪短，但他还是辨别出这是那晚看到的李川带回来的人。

"你和李川……"

林乐扬说："李川是我弟弟。"

何强愣了愣。

林乐扬将手机放回口袋里，对着何强面不改色道："他在这里住，还麻烦邻居多照顾了。"

何强有些局促道："啊啊，没事，我没听说他还有个哥……"

"嗯，我们没有血缘关系，亲戚离得比较远，但我们关系还挺好的。"

何强信了。

面前的青年很有礼貌，明明是略显疏离的姿态却让人挑不出毛病。

的确和李川还挺像的。

林乐扬走出筒子楼，往回看了一眼，走廊依旧黑洞洞一片，他却不感到害怕，心情难得明朗，坐公交车都有心情看一看外面，对周遭的建筑既熟悉又陌生。

他在昨晚等车的那一站下车，白天里周围的门店竟然默契地放起怀旧老歌。是比他的出生还要早的老歌，正因如此才经典到每个人都能哼唱两句。

林乐扬并不急于回家，来了心思便在附近走了走。

"任时光匆匆流去／我只在乎你。"

街道旁的常青树枝繁叶茂，热风刮过一股清新的树叶的香气。

"心甘情愿感染你的气息／人生几何能够得到知己。"

眼看就要走到转角，店铺外的音响还在放。

"所以我求求你／别让我离开你。"

林乐扬的身后突然传来一道女声。

"林……乐扬？是林乐扬吗？"

林乐扬转过头，看清女人的样貌，和梦里完全不一样。

他仅凭本能道："宁倩？"

——"除了你／我不能感到一丝丝情意。"

"没想到真的是你。"短发女人露出微笑，"我记得你是住在这附近。"

"住在这附近？"林乐扬重复一遍，目光里带了几分困惑，但很快被他掩藏起来，点了点头。

"你最近过得还好吗？"宁倩看着他，眼里含着温和的笑意，和记忆里……和梦里完全不同。

十年。

时间没有因为他的"失忆"停下来，依旧往前走，走向不得而知的未来。

这一刻，林乐扬忽然泛起惶恐，十八岁的自己怎能和宁倩相遇呢。

那些不属于他的回忆已经够多了。

"还好吧。"林乐扬开口，语气里带着不确定。

他过得好吗？

他也很想问问二十八岁的自己。

宁倩点点头，把散落的发别到耳后，露出精致的一对耳环："咱们也有好久没见过了，你比之前状态好多了。"

林乐扬再一次点头，下意识把手臂藏到身后。他明明戴了腕带，但还是不想被眼前的人看到。

　　他们以前关系应该很好，女人关切的目光落在他身上，他能感觉到那种重视。

　　"你现在忙吗？"宁倩问，"我办完公事刚好有时间，能不能请你赏脸去哪里坐坐？"

　　林乐扬应该拒绝。

　　他和宁倩并不熟悉。

　　可是他答应了，并且伴随一抹浅笑："好啊，但还是我请客吧。"

　　咖啡厅里，两个人面对面坐下。

　　宁倩看着林乐扬点了一份沙冰，略显诧异地抬起眼。

　　林乐扬用同样困惑的目光回看她。

　　"我还以为你已经不喝小孩子喝的玩意儿了。"

　　"哪里小孩子了？这是刻板印象。"林乐扬出声反驳，仿佛他们很熟稔一般。

　　宁倩果然笑起来，笑过之后说："这半年里无论谁和你联系都联系不到，就只有赵瑞宵还知道你的动向。我很担心你，但是赵瑞宵说你没事，只是需要一个人静静。"

　　"你静的时间未免太久了吧？连朋友都不联系，到底还是不是哥们？"宁倩半开玩笑地说着话，却有一半语气是认真的。她多少有点责怪林乐扬的躲避，他把自己封闭起来，不让别人治愈他，也不信别人能治愈他。

　　可更多的是释然，是松下一口气。

　　他还如此生动鲜活地坐在自己面前。

　　这已经很好了。

　　对面的林乐扬听到这一番话神情却无措起来，宁倩微微愣住，不由得叫他一声："林乐扬？"

　　"嗯？嗯……我、对不起。"

　　林乐扬下意识抓住桌布，灰棕色的格子在他手里起皱，他的神色像迷路的小孩子，寻不到家的方向。

宁倩有些惊讶，随即表情有几分凝重："我开玩笑的，你不用放心上。我明白你为什么那样，那也是没办法的事……"

她不愿多说了，她相信林乐扬也不愿意多听。

他们都默契地不提到那个人。

季挽柯的死是谁都没有预料到的。

宁倩得知这一消息的第一反应是捂住嘴巴发不出任何声音。

若非要用词语形容她当时的心情，那只能是难以置信。

季挽柯是太耀眼的一个人，无论走在哪里都引人注目，大学期间是校园里的热门话题，死后也成为朋友圈微信群热烈讨论的对象。

也正因此，林乐扬隐藏掉自己的动态，退出了班级群聊，删了几个早就不记得名字的好友。

他和季挽柯关系非常好，两个人常常出现在彼此的照片里，稍微留意一下就知道两个人是挚友。

他的退出引来大家更加肆意地八卦，有人感慨也有人留下珍惜眼前的评语。

宁倩只觉得他们残忍。

林乐扬一定看到了。

所以她打电话给林乐扬，没有安慰没有问"你还好吗"，她说："出不出来喝酒？"尽管那时两个人相隔两个城市，坐飞机最少四个小时。

林乐扬拒绝了她，声音还是温和的，他长到二十五六的年纪已经很成熟了，只有在季挽柯面前还像小孩子一样幼稚。

他对宁倩说："我现在比较想一个人，下次可以吗？下一次我一定赴约。"

宁倩在电话那边掉眼泪，强迫自己正常说话："当然好了，我等你。"

上学时，她是叫林乐扬离季挽柯远一点的那个人，也是帮忙递道歉信的那个人。

她是见证两个人相识相知的人。

那时候他们太年轻了，友情很脆弱，最起码她和李佳佳没有走到最后，在分岔路口有了各自新的生活。

她知道维系一段友谊多么不容易，情感是易碎品，所以她更加难过，两个人明明好好呵护着，那个人却突然消失了。

再一次见面就是一年后，宁倩为曾经看不顺眼的大学同学献上一束花，墓碑上只刻字没有照片。她那时候才知道季挽柯的父母早早去世了，他没有家人，葬礼的一切事宜都是林家操办的，林若柳和林乐扬。

她见到林乐扬一身黑色常服，鼻梁上架着银框的眼镜，发尾落在肩膀，人很消瘦。这身装扮更像季挽柯会穿的，林乐扬更喜欢尝试不同风格的衣服。季挽柯大部分的潮服都是林乐扬买的，而他本人仗着自己长得好，经常穿一身的黑色，最经典的名言是：黑色耐脏。

林乐扬以前很会打扮自己，穿衣卷发都很在行，上学的时候衣品就很好，毕业后……毕业之后收敛了，舍弃难打理的自然卷，把头发拉直，工作时穿正经的西装，也不再露过分灿烂的笑，而是更加礼貌柔和的笑容。

但是在季挽柯身边，他还是从前那个缺点心眼的少年，会趁别人不注意朝对方吐舌头扮鬼脸。

他们认识太久了，以至于曾经的同学是自己的同学，以至于对方的朋友是自己的朋友，以至于回忆交叠的部分太多，无论割舍哪一部分都是在割舍自己的一部分。

宁倩走的时候山里面还在下雨，林乐扬还撑着伞站在墓前轻声说着话，他看起来好像和从前一样，那么稚嫩又年轻，对着好朋友有说不完的话，眼睛还在闪闪发着光。

可宁倩知道那里面有眼泪，迟早要眨落。

好朋友的离去让林乐扬一度恍惚，不留神间发生意外事故。

宁倩正巧出差，知道这件事已经是很多天以后，她联系不到林乐扬只能联系赵瑞宵。

赵瑞宵说："他现在排斥见任何人，你最好过段时间再来。"

宁倩最终没能去，因为林乐扬的一通电话。

"我没什么事，只是最近有点记不清事。"林乐扬在电话那端说，"你和李佳佳怎么样了，还在吵架吗？"

宁倩沉默良久："我和她早就不联系了。"

"是吗？"林乐扬真情实感地惊讶了一下，随即反应过来，非常真诚地道歉，"抱歉，我不记得了。"

"没关系啊，不就是记性不好嘛，我现在记性也不行。"宁倩开着玩笑，实际上在电话另一端泪流满面。

她没有去见林乐扬。

因为知道她见到他一定会哭得天崩地裂，到时候还要林乐扬反过来安慰她。

她不想要经历这么多的林乐扬再分神照顾她。

突然又想到季挽柯在的时候把林乐扬照顾得很好。

电话挂断后，她放声大哭起来。

"你和李佳佳……"桌子的对面，林乐扬开口，神色有些小心翼翼。

这是他唯一记得的一点事，梦里出现过这个名字。

宁倩的手在腿上握成拳，指甲在手心里留下深浅不一的痕迹。

她眨眨眼，当作一无所知："嗯？"

"你和她怎么样了？"林乐扬有些紧张，害怕自己说话错。

"嗯……我们之前闹矛盾了，不过最近我调回这边了，工作也在这里，就在上个月我们又联系上了。"

"真的吗？"林乐扬笑起来，"那太好了。"

他是真心实意感到高兴，至于为什么自己也不是很清楚。

可能是为走散的人最终能相逢，为这长久的时间过去了兜转之中错过的人还有重逢一次的机会，为和他无关的一些事而开心。

宁倩松开手，手掌上充满自己攥出的甲痕。

"你现在记性还是不好吗？"她故作轻松地开口问道。

林乐扬眨眨眼："你知道？"

"你和我说过啊。"宁倩把笑容挂在脸上，感觉半边脸已经僵住了。

林乐扬瞬间松了口气："嗯……还是那样。"

什么都不记得，什么都不知道。

宁倩却以为他只是忘记一些琐碎："没关系啦，记不起来就记不起来，只要是我记得的都可以提醒你。"

林乐扬看向宁倩："什么都可以吗？"

宁倩点点头。

"关于季挽柯的也可以？"

宁倩的笑容僵在脸上，随即消失了。

"这么突然的吗？"

"嗯，因为我忘了。"林乐扬无比坦然地面对她，一如既往问了同样的问题，"他是个怎样的人？"

他一直在问这个问题，季挽柯是个怎样的人，每个人的回答都出奇地一致。

宁倩的心跳声像打鼓，脑子已经乱了。

她并没有和赵瑞宵熟悉到经常联络，不知道这半年里发生了什么事情。

既然林乐扬问了，她呼出一口气决定认真回答。

"最开始觉得他是个自大狂，后来发现他就是那种别别扭扭的性格，只对特定的人好。后来毕业……他陪着你的那段时间，你和我说他特意学了做饭，还会打扫卫生，我有点想象不到，结果去你们的合租房做客，他做饭还挺好吃的，属实没想到。要不是脸还是那张脸，我真的怀疑芯子换了，变得很会照顾人，他为了照顾你这个朋友成熟了不少。"

宁倩以为他放下了，所以能把这个名字说出口。

林乐扬看着自己面前的咖啡杯，里面一圈圈的奶沫像漩涡一样吸住他，最后他拿起杯子喝了一口，苦涩布满口腔。

他把脸皱起来，又把旁边的沙冰拿起来吃了一大口。

宁倩失笑："还说不是小孩子？"

"我已经二十八了。"林乐扬抬起头，回以同样柔和的笑，"不能说是小孩子。"

他停在十八岁的岸口，正在缓慢划着桨向十年后的自己靠近。

"还有一个问题我想问。"林乐扬面容平和，"希望你能回答我。"

宁倩脸上的笑还未收敛："什么？"

李川到达林乐扬家时天色已经接近黄昏。

门是常姨给开的，林乐扬难得没出来迎接。李川走进屋子，发现电视开着，林乐扬窝在沙发上睡着了。

他没有吵醒林乐扬，双手倚着沙发背看林乐扬的睡颜，熟睡中的人像孩子一样把自己蜷缩起来，眼睫不安地颤动，大概又在做什么不安生的梦。

李川犹豫着要不要叫醒他，想了想还是叫人。

"乐扬。"他叫，声音依旧很轻，不像要把人叫醒，"乐扬，醒醒，别在这里睡，回屋子里。"

林乐扬把自己蜷缩得更紧一些，脑袋埋在肩头。

"乐扬。"

林乐扬依稀听到有人叫他，把他从光线暗淡的一间房里打捞出来，他眼睛先是睁开一条缝，接收到一点光，而后慢慢睁开便看到李川的脸。

少年有很英俊的长相，鼻梁高挺，肤色略深，脸上的棱角分明。不得不说发型和气质真的足以改变一个人，不过短短几月的时间，李川已经与曾经大相径庭。

林乐扬下意识抬起手，在空中虚抓一下。

"还困吗？"李川在他眼前挥了挥手掌。

林乐扬摇摇头，神色还是有些懵懂，似乎还没有从梦境里抽离出来。

李川想把林乐扬扶起来，林乐扬瞥见他手腕上粉蓝色的头绳——仍旧戴着，一直戴着。

"不困就醒醒盹。你吃饭了吗？"李川问道。

林乐扬缓慢眨了下眼，忽然抬手掐了李川一下。

李川微微一愣："乐扬哥？"

林乐扬一本正经："疼吗？"

李川："……不疼，你根本没用劲。"

林乐扬皱着眉犹豫要不要再用点力气，李川已经明白他的用意，主动告诉他："不是在做梦。"

林乐扬一瞬间放松神色，本能地说道："我饿了。"

李川："那先去吃饭吧。"

林乐扬知道他一定会这样回答自己，只要他说饿了，李川就不会再问别的，把吃饭放在首要。

这个场景也令他感到熟悉。

赵瑞宵在观察李川。

这份观察比以往更加细致，坐在他对面的少年分外坦荡地任他的视线从自己的身上扫过，闲暇之余甚至以淡定的目光回敬他。

吴旭冷不丁插在两个人中间说话："你俩眉来眼去什么呢？"

赵瑞宵呛了一口粥，差点又吐回碗里，李川也露出明显嫌弃的神情。

由于实在太过明显，在一旁的林乐扬忍不住捂住嘴巴，把笑声憋回去。

李川便用控诉般的神情看他，一边用委屈的腔调说话，一边用眼神斜过吴旭："天地可鉴，我根本连瞟都没有瞟他一眼。"

赵瑞宵脸上的假笑要挂不住。

季挽柯绝对不会说出这样臭不要脸的话。

应该，不会吧？

赵瑞宵又有些怀疑，抽纸巾擦了擦自己嘴角再次抬眼看李川。

李川："别看我，一会儿乐扬哥误会了。"

赵瑞宵："不会的，乐扬知道我喜欢谁。"

站在后面远离战场嚼黄瓜的吴旭瞪大眼睛，什么时候的事？他怎么不知道赵瑞宵有喜欢的人了？

"所以你们这么早来是……就为了来吃粥的吗？"林乐扬适时把话题接过去，看着对面的赵瑞宵。

赵瑞宵这才把目光转向林乐扬："当然不是，是我听宁倩说前几天碰到你了。"

李川闻言也将头转过去，看向坐在旁边的林乐扬。

他从来没听林乐扬说起过。

林乐扬眨了眨眼，显然是有些局促："啊，是，但是我不太记得她……"

应该是压根儿不知道才对。

在场的人都不确定他记起多少，大学的事情，是那四年都记得，还是……单单只有季挽柯的那部分记起来了。

"宁倩是谁？是哥哥的朋友吗？"李川却在这时出声提问。

赵瑞宵微微挑眉，没有阻止李川的问话。

林乐扬回答："好像是，我们碰到了就聊了两句，她说知道我的记忆力不好，就没有说很多。"

李川垂下眼似在思考着什么，他知道此刻赵瑞宵也在看他，但是无所谓。

怀疑也好猜测也罢，他都无所谓，只要怀疑他的那个人不是林乐扬。

他接受这样的审视和质疑。

"是吗？但宁倩和我说……"赵瑞宵故意放慢节奏。

林乐扬果然抬起头与他对视，打断他接下来要说的话："我问了她一些之前问过你的问题。"

李川插话道："是什么？"

林乐扬没有看向他，却把手伸过去放在他的手臂上。

这是不想他继续问下去。

李川微微抿唇，抬眼看赵瑞宵。

赵瑞宵冲李川小幅度地耸肩，意思是他也没办法，林乐扬不让他说。

事实上，他在那天过后又仔细查了少年的履历，发现一些更有意思的事情……

但事情太过于匪夷所思且无法解释，他目前只是在试探阶段。

而李川似乎知道他在试探什么，并且表现得毫不避讳，仿佛在说，随便怎样猜，我就是我。

大胆又狂妄。

林乐扬这一回索性不再掩饰也不装傻了，警告似的看了赵瑞宵一眼。

赵瑞宵终于有点伤脑筋，怎么一个两个都对他这么防备，他不过就是比吴旭那个直来直往的愣子猜到得更多一些。

"李川。"赵瑞宵出声，眼睛还看着林乐扬，话却是对着另外一个人说的，"你是住在这里了吗？"

他余光里望见李川动了下嘴巴，猜测李川是想直接说"关你什么事"，但很好地克制住自己，并转过头询问林乐扬："我不可以在这里住吗，乐扬哥？"

赵瑞宵微笑着一歪头，心里在为对方鼓掌，真是好样的，怎么这么会说话。

季挽柯当初要是有李川一半能说，两个人也不会折腾那么久才熟悉起来。

所以赵瑞宵听到林乐扬回答："当然可以。"

那一句"当然"好像又把赵瑞宵拉回大学时期，彼时都年轻，林乐扬永远对季挽柯说不出拒绝的话，任何问题的回答都以"当然"作开头。

当然好了、当然可以、当然没问题。

他们在互问互答中更了解对方一点。

早饭过后，李川要去上课，临走前不放心地看还在屋内的赵瑞宵和吴旭。

吴旭一脸无辜："他干吗瞪我？"

"你的错觉吧，可能只是在警告你。"

"警告什么？"

"对着乐扬少说点不该说的话。"

吴旭："……我为什么要被一个十九岁的小屁孩警告。"

赵瑞宵抱臂摸下巴，粲然一笑："或许不是十九岁呢。"

吴旭不解。

"过了生日就二十了。"赵瑞宵看向玄关处说话的两个人，"还有四个月。"

待到最炎热的时节过去，待到冬日降临，风雪中迎来少年的诞生。

说来也巧。

季挽柯比林乐扬小了八个月，生日也在 11 月。

11 月 29 日。

玄关处，李川拽着林乐扬的手告状，告林乐扬的状："你有事瞒着我？"

林乐扬眼神乱晃，嘴里说着："没有，不是什么重要的事……"

"那赵瑞宵说的话是什么意思？你问了他什么问题，为什么不肯和我说？"李川一连问了好几个问题。林乐扬抿住唇。

"我不知道该怎么说。"他说不出谎，垂下眼神色显得无助，这一次没有拽住李川，反而松开李川，"我也不会再问了。"

他不问那些过去。

他把自己弄得一团糟，为什么一团糟？

他不问了。

"要是我不说，你会不和我做朋友了吗？"因为他的隐瞒，他的自私，因为他是个糟糕的人。

这一回换李川说"当然"。

他态度坚决道："当然不，我会一直陪着你，做你的好朋友。"

几天前，咖啡厅内。

"还有一个问题我想问。"林乐扬说。

宁倩问："什么？"

林乐扬看向对面的短发女人。

或许他不该问。

很多事情他都选择视而不见，选择缄默和装傻。

为什么这一刻不继续了？

和以往一样躲避起来，任何问题都不再是问题……

"季挽柯现在在哪里？"

宁倩脸上的笑容迅速落下去，眼神里闪过难以置信，随即是什么破碎了，睫毛颤动两下，惊讶地捂住嘴巴。

林乐扬将面前的咖啡递到嘴边，但没有喝下去，只是为了挡住表情，眼神仍是清澈的，甚至慢慢浮现柔和的笑，像在安抚对面的人。

"不用回答我了。"他说。

"我已经知道答案了。"

又一个周末的下午，林乐扬忽然问李川："可不可以再唱一遍那首歌？"

李川说："什么歌？"

"医院里唱过的那一首。"林乐扬眨眨眼，"可以吗，我想听。"

"那乐扬哥要再给我画一幅画吗？"李川向他提出要求。

林乐扬笑了笑，模样竟是有些腼腆的："可是我画不好。"

"我觉得画得很好。"李川说着仍是把手机里的音乐调出来，他唱歌其实有点平，但多亏这副嗓音给他加分，加上歌曲本身就很动人。

林乐扬听着听着忽然掉眼泪，李川不唱了，轻声问林乐扬怎么了，茶几上的手机却还在播放音乐。

"我第一次听觉得你唱得可好听。"林乐扬一边掉眼泪一边讲。

"嗯？那哭什么？"李川问，"因为我唱得太好听了？你被感动到了？"

林乐扬摇头："是发现其实也就那样。"

李川轻轻拍了下他的脑袋："乐扬哥。"

林乐扬用手背粗鲁地蹭了两下脸，把脸上的泪擦干净，让自己勾出笑容来："我开玩笑的，你唱什么都好听。"

他记起季挽柯也很喜欢老歌，手机上的歌单全部都是他爸妈那个年代的流行歌曲。

两个人曾经把他的歌单全听过一遍，林乐扬捧着手机问："那你为什么不唱？"

"唱得不好听。"季挽柯说着随便跟着音乐哼了两声，而后立刻观察林乐扬的表情。

林乐扬试探着拍了两下手："真、真好听啊。"

季挽柯一把按住他的头："我就说我不唱！"

林乐扬蒙："你什么时候说的呀……哎，好，就算你说了！别生气嘛，唱得很好听啊，再唱一首吧，别生气啦！"

他们那时候已经很熟悉对方了，季挽柯常常要为一点小事和林乐扬闹别扭，林乐扬作为哄人的那个简直太笨了，最后永远只会说："不要生气了，我们和解吧。"

季挽柯说他得了便宜还卖乖，他也嘿嘿笑着不否认。

那些往事像一根针一样扎着林乐扬的心肺，使他又哭又笑。

他擅自忘记一个人，那个人占满他的回忆。

所有人都在诉说这件事却没人告诉他故事的结局。

林乐扬不是没有察觉，当大家对这件事保持沉默、缄口不提，他就已经知道答案了。

那天和宁倩分开，宁倩担心地拉住他的手："你这样真的没问题吗？"

林乐扬回握住那双比他纤细许多的手："你觉得我像有问题的样子吗？"说着还俏皮地眨了眨眼。

"但是我已经不住在这边了。"林乐扬说，"现在和姐姐住在曾经的家里。"

宁倩看着他，没察觉哪里不对："是吗？这样也好……林姐最近还好吗？"

"还是老样子，把工作放在第一位，还没和赵瑞宵在一起。"

林乐扬在心里说抱歉，他需要确认一件事，因此才要说这么多不知对错的话。

好在宁倩没有察觉，仍是点点头："那你路上小心。"

"好，你也是。"

周一这天，李川全天满课。因为他总是想方设法和林乐扬聊天，不管是面对面还是在网络上，林乐扬已经能背下他课表上的课程，上午两节大课，下午不仅有课，晚上还有一节八点的选修要去。

周一这天赵瑞宵和吴旭最忙碌，林若柳也不例外。

林乐扬出门的时候和常姨说："我去找李川，中午约好了一块吃饭。"

妇女微笑着目送他出门，门在他眼前关上，林乐扬退后几步看清楚整栋房子的全景，既熟悉又陌生。

他早该想到的，他和林若柳都不住在这里，他们都有属于自己的生活，十年前他还在上学，和家人住在一起，有养的宠物做伴，这都是正常的，那么十年后呢？十年后他应该在哪里……

出租车在街道旁停下，炎热的天气下偶有微风吹拂，常青树盖下大片大片的阴影，这个时间段的门店果不其然又开始放起老歌。

林乐扬再度沿着那条街道走，这一次没人在身后叫住他，他顺利走到拐角处，突然有一点退缩。

"如果有那么一天，你说即将要离去。"

店外的音响播放着，和昨日少年的歌声重叠在一起。

"我会迷失我自己 / 走入无边人海里。"

有风吹拂过，树叶落下的阴影在脸颊上摇曳，闪烁又暗淡、闪烁又暗淡。

林乐扬往前迈出一步，走过那转角，视线内出现一家文具店。

"不要什么诺言，只要天天在一起。"

"我不能只依靠，片片回忆活下去。"

那是和梦里出现过的场景完全吻合的一家店。

林乐扬的呼吸急促起来，手腕处又传来剧烈疼痛。

"我把头发养起来你会帮我梳吗？"记忆里的自己和如今差不多模样，只是眼里有很明显的欢快笑意。

有人把他手里粉蓝色的头绳拿走了，拿在自己手里，套在手腕上："可以，那你要养头发吗？"

林乐扬无法放轻自己的呼吸，每一下喘息都有声音，每一下心跳都在抽痛，过了好一会儿他直起因疼痛弯下的身，继续往这条街的里面走去。

林乐扬并不是一无所知。

就比如他养的第一只猫咪叫作"旺财"，林乐扬还在上小学的时候捡到它，那个时候小猫才刚刚满月，小小的一只窝在他怀里，后来他长大，它也跟着长大，家里又增添许多新成员。

他总是捡一些猫猫狗狗回来给父母和姐姐添乱。

他总是怕寂寞，宁愿被猫咪踩着肚子唤醒，狗毛落在沙发上、他的衣服上，也落在爸爸的茶杯里。

而现在这个家里什么都没有，十年后的这个家里什么都没有。装潢是新的，家具是新的，连装相片的相框都是新的。

那猫咪呢？

他从来不问。

猫的寿命很短，十几年而已。

它们会死的。

所以他从来不问。

他从十八岁长到二十八岁，这十年间有一部分东西已经在他生命里消失了。

林乐扬潜意识里拒绝这样的答案。

可是现在他再也没办法逃避。

此刻，他就站在熟悉的那扇门前，睫毛轻颤，抬起的指尖都在抖，最终输入一串数字。

是他的出生年份和生日。

密码设得太简单，还被吴旭吐槽过。

原话是："到时候家被偷了看你上哪儿哭去。"

"可是换成其他的我记不住。"林乐扬歪了歪头，"我记性不太好，不行吗？"

吴旭举起双手："OK啊OK，季挽柯都没说什么，我能说啥，你们小区安保挺好的，我每次来都拦着我。"

但是没有拦住他。

门卫看到他的时候甚至还朝他点了点头。

门开了。

推开那扇门，所有画面都和梦境重叠。

记忆也重叠。

林乐扬终于忍不住滑落按在门把上的手，跪在玄关处痛哭起来。

为那个隐瞒最深的秘密。

为他所失去的一切。

李川联系不到林乐扬。

整整两个小时，林乐扬都没有回他的消息，也不接他的电话。

彭思远劝他不要瞎想，安生吃午饭。

"两个小时而已，他万一睡着了呢？"彭思远实在不能理解李川表现出的焦躁，真的就只是两个小时没联系而已啊！

李川的眉头还是紧紧皱着："他一般不会这个时候睡觉。"

彭思远想要翻白眼了。

李川起身，彭思远说："哎，你去哪儿？"

"逃课。"李川先是快走了两步，随后跑起来，"下午不用帮我请假，我今天不会来了！"

彭思远目瞪口呆。

今天的天气烧灼，令人心生躁意，学校门口迟迟拦不到出租车。

李川手里紧紧掐着手机，来回踱步，林乐扬的电话在这时打来了。

他立刻接通。

电话那边是呼吸声，时重时轻。

"哥……"

他还没说完，林乐扬打断他。

"我必须要回去。"

李川眉头骤然紧蹙："什么？回哪里？"

电话那端林乐扬的声音嘶哑难辨，但李川还是听清了。

他强迫自己冷静下来，不往最糟糕的方向想，声音却紧绷着："乐扬哥？为什么突然这么说？"

"我想起来了，从醒来到现在我还没有见到爸妈呢。"林乐扬的额头磕在冰凉的地板上，身体却那么热，好像被抛进火里，眼泪砸下去，落成小摊的水迹，"对不起、对不起……可我还没见到他们呢。"

李川觉得自己的呼吸也被停止了。

所有人都在瞒着他，不希望他想起来。

所有人都在监视他，怕他出什么意外。

十八岁之前林乐扬拥有别人所羡慕的一切。

二十八岁这年，他把一切都忘了，想要重新回到十八岁。

林乐扬记起来了。

2020 年，那一年他大学毕业，父母永久地长眠于雪崩之中。

赵瑞宵接到一个陌生号码打来的电话。

电话刚一接通，对面的人便立刻询问："你现在在哪里？"

赵瑞宵愣了下："李川？"

"你现在在哪里，能不能立刻赶到文厦？"李川却不等他询问，快速说着。

赵瑞宵皱眉："怎么了吗？我现在不在市里，要去的话可能得一个小时……"

他不知道李川为什么突然提到这个地方，那里是林乐扬和季挽柯共同的住所。

失忆之前的住所。

他话还没说完，李川直接打断道："乐扬想起来了，他跟我说他想起来了，他把电话挂断就再也打不通了。"

赵瑞宵瞬间从座位上站起："你说什么？我现在马上……"

"不用了，我已经赶过去了，我会去接他。"李川开口，声音还是急促的，连喘息都很用力，能听出颤抖。

他的本意是如果赵瑞宵在市里会比他更近、更快一步找到林乐扬。

但现在显然不可能了。

赵瑞宵意识到电话对面的人也慌了神："需要我通知若柳吗？"

李川仍然有些恍惚，他一直维持一个姿势坐在出租车上，现在酸痛感顺着脊梁迅速往上爬，也没过脑髓，嗡鸣声敲打耳畔，骨缝钻出磨人的痒意，连身体上那些人为的划痕都在叫嚣着疼痛。

"你觉得她还能承受得住吗？"

赵瑞宵沉默几秒："你会找到他的对吗？"

"我去找他。"李川嗓音嘶哑，不像在跟对面承诺，更像用语言安慰自己，"他会没事的，我会照顾好他……他说他要回去，回到过去，我不知道他要做什么……"

他说不下去了，挂断电话后大口呼吸起来，像搁浅在岸边的鱼，可是鱼的眼睛不会存储眼泪，他鼻尖上堆积着泪珠稍一抖动就落下。

这一刻真的像未满二十岁的男孩一样哭泣起来。

今天没有下雨。

林乐扬洗了个澡，认认真真擦干头发，坐在床铺上，目光落在套着白色垃圾袋的垃圾桶上。

这样就对了。

这里是他的家，一切摆设他都烂熟于心。

林乐扬垂下眼睑，眼眶周围很明显地红肿着，他撕心裂肺哭过一回了，现在只觉得疲倦。他微微抬起脚，看着自己赤裸的足背，很白，隐约可见淡色的青筋，他把脚踏在地板上而后蜷缩脚趾，半湿的头发还是落下水珠，落在脚背上。

那天也是一样的。

他和赵瑞宵他们告别，告别的时候还好好的，回到家洗过澡发现雨已经不下了，只有窗户上悬挂的水珠在诉说，的确下了一场大雨，雨水淹没情绪，麻痹五官。

他讨厌夜晚。

于是不肯睡觉，熬夜等黎明降临。

可是为什么讨厌？

他又忘了。

午后刺眼灼热的白光落在他套了白 T 的脊背上，他的衣柜空了大半，应该是住院的那段时间，林若柳为了布置曾经的那个家拿走了。

其实没什么必要。

因为就算到了现在，他想起一部分又要忘掉一部分，记忆总是模模糊糊催促他快点寻回记忆。

只要他能将缺失的十年找回来，一切都会得到解决。

视线再一次变得模糊，他的手指在手腕结痂的那处轻轻滑动，有一点痒又有点疼，指甲无意识地陷进皮肉里，留下一道红色的痕迹。

这不对。

应该更痛一点。

要血液从手腕大量涌出弄脏地板，要床单也染上颜色，要空气潮湿黏腻，呼吸急促又拥挤，要倒在地板的那一刻念一个人的名字……

那个人是谁？

他不记得。

"呜……"喉咙里挤出一声呜咽，林乐扬在这瞬间清醒过来，整个手掌已经被他掐得变色。

"咚咚！"

有人在敲门，林乐扬吓得心跳又急促了几分。

谁能找到这里来？

他来不及细想，门外的声音已经给了他答案。

"林乐扬！开门！"是李川的声音，有些凶又有些抖，两者杂糅在一块好不真实，"乐扬哥……开门！"

林乐扬站起来，还是赤脚，表情茫然，宛如新生在这世上尚未经历苦难的孩童。

他什么都不懂，什么都不知道。

只是脑海里有一个声音催促着，要他快点回到过去。

李川攥拳砸了两下门，似乎反应过来自己的粗鲁，尽可能放轻自己的呼吸声，把焦灼吞下去，尝试吞进肚子里，可情绪还是沉甸甸压着他整个人。

"乐扬哥，为什么把门反锁了？"

林乐扬答不上来。

"乐扬哥，我知道你在里面，你把门打开好不好？"空气里真的有氧气吗？李川感觉自己呼吸不了了，"你在里面对吗？在的话回答我，求求你了……我、我刚才吓到你了？对不起，我错了，乐扬哥我错了，别不说话，别不理我，求求你了。"

"我在。"林乐扬立刻开口，上前一步手指贴在门上，"我在，你不要哭了。"

你哭我会难过的。

李川全身的力量在听到回答的那一刻全部卸下，险些跪下去。

他全身都是汗，额发更是湿漉漉，没人知道他为了拦一辆出租车跑了多久，下车后又跑了多久，心肺要炸开了，每呼吸一下都在疼痛。

却怕门里面的人比他更痛。

"乐扬哥，把门打开好不好？"李川的声音染着哭腔，心脏还在疯狂跳动着。

林乐扬一手按在门把上，神色却有些犹豫，心里那个念头一直疯狂拉扯他："可是，我需要记起来……"

"乐扬哥，我胸口好疼……"李川话音未落，门锁"咔哒"一声打开了，他迅速推开门，拽住林乐扬的手臂。

林乐扬完全来不及反应，被推得往后跟跄两步，缓了缓才发觉："你骗我……"

"没骗你，真的很痛……"

李川的手按在他的伤口上，露出血肉的那一角像被浸在盐巴里，林乐扬疼得一抖动。

李川察觉到林乐扬略显痛苦的神情，快速错开手指，那抹鲜红色沾在他的指腹。

他觉得自己要疯了，眼神里带着难以置信："你在干什么？！"

林乐扬连忙摇头："我没有那个意思，我只是……我、我想起来了。"

他想起来了。

他此刻的幸福是建立在莫大悲剧之上的，一想到这里，他便一刻也待不下去。

李川已经完全不能思考，脱口而出："那么我呢？好朋友不能为你做些什么吗？"

林乐扬的眼里涌出泪："可是他们死了，他们死了！我什么都不知道，还傻乎乎地待在这里，我怎么能啊，他们……呜、他们怎么能死呢……

"不对，这一切都不是真的，一定是哪里出错了。"

李川掐得他好紧，他觉得呼吸困难的同时又觉得莫名安心。

林乐扬没有挣扎，但泪腺好像坏掉一样，不停、不停地涌出热泪。

过了好一会儿，他才说："我总是记起什么又会忘掉什么，我想起来那天我是怎么……怎么弄伤自己的，又想做和那天同样的事了，我只是有点控制不住自己……但我这样做让你害怕了是吗？"

他好像冷静下来了，又感觉自己仍旧悬浮在半空中。

究竟怎样做是对怎样做是错，他不知道了。

李川只是抱着他，不让他动弹，哽咽和呜咽全埋在他的肩膀。

林乐扬艰难地抬起手摸了摸李川的头发，那么湿，被汗水浸透了。

他究竟是带着怎样的心情一路跑来寻找自己的？

这一刻，林乐扬愧疚极了，李川明明这么关心他，他怎么能让李川这么难过。

于是，他给了承诺，给了让步："……我就在这里哪里都不去。"

半晌，李川抬起头，湿润得如同动物幼崽一般漆黑的瞳望着他。

"我也在这里，哪里都不去。"

林乐扬身上有清淡的沐浴液的香。

李川一直拽着他的手腕，两个人一起走进房间。

李川一刻都不松开他。

"你洗澡了？"少年说话时鼻音很重。

林乐扬点点头，不知该怎么解释这一行为。

李川听了说不定要立刻拉他出去，不在这里多待。

两个人双双倒在床上，林乐扬瞬间被巨人的疲惫感淹没，他哭了太久，情绪起伏太大，好不容易缓下来，困倦是再正常不过的事。

可他强迫自己不要睡，他讨厌梦境，讨厌梦里没有自己熟悉的人。

他望向对面少年的脸，明明才惨兮兮地哭过，现在又开始一眨不眨地盯着他了。

李川看着他，说："抱歉。"

"为什么要道歉？"

"因为我自私地把你留下来。"

"你只是担心我……"林乐扬眼皮一点点合上，他实在太累了，意识在拉他坠入梦境，声音越来越小下去，"真奇怪啊，我怎么会把你当好朋友，你明明小我那么多……等我发现的时候，已经很在意你了。"

林乐扬睡着了。

少年的手指小心翼翼凑过去探林乐扬的呼吸，绵长而均匀。

他抬起林乐扬的手，看着那道瘢痕，试图把林乐扬的伤痛也一并吞下。

"一点都不奇怪。"李川回应道，"当我遇见你的时候，我们已经相识很多年。"

为什么梦境会比记忆更加清晰？

他醒时永远记不住，梦里就要再经历一遍。

好像在惩罚他的逃避，惩罚他最后做出那样的抉择。

林乐扬站在雨天里，把一捧花放在墓前，雨伞倾斜，雨水打湿他的肩膀，有一滴落在他的镜片上，隔着薄薄的镜片，水雾模糊他的神色。

他早已没有少时的模样，要是季挽柯见到此刻的他说不定都会认不出来。

季挽柯离开后，他变成一个很糟糕的人。

不能按时睡觉吃饭，把自己折腾得身体很差，偏偏学会了说谎，对谁都说："我很好，我没事，不用担心我了。"

事实上，父母死后林乐扬有小半年的时间被困在梦境里出不去，夜里常常惊醒，梦到六月里国内还是一片晴朗天气，澳大利亚早已白雪皑皑。

要是他们不去旅游就好了，或者不去那个该死的滑雪场。

他年轻的时候总是会做这些不切实际的幻想，那时候他多大？二十二岁。

季挽柯多大？比他小了整整半年多。

本来季挽柯是有起床气的，被吵醒后会超级低气压，可那段时间里——后面的很长一段时间里，林乐扬一旦在噩梦中惊醒，季挽柯就走进他的房间，轻拍他的背等他睡着了才肯放心入睡。

林乐扬甚至不知道季挽柯是怎么被自己吵醒的，自己明明压抑住哭声，但季挽柯总能在第一时间赶到他身边。

林乐扬被安慰了反而会哭，一开始季挽柯不知所措，后来干脆沉默着把他的眼泪擦掉，也去品尝那份苦涩。

他从来不说没关系都会过去的，他只是告诉林乐扬，哭完咱们去洗脸，我陪着你。

这样的情况持续很长一段时间，直到林乐扬说："我打扰到你睡觉你不会生气吗？"

他问话的语气太过于小心翼翼，季挽柯反过来问他："要是我家里出事了，你会嫌弃我吗？嫌我哭了嫌我被噩梦惊醒？"

林乐扬摇头。

"林小缺，你笨蛋吗？"季挽柯看着他被泪水充盈的眼睛，"我也一样，我只觉得心疼。"

于是，林乐扬靠岸了。

在长久的漂浮下终于抵达岸边。

林若柳在那段时间里也分外憔悴，姐弟俩接手了父母的小公司，大小事宜都要亲自打理。林乐扬刚刚毕业什么都还不熟练，整夜的失眠过后要踏着清晨的雾气去公司工作学习。因为自然卷实在难打理，他没有多余的时间浪费在这种事上，后来干脆将头发拉直了。

季挽柯在发型服饰上向来没什么追求，他就是穿着拖鞋大裤衩出门都有人找他要微信。

上学时，林乐扬常常为此感到郁闷，并更勤奋地打扮自己，美其名曰：不能拉低你的档次。

季挽柯冲天翻白眼："我看是你自己想臭美。"

毕业后，林乐扬把这"坏习惯"改掉了大半，却轮到季挽柯不满。

他唯一一次对发型提出要求，是对着林乐扬。

"假期出门我来帮你卷头发。"

林乐扬当时在洗脸，闻言把头抬起来："不用吧，太麻烦啦……而且你会吗？"

季挽柯一顿："不会可以学。"

"所以你是拿我当练手吗？"林乐扬在镜子里看到对方的脸色越来越不好看，连忙哄道，"可以练手，当然可以，我的头发长出来就是给你练手用的！"

季挽柯上前按了一把他已经拉直柔顺的头发："贫嘴。"

林乐扬其实很喜欢这样的对话，会让他短暂忘记疲惫，觉得自己还能支撑一阵。

最难熬的那段时光是季挽柯陪他度过的。

他忙到忘记吃饭，季挽柯打不通他的电话就打林若柳的，打不通林若柳就打给吴旭。

吴旭放话说："大少爷！饶了我吧，我可不是你俩的奴隶！"

季挽柯自然而然接话："林乐扬不是你最亲爱的发小吗？"

吴旭："呵呵，这话要是从我口里说出来你得灭了我，你自己说就行。"

季挽柯便道："他又忙工作忘记吃饭了，连手机都不看，帮我叫一下他吧，拜托。"

吴旭当时还没有和赵瑞宵合伙，按照父母安排进了一家小型企业，离得的确近，来回不到十分钟路程，偶尔会和林乐扬一块吃午饭。

能让季挽柯说出"拜托"两个字的事情太少了。

这回吴旭没话说，"嗯"了一声应下来，嘀嘀咕咕说自己本来就要去的。

那段时间，季挽柯也非常忙碌，工作刚刚起步，有大量的新知识需要消化，每天都很疲惫，唯一一点休息的时间都用来看管林乐扬。

连林若柳都感到诧异。

毕竟在她的眼里，季挽柯性格乖戾又张扬，好像永远不可能是包容的那一方。

可她记得父母葬礼那一天，她和林乐扬要接待许多人，季挽柯一直在弟弟身旁帮忙，甚至在林乐扬红着眼眶说不出任何话时礼貌得体地接话应答。

等到所有人都走光了，只剩下他们，林乐扬拉着季挽柯的手郑重地向照片里的父母介绍：我还没跟你们说过，今后也没机会了，这是我最要好的朋友。

季挽柯献上一束花，头微微低下，沉默而温顺，像忠诚的犬。

在父母去世的那段时间里，季挽柯表现得极为可靠。林乐扬太着急长大了，着急变得成熟稳重，想要帮林若柳多分担一点。季挽柯没有阻止，但有很多时候他用行动证明，林乐扬可以放慢步调，再慢一点，因为他的身边还有他。

说来也巧得令人绝望，那只叫"旺财"的胖橘猫足足活了十四年，在父母去世的这一年也死掉了，是老死的。

林乐扬亲自在后院里挖土刨坑把它埋下了。

当时他指甲里还陷着泥，连裤子的膝盖处都脏兮兮，季挽柯看着这样的他忽然说："乐扬，等哪天去看看房子吧，我想和你一起住，你想不想？"

林乐扬呆呆地眨下眼睛，季挽柯又说："不想也得想，房子我都看完了。"

林乐扬鼻子一酸，又想哭了。

他像只断掉的风筝，强行把自己卷到天空中，飞去哪里不知道，连着陆点都没有。

而季挽柯给了他可以着陆的方向。

季挽柯出车祸的那天是个下雨天。

林乐扬有些讨厌下雨却又没那么讨厌。

下雨天他会想念季挽柯，偶尔来了兴致就独自去那家总是拉着季挽柯去的餐厅里吃饭，还是坐在靠窗边的位置，不同的是今后只有他一个人来了。

他又开始做噩梦，会在夜里惊醒，面对只有自己一人的房间更加崩溃。有时候搞不清自己究竟是失眠还是害怕睡觉，梦里面是两个人在一起的画面，梦醒后什么都没有。

他又开始忘记吃饭的时间，每天浑浑噩噩地过活，总在胃部绞痛时才意识到自己有一整天没有进食。

季挽柯离开后的几个月里，他把自己变得很糟糕，最后是林若柳哭着说："你记得自己答应过我什么吗？"

林乐扬回忆了一下，他真的是很糟糕的人，差一点就忘了。

那一年得知父母的死讯，姐姐为数不多地当着他的面流泪，紧紧抓住他的手说："我只剩下你一个人了，你不能再出什么意外，你不能有事……我只有你了。"

林乐扬张开怀抱把林若柳拥进怀里，才发现自己已经比姐姐高出这么多，是个大人了，应该扛起这个家。于是，他做出承诺："我不会出事的，我就在这儿。"

命运夺走林乐扬太多东西，以前是养的小动物，后来是父母，最后连可以依靠的友人都夺走了。

但他答应姐姐会好好活着。

他开始强迫自己吃饭，虽然吃下去也会吐出来，强迫自己对外人展露笑颜，一个人的时候才允许自己恢复原状。他不说自己睡不着、做噩梦，以前最喜欢的零食和甜品都变得难以下咽，他假装活得和许多人一样，偶尔还会在朋友圈分享自己去过的餐厅——从头到尾只有那一家餐厅。

所有人都以为他在往好的方向发展，认为他会走出来。

只有赵瑞宵和吴旭知道，季挽柯出事之前两个人还打过电话，约着要去发廊剪头发。

"因为夏天快到了，我有点害夏，头发剪了还可以再长，热了可不是哪里都能吹到空调。"林乐扬当时还小小地开了个玩笑。

吴旭戳穿他："是季挽柯要你剪的吧，你什么都听他的。"

林乐扬当作没听见，继续说："等他过两天出差回来就去剪！"

可是他没有等到。

所以头发一直留在那个长度没变过。

他们都知道林乐扬在等什么。

他等季挽柯回来了，他们一起去剪。

要是等不到呢？谁也没问。

因为林乐扬一直在等。

直到林乐扬开始忘事，神色无辜地念出季挽柯的名字。

所有人都沉默。

所有人都在沉默里窒息。

某天黄昏落幕，林若柳突然和赵瑞宵说："我是不是做错了？"

赵瑞宵看着她。

"我不该挽留他，不该一遍遍提醒他我们之间的承诺。"林若柳的眼神里透出另一种绝望，"他活得很痛苦。"

没有人说话。

良久后，赵瑞宵说："不要这样想，乐扬也不希望你这么想。"

林若柳当然知道。

每一次见面林乐扬都以自己最好的状态迎接她，每次分别都给她一个拥抱，告诉她："别担心啦，我没事的。"

他那时已经不再用语气词修饰自己，只有对着林若柳还肯装小孩。

林若柳看着自己的弟弟，那一刻突然很想说，你不要长大了。

可她明白，让他不必长大的是季挽柯，父母死后，所有事物所有人都让他快速成长起来。

而如今那个愿意给他标明着陆点的人也死了。

他再一次没有目标地起飞，一直飞。

飞到什么时候？

飞到坠毁。

季挽柯死后的第二年，那天也是下着雨。

林乐扬梦到了。

去祭奠季挽柯当天他状态很好，戴上之前生日季挽柯给他准备的生日礼物——那副银框的眼镜，在镜子前面照了又照，还出声询问赵瑞宵："我这样应该很成熟了吧？他总是说我像小孩子长不大，现在这样应该没问题了。"

其实他已经足够成熟稳重，没人再说他像个小孩，没人会觉得他幼稚。

只有季挽柯会这样讲。

雨还在下，砸在他的肩膀上却没有一滴落在他怀里护着的百合花上。

这是要献给季挽柯的花。

"走吧。"他轻声说，神色柔和，"我们去见他。"

梦里自己撑伞在墓前，絮絮叨叨说着话。

姐姐和赵瑞宵还有吴旭都在，去年也是他们一起来看季挽柯，哦对了，还有宁倩。

他的记忆力在慢慢褪去，很多本该记得的事情也记不住了。

林乐扬觉得这样不好，但自己完全控制不住，忘记什么的时候就习惯性地掐住自己的手腕，血液阻隔手掌变色时又快速松开手。

他不能这么做。

他那么害怕寂寞，却在那间只剩他一人的房子里生活了整整两年。

这像一场永无止境的放逐。

或许我病了。

"但是我很害怕医院……"

和赵瑞宵一行人告别后，雨已经不下了，林乐扬洗过澡吹干头发坐在床铺上喃喃。

夜色深沉笼罩，灯光落在他的背部、侧脸，四周太静了，只听见他的呼吸声。

林乐扬突然想到季挽柯出事的那个晚上他赶到医院，正好有救护车来，他看到躺在担架上鲜血淋漓的人，听到撕心裂肺的哀号。雨把他浇透了，他晃过神，躺在那上面的不是季挽柯，季挽柯已经死了。

那之后发生很多事情，肇事司机、季挽柯姑妈的接连出现，林乐扬冷酷得几乎不近人情，让该被惩罚的人都受到应有的惩罚。吴旭说他那阵子很可怕，他也只能摇摇头，神色温顺得像只鹿："我不记得了。"

是那些都不重要，所以他不记得，还是他不想记，所以不记得？

林乐扬自己也不知道了。

他在恍惚间又想，要是能回去就好了。

回到十年前，回到父母还在的时候，这一次他会比以往更早地遇见季挽柯，更早点和他认识，要在毕业当天拉着父母来参加自己的毕业典礼，不准他们不同意，不准他们抛下自己和姐姐去国外旅游。

直到二十六岁这天，他会耍脾气让季挽柯不要出差更不要开夜车。

这样一切不好的事情都不会发生。

他想要回到十八岁，和季挽柯相遇的前一天。

这样他们就能马上遇见，等到他们相遇，他就说："我们注定要认识的，就不要浪费时间啦，早早握个手吧！"

鲜红涌出的那一刻，他恍惚间看到十八岁的自己。

真好啊。

你还这么年轻这么活力，还对未来充满期待。

我实在太累了，快要坚持不住了，想要一个没有梦境的睡眠。

你能替我活下去吗？

先要谢谢你，但是等你醒过来一定要对姐姐说对不起。

因为我没有遵守诺言。

对不起。

第六章

梦境开端

因为他有想见的人。

林乐扬感觉自己坠在梦境里很久，睁开眼时天还是大亮的。

李川正倚靠在床头和谁打着电话，见他醒过来立刻道："他醒了，先不说了。"说完挂断电话，问道，"不再睡一会儿吗？"

林乐扬愣愣地看着李川，还没反应过来这里是哪里，仅凭本能慢吞吞撑起身，觉得脑袋昏沉四肢无力，但并没有自己以为的那样睡过去很久。

他扫视整个房间，最后视线落回到少年身上。

"我好像做了一个很长的梦？"他说，"现在梦醒了，对不对？"

李川没能回答。

林乐扬其实很明白。

他没有办法改变这一切。

他一路上的成长总是在不断地、不断地失去着什么……

最难熬的那段时光是季挽柯陪他熬过来的，直到后来季挽柯也永久地离开他了。

他曾经拥有那么多东西，最后都一一失去了。

对了……季挽柯！

林乐扬再次抬起头看向李川，这一次他再也没办法说服自己，没办法再麻痹自己。

他们是如此相像。

现在的李川，十九岁的李川是那么像长大成熟后的季挽柯。

林乐扬的记忆逐渐复苏，本来干涩疼痛的眼睛又蓄满泪。

他曾经那么在乎的一个人，他把他忘记了，还把另外一个和他很像的少年当成他。

这样的认知令林乐扬胸口钝痛。

他是个糟糕的人。

李川以为林乐扬是又想到父母才落泪，刚想靠近安慰，林乐扬回过神并把他推开了。

"别过来。"林乐扬的声音发着颤，眼睛轻轻一眨便有热泪掉落。

"乐扬？"李川轻声询问，神色里布满担忧，试图再一次靠近。

他不想刺激到林乐扬，怕林乐扬有什么应激反应。

林乐扬则用力摇摇头，抗拒道："我想起来了。"

李川略微停顿一下："我知道。"

他全部知道，所以如此不安，如此焦虑，如此害怕。

他什么都想做又什么都做不了，无法代替林乐扬承受这份痛。

林乐扬说："我曾经有一个很要好的朋友。"

李川说："我知道。"

"我们关系非常好。"

"……我知道。"少年停顿一下继续说道。

光是这一停顿就令林乐扬心口灼烧。

他怎么能呢，他怎么能伤害眼前的少年。

他才十九岁，他的情感也是这世上最诚挚的情感，他那么认真地对待这份友谊。

自己究竟把他当成了谁？林乐扬分不清，他没办法分清。

"后来他死了。"他说着，看到李川的瞳孔微缩，迅速把手攥成拳。

"如果他没有死，那么我不会认识你。"林乐扬无暇顾及这些，他觉得呼吸很痛，吸进肺里的氧气都消耗殆尽，"你能懂我的意思吗？"

"我是个很糟糕的人。"林乐扬说。

从季挽柯离开后就是了，现在依旧是。

他分不清自己是被少年本身吸引，还是在追逐残留在少年身上的季挽柯的影子。

尽管那个时候他什么都没想起来。

可忘记也是一种罪过。

李川却说："你不是，不能这么说自己。"

不知什么时候，他早已悄然靠近，双眸里有深深的伤痛。林乐扬想这是我带给他的，这样还不算糟糕吗？林乐扬很心疼，想要说：你不要痛了，我实在是个坏人，不值得你为之付出。

"我不能把你当成他的替代品。"林乐扬有些无措地讲。

李川却说："不用替代，我就是我。"

天气热得要命也耀眼得要命，在这片燃烧的光明里，李川沉默着开了口。

"你说的那些记忆，我全部都记得。"

2026 年 5 月 19 日。

少年在剧烈的疼痛中醒来，全身无一不在叫嚣呻吟着痛苦，骨头像被打断了，喉管更是干渴得如同被撕裂。

眼皮被强光照射，他迫不得已动了动眼珠，突然听到小小的惊呼声。

"天啊，还活着……"

这里是哪里？

他分明记得自己刚出差回来，半路上突然下起雨，一辆卡车突然失控歪斜着向他驶过来……等等，那辆车是朝他撞过来的！

自己这是出车祸了？！

他还在猜测着，可身体实在太痛了，脑袋里的嗡鸣声吵得他无法思考。

闭眼后再次陷入一片黑暗。

少年从梦中猛地惊醒过来。

在一间陌生的病房里。

他下意识地看向自己的手臂——黝黑瘦弱的，布满伤痕的双臂。

……他是谁？

病房里除他之外没有一个人，他拔掉插在手背上的针管，下床时跟跄一步。

这具身体太孱弱了。

他是谁？

脑袋里一片嗡鸣，恍惚间他看到一些晦暗的片段。

画面里的小男孩一遍遍不停地质问："你究竟为什么和爸爸离婚？我们一家人不好吗？"

女人一边哭一边摇头抱住男孩："川川对不起，但是妈妈受不了了，等以后、以后就你和妈妈一起过好吗？妈妈保证让你过得很好。"

男孩拼命想要挣脱女人的怀抱，奈何女人抱得太紧，他只能用拳头砸女人的背："我不要！我就想要我们一家人在一起！妈妈，你去跟爸爸说，这样他就不会揍我了，妈妈你去说，你去说啊！"

"呜……川川别哭了，妈妈不和爸爸分开了，妈妈留下来。"

紧接着下一个画面里，男孩长大了，看上去十三四岁，是清瘦的少年模样。

女人的尖叫声几乎刺破他的耳膜。

他看到少年的眼神死死钉在女人身上，女人抢夺过他手里的刀，那么锋利的器具也同样割破女人的手指。

……

他究竟是谁？

他顺利穿梭过那条阴暗的走廊，在楼梯口放慢脚步。周围是各色病人，大家穿着同样的病服，一切都像一场噩梦。

"林乐扬忘了……"

他突然听到这个名字，心脏猛地紧缩，连带呼吸都沉重了，完全迈不开步子去往别的地方。

他抬起头，只见一间病房的门外有两男一女站立。

他忍不住屏住呼吸，往前走了两步，想要靠得近一些、再近一些……

那个女人长得实在眼熟，他在哪里见过吗？

他不记得。

"什么都不要告诉他。"女人说，"我不能再、我不能接受……"

"没人能接受。"气质沉稳的男人开口道，上前一步轻轻把女人虚拥进怀里，轻轻拍她的肩膀，"现在先什么都不要跟他说。"

"不然永远也不要说了。"女人沉默一会儿忽然道，抬头时眼里闪烁着泪花。

"十八岁没什么不好，忘记好的事也忘记坏的事，我是个很自私的人，我只要他活着。"

听到这里，他头突然痛起来，呼吸也变得艰难。

"李川……"

"李川！"

有谁在叫他。

他猛地回过头，看到戴护士帽的小护士正在焦急寻找什么。他下意识把自己掩藏在转角处，这下离那三个人更近了。

没人注意他，他们都神色凝重地思考着什么。

好一会儿过去，终于对好口径，女人把自己脸上的眼泪擦干净，照了照镜子轻呼一口气推门进去。

"李川！"

又有人在叫他。

他知道自己不能在这里多待，迟早要被人发现，索性主动回了病房。

他现在的记忆是混乱的，哪里都去不了。

小护士是新来的，见到他回来心里的石头落下去。

她实在太着急了，按理说不能这样到处喊病人的名字。

还好李川自己回来了。

"我能问个问题吗？"躺在病床上，少年突然说。

小护士皱眉，不满道："什么？"她还在为李川的私自逃跑而生气。

"现在是哪一年？"季挽柯说。

小护士来回看看他，奇怪道："2026 年啊。"

不应该是 2024 年吗？他皱眉，下意识地感到不对。

但脑袋里一片混沌，什么都想不起来。

他被绑起来了，四肢牢牢固在床头和床尾，神色却异常镇静，再次开口："还有一个问题，最后一个问题。"

本来已经打算离开的小护士转过头看向他。

"……住在 406 号病房的病人还好吗？"

尽管根本不知道对方是谁，但他还是这样问道。

自己究竟是谁？

少年再一次无意识地走到楼梯口，正对着 406 号病房。

那里面的人能给他答案吗？

"李川。"有个护士面色不太好看地说，"你又来这里做什么？这几天总是看到你乱转。"

他记得她。

是上一次住院时负责照顾他的护士。

他把她弄伤了。

是故意的。

自己为什么要那样做？

季挽柯下意识地让开路，护士愣了一下。

他低头看自己手臂上的伤痕，知道这也是自己做的，但为什么要这样做……他不明白。

他真的是李川吗？

他对李丽梅没有刻骨的恨意，偶尔甚至会想，这一切的起源是他那个滥用暴力的父亲。

为什么要把错全部怪在女人的头上？

他有太多不解。

有关于李川的记忆在一点点复苏，他想起来的越多越觉得违和。

而后的某天里，他听到有人讨论406号病房，他们说住在那里的人是轻生。

"现在的年轻人啊，怎么都这么脆弱？"

"哎，我听别人说这都不是第一次了，去年这个时候好像也来过一次医院呢！"

"对对，而且这次一醒过来就什么都不记得了，人看着还好好的，就是好多事情给忘了，大概是受什么刺激了吧，你说说这算什么事……"

他蹙起眉下意识按住胸口，胸腔里像积了一团阴云，怎么都消散不去。

他扶着墙壁缓了好一会儿才能继续走，又一次停在那扇门的不远处，他看着那块印有"406"字样的牌子，想象里面住着一个怎样的人。

"林乐扬。"

那是那个人的名字。

他只听过一次就记住了。

直到那一天。

他第一次看到406号房里走出一个年轻人，茶色头发长至颈间，身躯略显单薄，和他穿一样的蓝色病服。

他一下愣住了，过了几秒才想起把自己藏进阴影里偷偷观察起对方。

那人在周围转了一圈，好像是找不到路，最后委屈巴巴地跟着护士下了楼。

电梯门关上的那一刻，他想都没想从楼梯间跑下去。

——他想见那个人。

在春日里，潮湿的水雾下，他看到林乐扬的笑容。

就是那一瞬间，他想起来的是另外一个人的人生。

他叫作季挽柯，生于 1998 年 11 月 29 日。

他的父母双亡。

他的童年无趣。

他在大学时遇见林乐扬，最开始只把对方当作自己舍友里的其中一个。

他第一次被林乐扬吸引，是在军训的时候。他记住那个笑容灿烂的男孩子。

他们是亲密无间的挚友。

林乐扬摔倒的那一刻，他瞬间伸出手扶住他。

"什么事让你这么开心？"他开口询问，那一刹那间什么都想起来了。

我记得你。

你是林乐扬，那么我是谁？

季挽柯消失了。

消失在两年前那个雨夜。

再次睁开眼面对这个世界的，是拥有季挽柯记忆的名为李川的少年。

他至今不知道这是真的还是说只是一场梦境。

五月的末端，春日的尾巴，相识的人再一次相遇。

季挽柯看着眼前林乐扬消瘦而单薄的身躯，往上瞧是略尖的下颌，没有什么血色的唇瓣，以及那双眼里盛着茫然。

没有他在的这两年里，林乐扬把自己变成如此糟糕的模样。

但即便如此，季挽柯还是第一眼就认出他。

从混乱不堪的记忆里拨出一丝明亮的光。

林乐扬每每瞥过一眼，他都有无数话想要张口说。

最终都生生忍住了。

他不认识我，他看我的眼神里充满了陌生。

但他早已不再是十几岁鲁莽的少年，从十岁长到十八岁，时间都没有教会他的事，十八岁之后的日子里，林乐扬教给他了。

因为林乐扬永远都是一副笑脸，永远充满活力，会说很多好听的话哄坏脾气的自己，一直到毕业前夕都是林乐扬在包容迁就他，永远不吝啬表达自己的热情。

所以在往后的日子里季挽柯统统学会了，他的温柔礼貌是林乐扬教给他的，得体的说话方式也是从林乐扬那里学来的。

季挽柯收敛自己的脾气，日渐成熟稳重起来。

他抓住断线的风筝，用自己的双手做线轴，把林乐扬一圈圈缠绕在自己身边。

他从没想过有一天自己会以这样的方式松开手。

而如今林乐扬以一种陌生的目光打量他，好像他们从未相识过，以后也不会再有交集了。

"我叫李川。"

季挽柯想让自己的笑容自然一点，想表现自己的友好，想让自己看上去无害。

话音落下看到林乐扬的表情他就知道自己失败了。

他有很长一段时间记忆混乱，两种记忆夹杂在一块，几乎认不出自己是谁，像做了一个很长的梦，不知哪一个才是真正的自己，抑或两者皆是。

闻声赶来的护士将两个人隔开了，大概是怕李川又做出什么伤害病人的事情，神色很是戒备，语气也不太好。

季挽柯的眼神只顾追逐那道身影，他想他们不能在这里断了联系，就连怎样对一个人好都是林乐扬手把手教会他的。

他是个十足的好学生，学到了十成十，尽管作为老师的林乐扬已经把这些忘记了。

"你还没有告诉我你的名字。"季挽柯抓紧一切机会。

"林……乐扬。"

季挽柯点点头，朝林乐扬伸出手。

他见林乐扬眼神里带着疑惑，迟疑一下还是把手伸过来。

正巧手腕上那道狰狞的疤痕暴露在空气中，季挽柯的目光久久不能移开。

直到林乐扬把手抽回去，跟随护士的步伐走出这片潮湿的角落，直到那抹熟悉的身影渐远，季挽柯才肯把自己颤抖的指尖按进掌心。

十九岁还是很年轻的年纪，在记忆混乱的那段时间里，季挽柯常常整夜整夜地不睡觉，靠在床头观察自己伤痕累累的手臂，大多数时候觉得自己没有病，但是会配合医生的治疗，药物则扔进垃圾桶。

结果被发现了。

医生说他如果再这么做就要限制他的出入自由。

季挽柯觉得无所谓，反正他出去了也只会漫无目的地走上那么一圈，最后在 406 病房前停留片刻。

直到他遇见林乐扬，把一切都想起来了，自然也意识到林乐扬是和他同天住进医院。

命运爱开玩笑。

两个人同时在各自的病房里睁开眼，一个把过去十年全部忘记，一个不清楚自己到底是谁。

太阳往下坠，黄昏被卡在山峦和天空之间。

季挽柯坐在自己的病床上，手心里安然躺着白色的药粒，他含了一口水默默把药吞下去。

四周很静，他隔壁床的男人智力有问题，常常流着口水观察病房里的其他人。

"你把毒药吃了。"男人忽然说。

季挽柯已经把药咽下去，嘴角轻轻扯开一抹笑，眼里却有晶莹的液体流淌出。

真奇怪啊。

听到林乐扬的名字时他没有哭，记起过往时他也未曾流泪，甚至两个人相遇他都没有把难过表露出来。

偏偏是现在。

是无人能明白他为何落泪的现在，季挽柯把呜咽吞进喉咙里，药的苦涩漫过喉管，刺激着鼻腔，剧烈的咳嗽声掩盖哭泣。

——因为他有想见的人。

他还没有想起来的时候就对护士这么说，心里有个声音催促他赶快去寻找那个人。

那个人是谁？他那时尚未得知答案。

现在他终于想起来了。

他会好好吃药、配合治疗，会珍惜出入时间。

他要去见他。

拿着林乐扬曾经最爱的纸和笔去邂逅。

工作后两个人都太忙了，林乐扬有很久没有画过画。

那些他所能窥探到的记忆里，季挽柯一直没有说，上学时林乐扬偷偷画他，他都看到了，还特意给对方摆了个他自认好看的角度。

可他现在是李川，是林乐扬眼里的陌生人。

林乐扬把那些不幸忘却了，父母的死亡、好友的车祸……煎熬的那两年，他统统忘记了。

他重新睁开眼崭新地回到这个世界。

季挽柯觉得这样很好，感谢他回来。林乐扬可以什么都不记得，只要他此刻是快乐的。

十八岁的林乐扬很可爱，紧张起来就会抓住什么的小动作一直没有改。

如果林乐扬真是从过去而来的就好了。

那样他还拥有一切，有爱他的父母，有欢乐的大学生活，他们会在宿舍里相遇，一开始不熟悉没关系，他们迟早要认识，变成不论早晚都形影不离的好友关系。

可越是接触季挽柯越是知道，林乐扬只是忘记了。

他们在同一屋檐下共同生活了四年，林乐扬的一些小习惯季挽柯都清楚。他那么固执地留着长发，把眼镜盒塞到枕头边，这些都不是十八岁的林乐扬会做的事。

但这都没关系。

如果你忘了，我们还会重新认识。

第一次在病房外听到赵瑞宵聊起林乐扬那个不能提起名字的朋友，季挽柯既觉得好笑又笑不出来。

这是目前最快狠准的解决方法，有效阻断了林乐扬想起过去的可能性。

他们什么都不说，林乐扬便无从得知真相也没办法记起什么。

季挽柯知道林乐扬不止住进医院一次，他缺席的两年里，林乐扬未能照顾好自己。谁都不知道他恢复记忆以后会做出什么抉择，没有人敢赌，毕竟林乐扬的精神状态很差，是肉眼可见的病态与脆弱。

他用十八岁的口吻讲一派天真的话，季挽柯跟在他左右照顾他，安静下来就能发现林乐扬的眼神很平静，既没有笑融进去，也没有情绪流露出来。

他沉默时俨然是二十八岁才有的模样。

所以当他推开那扇门，提醒往日的好友："门没有关严，说话很容易被外面听见。"

他并不为谎言感到愤怒。

理应如此。

林乐扬不用想起他。

如果记忆让他分外痛苦的话，那么就忘记。

他们有重新来过的机会，他很珍惜，不愿意林乐扬再陷进回忆里。

而后在只有两个人的病房里，林乐扬问他："你也想死吗？"

季挽柯知道那个"也"字代表什么，这更加坚定了他隐瞒的想法。

他是谁并不重要，他就是他而已，他凭借自己的意志来到林乐扬面前。

"我想要活着。"季挽柯回答，却独自吞下后半句——和你一起活下去。

出院那天，季挽柯决定先解决自己的形象问题和李川家里的事再去找林乐扬。

但是他忘记林乐扬住院的时候根本没和他说过林家的地址，他之所以能找过来是大学的暑假在林乐扬家里住过一阵子。

这里的一切装潢都变了。

林乐扬直到这么晚才被允许出院，季挽柯猜测是赵瑞宵他们忙于重新布置这个家，毕竟这里很久没有人住过了，一点生活痕迹都没有，林乐扬很轻易就会发现端倪。

保姆甚至是个同乡人，季挽柯一下就明白是赵瑞宵安排的。

季挽柯离开家乡有十几年了，普通话说得要比家乡话更标准，但比起什么都听不懂的林乐扬自然好上不少，简单沟通是没有问题，就充当起翻译。

他叫林乐扬"哥哥"。

曾经那么难张口的称呼，如今每一句话都要带上。

林乐扬上大学的时候很爱玩游戏。

季挽柯总是被他拉着打团战，久而久之他的操作熟练了，林乐扬还是个技能白痴。

季挽柯对游戏兴味索然，每次都要林乐扬求他好久他才肯打一两把。

毕业以后，林乐扬再也没沾过游戏，反而是季挽柯还在坚持玩。

某天季挽柯有意无意地提到这件事，问林乐扬为什么不玩游戏了，林乐扬扬起头思索半秒钟："我打得又不好，怪浪费时间的。"

人是不是注定要失去一些东西才能够成长？

小时候是玩具熊、游戏机，长大后或许就是朋友、亲人。

等季挽柯终于放下自己的高傲矜持，愿意陪林乐扬打游戏也肯管他叫哥哥的时候，林乐扬早已不需要了。

二十四岁往后的他们都已经成熟。

过去纵使有遗憾，也只能成为遗憾。

所以当他在医院醒过来，另一段记忆被唤起，面对失去这十年间所有记忆的林乐扬，他首先叫了那一声"哥哥"，并主动邀请林乐扬和自己打游戏。

纵使过去有遗憾，我要现在不遗憾。

这一次要陪你走过很长很长的一段路，直到两鬓斑白，直到两眼昏花、牙齿掉光。

如果你活到一百零八岁，我就活到九十九岁。

直到你死去，我才肯死去。

第七章

感谢相遇

春天结束了，还要等待下一个春天来临。

季挽柯偶尔会梦到那个雨夜，突如其来的卡车，灯光晃过他的眼睛，那光芒似乎要刺进他的瞳孔，明晃晃而赤裸裸，闭眼再睁开的工夫，眼前便是一片血色……

他猛地惊醒过来，发现自己安然躺在逼仄的出租屋内，视线再度落在自己满是白痕的手臂上。

他活着。

以另一种身份，另一个名字重新活在这世上。

李川以前在学校里被那群混子欺负，那些背后的指点与嘲讽……他在压迫下变得更加压抑，在压抑中找不到生存的方向，于是坠下去、坠下去……

重新回到校园，他有许多的不适应，当务之急是保证自己能够在这所学校顺利毕业，才能再想以后的生活，毕竟他现在才十九岁。

十九岁。

想到这里，季挽柯的表情更复杂一点，醒来后那些记忆并不是白得来的。

平日里让他真的像个十九岁的少年一样行动，他是万万办不到的……在林乐扬面前除外，厚着脸皮装嫩这点他已经做得炉火纯青。

为了能够完成学业，季挽柯首先回到校园老老实实上了一整周的课，摸清了什么课可以旷什么课必须要在场，甚至为了凑出学费，到处打听哪里可以打工。

好巧不巧遇到曾经欺负过李川的那帮混子。

结果他还是把人教训了一顿。

季挽柯和那帮混子一块去了医院，以自己炉火纯青的演技骗过了医生和老师，大家一致认为责任在那帮混子身上。

季挽柯是没什么正义感的。

欺负过他的，他必然要讨回来。

那些拳头和妄言不该落在一个十九岁的少年身上。

尽管他沉闷、怯弱、行为古怪，但那都不能成为嘲笑的理由，不应该是推他入深渊的推手。

半夜里季挽柯再次醒来，他的睡眠很浅，常常夜里醒过来只为确认一件事——他把手放在心脏处，感受到它细微地跳动着。

李丽梅会来医院看他，是他怎么也没想到的。

两个人碰面均是一阵尴尬。

未曾想到李丽梅并没有在意他身上的古怪，又或者说——自己的儿子从来都是古怪的。

李丽梅曾经想要和儿子一起生活，但是李川太恨她了，她又有了新的家庭。

季挽柯看着面前的女人，靓丽惹眼的打扮，完全看不出已经四十二岁了。

李川的长相其实有一半都随了她，不然也不会稍作修饰颜值就提升不少。

"钱我会照常打给你的。"丢下这句话，女人便乘车消失在这条繁荣的街道上。

这是一点补偿。

补偿往后的日子里她不会出现在少年的生命里。

实际上，季挽柯从来没想和十八九岁的"同龄人"交朋友，他觉得挺有代沟的，课间听他们讨论网络上的热门话题，都不自觉离得远一点再远一点。

听不懂。

年轻人的世界真可怕。

彭思远是第一个主动和他搭话的人，就为了学学穿搭。

季挽柯心想半袖裤衩也没什么不好，他的穿衣风格全部随了林乐扬，以前都是林乐扬给他搭什么他就穿什么，醒来以后想再次得到昔日友人的关注，自然要好好打扮自己一番。

面对彭思远那张苦哈哈的脸，季挽柯深表理解。

因此他难得主动地讲："需要我发链接给你吗？"

两个人奇妙的友谊就这么建立了。

后来，林乐扬来他们学校找他，季挽柯既惊喜又惊讶，看到来电显示的下一秒就钻到了桌子底下。

彭思远顶着一张问号脸，完全不明白季挽柯的迫切。

他们已经有一周没见面了。

他们曾经时时刻刻都在一起，就是出差的几天都会打电话和视频。

绝大多数人都认为是林乐扬更依赖季挽柯，父母死后是季挽柯陪他度过那段最艰难的时光，而季挽柯车祸后林乐扬又变成那副样子。

但事实上，每个月出差低气压被哄着去工作的人是季挽柯；第一时间打视频电话还质问对方怎么不立刻接电话的人是季挽柯；工作结束急忙回来想要见林乐扬的人是季挽柯。

二十六岁当然要成熟稳重，但那只是在外人面前。

他们相互陪伴走过那么长一段时光，彼此什么样子没见过？他们都不介意在对方面前暴露自己最幼稚最无理取闹的一面。

所以当下课铃一响，季挽柯立即飞奔出教室，午后的天气炎热，他却完全停不下步伐。

他去寻找林乐扬，最后在对方所说的树荫下找到。

林乐扬问他："你跑什么？"

他说："着急见你。"

只要他跑快一点就能让对方少等一会儿。

两年太长。

林乐扬等他等得太久了。

他一刻都不想他等待。

在林家住的那一晚，时隔很久，季挽柯再一次见到林若柳。

上一次见她还是在医院里。

那个时候他的记忆混乱，分不清楚自己到底是谁。

其实在工作后的两年里季挽柯已经跟她和平相处了，偶尔刺对方几句就只当作玩笑。

但在那之前他还挺喜欢挑衅女人的，十分喜欢在她面前显摆林乐扬到底有多依赖自己，赵瑞宵对他的行为做出以下评价："小孩子争宠罢了，也就乐扬惯着你。"

季挽柯反驳："你能不能别老管他叫'乐扬'，他没有姓吗？"

赵瑞宵微微假笑一下，当没听见。

年纪轻的时候确实就是这样，他希望林乐扬依赖他。

因为他只有林乐扬这一个好朋友。

可随着年龄的增长他渐渐明白，他的童年没有父母，所以才要自私刻薄，令别人无法欺负他踩在他头上耀武扬威。

林乐扬在幸福美满的家庭下长大，长成善良"愚钝"的模样。

他在父母和姐姐那里得到爱，又用这份赤诚的善意包容季挽柯。

那是他的家人教给他的，亲情让他长成善解人意的小孩、少年再然后是青年。

而他们相遇之初，是最好的林乐扬遇到最糟糕的季挽柯。

尽管早就有准备，但见到林若柳的那一刻，季挽柯还是无法避免地僵硬了一下，犹豫着喊了一声"林姐"。

这放在从前是绝不可能发生的事情。

结果林若柳非但不领情，还直戳季挽柯痛楚："你看起来小我很多岁，叫阿姨也合适。"

他和林乐扬相差九岁。

虽然在季挽柯看来完全不是问题，但林乐扬在此之前强调了好几次，让他也不得不在意起来。

季挽柯记仇了，第二天直接管林若柳叫"阿姨"。

那之后一切照旧，除了留宿那天晚上自己站在林乐扬的门前许久以外。

常姨起夜甚至被他吓到了。

季挽柯也知道自己这样不正常，他总想时刻看着林乐扬，担心对方出什么事，对方一离开他的视线，只要半小时以内没有回消息他都会心慌。

这种情况持续了很久，一直持续着。

直到某一天他来找林乐扬，看到林乐扬坐在床边，毛巾盖在脑袋上，他走过去把毛巾揭开，看到青年微红的眼眶和委屈的神情。

他轻声询问林乐扬哭什么。

"做了噩梦。"林乐扬回答。

"梦到什么？"

"记不清了。"林乐扬说话时眼底流露出的痛楚也同样蔓延到季挽柯心上。

"噩梦不值得去记。"

我们不去记了好不好？过往不值得去记。

我只要你此刻好好的。

两个人去曾经林乐扬很喜欢的那家餐厅吃饭，季挽柯顺带把人拐到了自己的出租屋，想要对方换一种心情。

结果那些纷乱的记忆又来捣乱。

林乐扬说他曾经有个最好的朋友。

季挽柯当然知道这只是赵瑞宵随意找的借口，目的是不让林乐扬真的记起什么。

只是当林乐扬问道："说到底你为什么这么关心我？"

那一刻开始，季挽柯鼻尖发酸。

他作为李川见到林乐扬的第一眼，目光就追逐林乐扬而去。

况且季挽柯恐怕从来没有说过，两个人第一次见面是在大学宿舍里，四个人的集体宿舍。他第一眼就看到林乐扬，原因无他，林乐扬人生头一次住宿，也是第一次睡在上铺，上去了下不来，一只脚在半空中乱晃，差点踢到刚进门的自己。

季挽柯心想宿舍怎么来了个傻子，转脸看到林乐扬那张分外无害的脸，说："哥哥，能不能帮忙看下我踩对地方了吗？"

季挽柯静默半秒："再往下一点。"

自己的舍友是个缺心眼，第一次见面的人就能喊"哥哥"，纵使他脾气再坏也没办法对着那张笑脸说出一句"不能"。

季挽柯没能拒绝林乐扬，后来怀疑林乐扬那天根本不知道自己差点"误伤"的人是他。

"你可以把我当成另一个人，随便怎样都好，你可不可以留下？"

记忆纷乱复杂，此刻只有十九岁的季挽柯如此说。

这让哭泣变得容易，他红着眼眶质问林乐扬是否后悔他们遇见。

因为林乐扬的记忆不多不少，正好停留在他们相遇的前一天。

他们的未来还没开始就被林乐扬忘记了，是否也意味着林乐扬不想他们再遇见？

这怎么可以呢。

他们注定要遇见，无论过去还是现在。

相逢然后相识。

命运重来一次也同样。

夜里暴雨如注，吹打枝桠，树叶被摔碎打落在地。

春天结束了，还要等待下一个春天来临。

自出租屋那一晚过后，林乐扬开始躲着他。

他自然不给林乐扬逃避的机会，直接去林家找人，结果碰到一同前来的吴旭和赵瑞宵。

季挽柯看出赵瑞宵是想让自己替代好朋友的位置，那一瞬间他的心情又很复杂。

如果他没有成为李川，现在站在这里被邀请参加家庭晚宴的又会是谁？

他为自己没来由的想法搞得心头一酸，毕竟到现在他也搞不清现实和记忆，也不想凡事都分得那么清楚了。

但如果没有在那一夜醒过来，那么他希望林乐扬忘记自己，希望他健康快乐，希望他和从前一样……

季挽柯知道那不可能。

所以他就是要抓住林乐扬不放。

他追逐风筝，追逐那条断掉的线，并且再也不会松开手。

而赵瑞宵开车载他去学校的那一天，一句话就让他的血液冷却了下来。

"乐扬记忆衰退的症状，在此之前也有过。"

男人开着车，余光里瞥见少年的表情，冷静得可怕，目光冰冰地落在前方，手却牢牢握成拳，青筋凸起。

"他渐渐不记得我们共同的朋友了，他说他后悔他们认识得那么晚，如果遇见时就能和他搭上话就好了，所以我想如果哪天他记起来，你……"

赵瑞宵的本意是想试探，却没想到得到这样的反应，令他不忍说下去。

季挽柯现在想回答那天晚上林乐扬问过他的问题。

——"疼吗？"

疼。

心脏疼得近乎麻木，身上所有他的伤口都在叫嚣着疼痛。

林乐扬慢慢记起越来越多的事情，当季挽柯在他嘴里听到自己的名字时，就知道恢复记忆的那一天迟早要到来。

可是，可不可以慢一点来呢？

十八岁的林乐扬什么都有，有爱他的父母和姐姐，有一群养在家里白白胖胖的小猫小狗，他只是还没和季挽柯遇到而已。

季挽柯现在接受了。

他宁愿他们不遇见。

宁愿后来的记忆消失掉。

他带林乐扬去剪头发，把那段执念剪掉，想着来年他还可以陪着林乐扬一起再把头发养起来。

他曾经在无数个夜晚里惊醒，怀疑自己是谁，现在他不怀疑了，他接受李川这个身份，不再怀疑自己究竟是谁。

"梦不重要。"季挽柯对被梦惊醒，满脸是泪的林乐扬说，"不记得最好。"

他能重新回来，回到林乐扬身边。

林乐扬的记忆却停在十八岁。

像林若柳说过的那样——

"十八岁没什么不好，忘记好的事也忘记坏的事。我是个很自私的人，我只要他活着。"

但是林乐扬在家附近遇到宁倩了。

家自然是另外一个家，林乐扬未失忆前的住所。

女人什么都不知道，无意间透露了住址。

林乐扬只是被稍作提醒，就完全想起了那个"陌生"的家在哪里。

他在一个烈日灼烧的晌午独自一人前往。

而季挽柯在与林乐扬失联两小时后，再也坐不住，跑出校园，满街找出租车。一辆都没有，该死的穷乡僻壤，他不太冷静地在心里咒骂，终于在某一刻里接到林乐扬打来的电话。

电话那边传来颤抖的哭声，他的心跳也跟着静止了。

"我想起来了。"林乐扬说。

出租车只到门口便停下来，李川见是熟悉的保安，二话不说转道往后墙翻，不然他进不去。

呼吸声心跳声全部消失了，耳边一片寂静，连视线都变得模糊。

天气好热，烧得他整颗心也发胀发痛。

终于来到门前，季挽柯视野里全部是滚烫的泪水，手指不停地发抖，他只好按住手腕强迫自己去输入门锁密码。

密码正确，但依旧打不开。

"林乐扬，开门！"他的拳头砸在门上面，这一刻无数声音朝他涌过来，心跳声、喘息声还有自己的呜咽，"乐扬哥……开门！"

求求你不要出事！拜托你不要出事……

门开的那一刻，他紧紧拽住林乐扬的手腕，风筝的线终于又一次回到他手里。

林乐扬睡下后，他才记起给赵瑞宵通电话。报过平安，电话里出现长达十几秒的沉默。

赵瑞宵开口："你是怎么知道我电话号码的？乐扬告诉你的？"

"不是。"季挽柯否认了，"我想你应该知道。"

又是几秒的沉默。

赵瑞宵刚想说什么，他匆忙道："他醒了，先不说了。"

电话被挂断了，赵瑞宵苦笑了一声，按住自己的额头缓缓呼出一口气。

"我曾经有一个朋友。"

"我知道。"

"我们关系非常好。"

"……我知道。"

"我不能把你当成他的替代品。"

"不用替代，我就是我。"季挽柯说，"你说的那些记忆，我全部都有。"

感谢再次相遇。

是最好的季挽柯遇到最糟糕的林乐扬。

林乐扬的眼睫在颤，似乎听懂了对方的话又似乎听不懂，神色懵懂得如同失忆刚醒来的那一天。

他搞不明白李川和季挽柯怎么会是一个人……可是当少年这样说，他奇异地觉得一切都合理，整颗心缓慢平稳下来。

他给自己梳头发，叫自己哥哥。

很多事情、很多画面都和以往重叠……

李川说："乐扬哥，你要拒绝我吗？"

他自己说："季挽柯，你要拒绝我吗？"

李川说："由别人转交比较有仪式感。"

他自己说："我不是觉得别人递比较有仪式感吗……"

……

少年时他用这份笨拙而热烈的感情去认识对方，现在又被这份稚拙的情谊浇灌一遍。

更多的泪从眼眶里涌出来，季挽柯却以为他不相信自己的话。

外面的日头毒辣，没拉窗帘的卧房里满是阳光，洒在发梢上、洒在全身，更热了，比眼泪还热，比汗水还热。

季挽柯垂眼，睫毛湿漉漉的，原来也在偷偷哭："是真的，我也不知道为什么，我一醒来就……"

林乐扬还没有回过神，手指下意识攥住季挽柯的衣角，害怕他突然消失掉，仅凭本能在说话："他从来不叫我哥……都是我叫他的。"

虽然他比季挽柯大了半年，但是很多时候……自己闯祸了、自己有求于人，都是他管对方叫哥哥。

季挽柯抿住唇，有些执拗地说："我就是。

"别把我和他当成两个人。"

林乐扬下意识抬手摸了摸少年的头发，长久以来的习惯，还把他当作孩子一样去安抚。

"上学时陪你发社团传单的是我，帮你打水收衣服的是我。"季挽柯顿了顿，指向林乐扬受伤的伤痕，"林乐扬，你怎么敢做这种蠢事的？"

"对不起。"林乐扬真诚地道歉，"我也不想这样子，我很努力了。"很努力地想要活下去。

"可是我太笨了，还一直忘事。对不起，我忘记那么多重要的事，还企图逃避……"

可是当他真的忘记了，又拼命想要去寻找。

那不是十八岁的执念。

林乐扬知道，那是二十八岁的自己不想要忘记。

尽管他什么都失去了，尽管他一直失去着，但是有一些人有一些事他不能忘。

季挽柯抬起头，目光偏执而坚定地告诉他："我回来了。"

——"我回来了。"

季挽柯一遍遍和林乐扬重复这四个字，念到不知道第几遍，他说："乐扬，我回来了。"

他已经很疲倦了，和林乐扬一样经历了大悲大喜、失而复得，就算再年轻的身体也扛不住，眼皮一点点合上又挣扎着抬起。

林乐扬摸了摸他的头发，轻声回答："嗯，我知道，你回来了，谢谢你回来。"

那天下午，两个人说了很久很久的话，像要把空白的那两年全部补回来，季挽柯一直说自己醒来以后发生的事。

就像他自己说的，他是谁不重要，他就是他自己。

林乐扬很安静地听着，直到对方睡着。季挽柯撑不住了，他实在太疲惫了，林乐扬的眼睛描摹过少年过分年轻的脸庞，觉得命运真的很奇怪。

它夺走他那么多东西，最后以这样的方式还给他。

人的成长是不是注定走在失去的路上？失去重要的又重拾重要的。

关于过去我有太多追悔莫及的事情，唯独相遇这件事，从来没有后悔过。

谢谢你回来。

让我再一次想起你。

林乐扬恢复记忆了。

当天晚上，林若柳在赵瑞宵的车上得知这一消息，来不及质问对方的隐瞒，立刻赶回林家。

门打开后，她看到青年安然无恙地站在自己面前，整个人都松了口气，腿软险些跪下去。

林乐扬反应迅速地扶住姐姐，抬头和赵瑞宵对视。

"抱歉乐扬，我还是和她说了，我想她应该知道。"

赵瑞宵一如既往温和地笑着，但是笑意带着些歉意和伤感。一直以来他作为说谎的那一方同样承受着巨大的压力，他一直配合林若柳行动，这次却没有第一时间告知女人。

林乐扬摇摇头，两手按在林若柳的肩膀将她扶起来，自己同样站直，他原来这样高，不再浮现迷茫而无助的神情，也是那样沉稳可靠。

"没有什么好抱歉的，我该谢谢你在这段时间照顾姐姐。"林乐扬的话语真挚，并不为对方的谎言而生气。

他们每个人不过是在做自己认为对的事，季挽柯是，赵瑞宵是。

他们是一类人，为了自己在意的人什么事情都愿意做。

赵瑞宵的视线越过林乐扬，看他身后站着的少年。季挽柯依旧气定神闲，见赵瑞宵看过来便微微挑眉以示询问。

赵瑞宵："你眼睛很红，看来哭得挺惨。"

季挽柯："……"

赵瑞宵继续："乐扬和若柳应该有许多话想要讲，你待在这里挺多余的，不如跟我出去走走？"

季挽柯垮着一张脸稍作点头，路过林乐扬的时候低头轻声说："我先出去了，你和……你姐姐好好说。"他还是不知道该管林若柳叫什么合适。

"嗯。"林乐扬挥挥手，"不用担心，你们聊你们的。"

"我和他没什么好聊的。"季挽柯说完这句话就消失在门后面。

人走之后，林若柳终于开口："你都想起来了？"

林乐扬点点头，突然像个小孩一样拉住林若柳的指尖，只拽住指尖，低头面对她，认真说："姐姐，对不起。"

林若柳一下红了眼眶："你有什么对不起我？"

"我差一点就留你一个人了。"

林乐扬展开温柔的笑，他的二十八岁本该如此，面对熟悉的人幼稚，面对这个残忍的世界又温柔，只是在过去的两年里，失眠厌食令他的脾气变得糟糕，让他整个人陷入某种情绪中难以自拔。

林若柳摇摇头，任由林乐扬扶她到沙发上坐下，弟弟的手臂还是很纤细，却足以撑起她的重量。

"我之前说说过了，你没有对不起任何人。"

"赵瑞宵真是很好的一个人。"林乐扬忽然说。

林若柳伸手推了推他的脑袋："我的事还轮不到你管。"

林乐扬点点头："只有你管我的份。"

林若柳张口欲言又止。

林乐扬看出来，便主动问："怎么了？"

林若柳深深看着他："不要骗我，不要假装自己很好假装没有事……如果你很痛苦你要说出来。"

林乐扬沉默了一小会儿，说："其实不太好，爸妈都走了。"

林若柳眼里的泪终于落下来，这一次林乐扬还能撑下去吗？撑下去会开心吗？她的弟弟珍视的东西太多了，父母、友人和曾经养的那些小动物。

他的情感那么充沛，她眼睁睁看着它们一点点枯萎。

"但是我还有你啊。"林乐扬这一次伸出双臂将林若柳抱住，"对不起，我让你那么担心，以前闯祸让你操心，现在还是让你操心，我在你面前永远不能长大，不长大你也没有丢下我……"

林若柳想起最开始林乐扬失忆，她甚至不敢多去看他，怕自己当着弟弟的面情绪失控，后来林乐扬从医院搬进林家，自己还是不敢回去。

她想自己的弟弟可能再也回不来了，要被他们遗落在十八岁。

她以前从来不敢和林乐扬说，如果你痛苦你要说出来。

因为她知道林乐扬不会说，那么糟糕的时候他都要撒谎骗自己，用笑容堆叠出假象，他说没关系的我很好，姐姐不要担心。

于是林若柳也骗自己。

没关系的，自己的弟弟很好，他会活下去。

直到林乐扬出事，她才不得不承认，那些痛苦她都看得到。

林若柳在林乐扬的怀里，眼泪大颗大颗往下掉，纤细的手握成拳，砸在林乐扬身上的力道那么轻："我不要对不起，我要你别出事……"

一如那年毕业，林乐扬也是如此拥抱姐姐，给出承诺。

无论多少次，他都会应允。

"好。"

夜晚的月光滚烫，闷热沁进皮肤里。

出门的两个人没走两步便在车库附近停下了。

赵瑞宵转脸问他："李川，你没什么要说的吗？"

季挽柯瞥了他一眼："说什么？"

"说说你到底是谁。"赵瑞宵稍稍歪了下头，"真话假话都可以，我都能接受。"

季挽柯是独自一人回来的。

林乐扬见了他，往身后看看："赵瑞宵呢？"

"回了。"林乐扬小声提醒道，"姐姐还在。"

季挽柯闻言抬起头往楼上看，看到林若柳站在上面。

林若柳的神情有点复杂，深深看了两人一眼，一副欲言又止的模样，最终只说了一句："早点睡。"

林乐扬点点头，面上带着温和的笑："知道了，你也是，早点睡。"

林若柳回屋了。

季挽柯才开口问："你和你姐说什么了？她怎么那副表情？"

林乐扬抬手挠了下下颌："我没忍住，和姐姐说了你的事。"

季挽柯有些惊讶："那她怎么说？"

林乐扬露出无奈的笑："不相信，觉得我是……嗯，她建议我还是去医院看看，她想陪我去。"

"很正常，我也不知道怎么回事。但是你姐姐说得对，应该去医院做个全身检查，有我在呢，我陪着你。"季挽柯说。

林乐扬思忖一下决定和季挽柯实话实说，不然之后知道了还是要发脾气："其实……前阵子吴旭陪我去过医院了，各项指标都正常，不用再去看了。"

果然，季挽柯蹙起眉："什么时候去的，我为什么不知道？"

林乐扬："瞒着你去的。"

季挽柯板着脸，兀自闷了半天只吐出三个字："林小缺。"

林乐扬真是好久没听过这个称呼了，吴旭说的不算，吴旭说的怎么能算数呢，这昵称是季挽柯给他起的，自然季挽柯说了才算数。

于是，他满眼是笑地应了一声："我在。"

季挽柯似乎拿他没有办法："不要有事瞒着我，也不要不回我消息了。"

"嗯，今后再也不会了。"林乐扬还是有些不敢相信，忍不住抬起头看他。季挽柯有年轻的面容，皮肤是健康的麦色，鼻梁高挺，英俊而朝气的脸庞。

林乐扬还觉得是一场梦，可又知道这不是梦。

梦已经醒了。

今后再不会有那样的梦境出现，不会在夜里惊醒发现房间空荡荡，黑暗笼罩他，只笼罩他一个人。

他不怕做梦了，因为他梦里才能遇见的人回到了现实。

季挽柯问他："在想什么？都走神了。"

林乐扬回过神："那你和赵瑞宵怎么说？他不是怀疑你了吗？"

季挽柯回想刚才跟赵瑞宵坦白时，赵瑞宵越来越挂不住脸的微笑，活像路灯底下见了鬼。

怎么说？

还挺有趣的。

季挽柯说："他不是正常人。"

"什么意思？"林乐扬不懂。

"他信了。"季挽柯微微眯眼回忆道。

从赵瑞宵选择隐瞒林若柳，信任季挽柯的那一刻开始，答案已经在他心里了。

吴旭是最后一个知道林乐扬恢复记忆的人。

而且还是因为林乐扬在饭桌上提到自己过两天要搬回以前的住处，他听后大为震撼，不断看餐桌上其他两个淡定吃粥的人。

半晌，吴旭颤颤巍巍问："你都记起来了？"

林乐扬闻言一愣，缓慢地眨了下眼，转头看季挽柯："你没和他说？"

季挽柯冷酷无情："不熟。"

林乐扬往前看赵瑞宵："你没和他说？"

赵瑞宵露出惯有的笑来："忘了。"

两个人不愧是朋友，一样没良心。

唯有林乐扬诚恳道："抱歉啊，实在是有太多事情要处理，把你给忘了，现在知道也不迟，我都记起来了，包括你欺负我的事。"

吴旭整个人警铃大作，尤其季挽柯抬头问："他欺负你？他怎么欺负你？"

林乐扬说："没关系，这是我和他之间的事，我来解决。"

季挽柯重复："你和他之间？"

林乐扬意识到话说得不对，而吴旭一脸麻木道："我看之前的担心都没必要，他记起来了这不是还好好的？"

赵瑞宵突然说："你相信奇迹吗？"

吴旭一顿，真诚道："你也不正常了是吗？"

赵瑞宵微微弯了下嘴角："林乐扬现在什么都想起来了要修理你，你还不祈祷一下奇迹发生，他忘记这码子事？"

吴旭整个人僵住，回想起林乐扬失忆时自己对待他的种种，狠狠打了个冷战。

林乐扬转头发现吴旭闭眼合十双手，似乎在祷告什么，愣了好几秒问："吴旭，你在干什么？"

赵瑞宵帮他回答："在祈祷奇迹发生。"

林乐扬转头和季挽柯对视，季挽柯也搞不懂他。

——奇迹不是已经发生了吗？

林乐扬忽而笑起来，在所有人都看向他的那一刻，郑重地对季挽柯说："谢谢你。"

没人听见他们说了什么，但是季挽柯眼底流露出明显的笑意。

赵瑞宵把几个人的碗收走："我去帮常姨收拾。"

吴旭赶忙起身："我也去。"

林乐扬说要搬回去住，第一个也是唯一一个表示不同意的是林若柳。

她觉得自己弟弟可能一辈子都走不出来了，回到那个满是记忆的地方，只会越陷越深。

她不愿意这样的事情发生。

林乐扬没想到自己一个没忍住，和姐姐坦白，会埋下这么大的雷。

他自然不敢再和林若柳提这件事，说了只会让林若柳越发肯定他的病情加重了。

为了让林若柳放心，搬家的事情暂时搁置了。

但是林家离公司实在太远了，离季挽柯的学校也远。

两个人来来回回两边跑，倒也不嫌累。

只不过林乐扬现在恢复记忆了，自然要回公司接手工作，时间上压缩再压缩，没办法像之前那么空闲。林家离得又太远了，属实是不能长久下去。

结果，季挽柯和他说："交给我，我来和她说。"

林乐扬不大信任地看着他，季挽柯不得不说："你不会真把我当弟弟看吧？"

林乐扬一顿，随即摇摇头，这时候不能承认，承认了会生气的，挽柯弟弟很有脾气。

失忆还是给林乐扬带来一点后遗症，记忆找回来了，十八岁的自己却好像不肯走一般，把性格里开朗的那部分留下来，融在这具身体里，又或者是因为季挽柯回来了，林乐扬允许自己变回从前的模样。

无论怎样都好，他活过来了，如同被赋予新的生命。

李川就是季挽柯，他记得所有的一切。

这事之前林乐扬没兜住和自己姐姐说了，他在家人面前向来是卸下全部防备，李川能够跟他坦白他实在太开心了，开心得把脑子都丢掉了，结果林若柳不信，还担心弟弟恢复记忆后接受不了这样的事实，把李川当成季挽柯了。

她不敢当着弟弟的面反驳，怕林乐扬的妄想碎了，这世上就没什么可以挽留住他的东西了。

对季挽柯她却丝毫不客气，听少年说想要搬回以前的住处，她立刻说："这件事你不要说了，我不答应，你什么都不懂！"

什么都不懂的季挽柯被轰出办公室。

林乐扬在外面等，看到季挽柯被轰出来丝毫不意外："我就说了，姐姐她也是担心我，再过段时间吧，我来想想办法。"

季挽柯摇头，抬手顺到他的发尾："头发长长了。"

"要剪吗？"林乐扬抬眼看他，剪不剪季挽柯一句话的事。

"热吗？"

"热了你给我扎辫子。"林乐扬开玩笑说了一句。

季挽柯想都不想回答："好，我给你梳。"

林乐扬去工作了，季挽柯又一次敲响办公室的门，半晌才听到女人硬邦邦的一声"进"。

季挽柯站在女人面前，林若柳抬眼看他："我不答应乐扬回去住，别和我说你能照顾他，你才多大？以后万一……"

"林姐。"季挽柯打断道。

林若柳愣了下。

不叫阿姨了？

"以后没有万一，我会照顾好他。"季挽柯把自己手腕上的头绳拿下来，轻轻放在桌上，林若柳看着那根粉蓝色的头绳，似乎陷进一段回忆里。

以前也这样，自己的弟弟要留头发，季挽柯就时刻备着一根头绳，挂在自己手腕上，从最开始的手法生疏到后面越发熟练，他只给林乐扬扎头发，扎完了还要用手拨弄，把二十几岁的弟弟当作小孩子一样……

李川和季挽柯确实很像。

但是她面前站着的人分明是李川。

林若柳不敢赌。

"林姐，乐扬说他想回家。"季挽柯又说，与林若柳对视，目光平静而沉稳，"我得负责把他带回家。"

林若柳熟悉这个眼神，那一年父母的葬礼上，季挽柯也是这个眼神，他安静站在林乐扬身后，无声给予支持。

林若柳一瞬间鼻子发酸。

哪怕面前的人不是季挽柯，只是个十九岁的少年。

她知道往后的日子里林乐扬不再是孤单一个人。

"你知道那个家对他意味着什么吗？"

季挽柯知道她松口了。

阳光顺着百叶窗的缝隙倾泻进来，照在季挽柯的半边脸上。

"知道。"他露出一丝浅笑，"过去和未来。"

过去已经过去。

未来他们会一起走下去。

林乐扬不知道季挽柯是怎么说服姐姐的，反正允许自己搬回去住了，只是在那之前林若柳回林家住了一晚。

那天晚上季挽柯有晚课，没有来家里，两个人在微信上有一搭没一搭地聊着天。

林乐扬失忆之前很少拿着手机不离手，现在记忆恢复了，倒是落下不少小毛病。但在林若柳看来，这些小毛病让他更生动了，更像个活人，有烟火气息。她心底是感激李川的，只是自己的弟弟情绪上出现什么变化，别人又看不出来，林乐扬很擅长伪装。

林若柳知道自己这是过度保护，林乐扬是个成年人，更何况现在恢复记忆了。可林若柳是看着弟弟长起来的，她比他年长五岁，林乐扬小时候什么都听她的，调皮捣蛋都是她教育，对着自己永远一副乖顺的样子，五岁的时候说"我错了姐姐"，往后的二十几年里，面对自己，他还是会把已经高她许多的身子压弯，低着头认错，还是那句"我错了姐姐"。

"你在和李川聊天？"饭桌上，林若柳问。

关于称呼的问题，林乐扬和季挽柯讨论过，横竖都一样的，对外他都管季挽柯叫李川。因此林若柳一问，林乐扬便立刻点了头。

林若柳把筷子放下，林乐扬想，来了。

姐姐今天回来一定是和自己有事说。

果不其然，下一秒林若柳便张口说："你还是……还是……"

林乐扬知道她想说什么，还是把李川当作季挽柯吗？

那当然。

他却不敢这么直白地说出口，但也不想撒谎。

他一犹豫，林若柳就知道答案了，把唇抿住。

"你想要回家，我不拦你，但是你要想好，你真的准备好了吗？"

此时，手机又振动了一下，林乐扬却没办法立刻去看，只能点头应道："嗯。"

林若柳索性直接问："李川要和你一起住？"

林乐扬眨眨眼："他学校离得有点远，应该、应该不会经常……"他说出来自己都不信，季挽柯现在看他看得紧，生怕自己又出什么事，尽管再三保证不会有事，季挽柯还是不放心。

能有什么事呢，他二十八岁了，最难熬的两年都过去了，现在有季挽柯在他身边，就更没什么熬不过去的事情了。

林若柳看他，问："你很看重他吗？"

这话问得。

林乐扬还是读懂了意思，他不再是十八岁了，十年的记忆全部找回来，在他脑子里提醒着他，自己永远不能回到过去，但仍有未来可以期盼。

林若柳分明是在问他，你看重的是李川还是季挽柯。

可他们明明是同一个人。

"当然。"林乐扬干脆利落地回答，继而笑了笑，"我是什么样子，你还不知道吗？"

林若柳不敢提那个名字，怕林乐扬现有的笑容一下消失，他好不容易恢复过来，自己不能刺激他，点点头不再言语。

林乐扬完全明白姐姐的担忧，最终主动开口："姐，你记不记得我醒过来和你们说的，说我是在做梦，一觉醒来就能回到十八岁？我失忆的时候还真是什么都敢说……"

林若柳当然记得，要是做梦来得就好了，一觉醒来还能把未来改变，可世上怎么会有这么荒谬的事，谁都知道不可能发生，于是更绝望了。

"可是我说他记得我们之间所有发生过的事情，从我的十八岁到二十六岁，这件事我不是瞎说。"林乐扬的声音很轻。

他还是说了。

过去的两年里他为了不让林若柳担心说过太多的谎，这一次不想再骗姐姐。

林若柳的目光变得复杂，林乐扬回看她，不再是脆弱无助的眼神，反而平静又温柔，安抚道："不用怕有什么话说出口会伤了我，我没那么脆弱，姐，你总是把我当小孩子看。"

"你是我看着长大的。"

"那就更没什么是不能说的。"

林若柳深呼一口气："抱歉，我没办法相信。"

"嗯，我知道。"林乐扬完全接受，只是他必须和姐姐说，和他唯一的亲人说。

林若柳干脆狠下心："季挽柯不会回来了。"

林乐扬小心翼翼道："可是他真的回来了……"

这在林若柳看来就是被自己的话伤到了，神情胆怯。

林乐扬真没有。

他冤啊！

"你……下周我们去医院看看好吗？"林若柳说。

林乐扬露出一点无奈的笑："如果你担心，那当然可以，但是我现在真的没什么事……"

林若柳却把他的笑当作苦笑。

林乐扬的记忆恢复了，却还是不愿接受季挽柯已经死亡的事实。

正好林乐扬的电话响了，看联系人是季挽柯，想到自己没有回消息，连忙接起电话："刚刚在和姐姐讲话……嗯，在吃饭，没什么事，好，那你今天也早点休息。"

电话挂断，林若柳看他："李川来的电话？"

林乐扬点点头。

"他和季挽柯哪里像了？"林若柳没憋住。

林乐扬张了张嘴巴："他和季挽柯……哪里不像了？"

林若柳想反驳，却发现自己反驳不了。

连上一次去她办公室敲门，李川叫"林姐"那个不情不愿的语调都像季挽柯！

林若柳冷静下来："总之……咱们去医院看看。"

"好的。"林乐扬百分百配合，知道林若柳是担心自己，他现在不害怕去医院了，能让姐姐放心就行。

第二天下午，林乐扬要搬回以前的住处，赵瑞宵和吴旭都来帮忙收拾东西。

林乐扬说："其实不用，没什么东西要拿，把以前拿过来的东西拿回去就行。"

趁着吴旭下楼，赵瑞宵耸耸肩道："季某人自己有课，又放心不下你，打电话让我们来的。"

其实季挽柯大可以逃课，但林乐扬不让。怎么说都是大学生，天天逃课算什么事，他身为年长者，一定要阻止这种事情发生！

林乐扬的威压也就在这种地方好使了。

季挽柯乖乖听他的话上课，却还是不放心他自己一个人回去。

要说过度保护，季挽柯比林若柳还过分一些。

只是林乐扬从不为这种事情朝他发脾气，大家都是为了他好，他能理解，他的好脾气直接纵容了季挽柯把他的生活团团围住，不留一丝缝隙。

没关系，是丢了两年的人好不容易找回来，这不算溺爱。林乐扬在心里义正词严地为自己辩解。

行李上了车，人也依次进了车，林乐扬没坐在副驾，反而和吴旭一起坐在后车座。

吴旭一脸警惕。

本来林乐扬是没什么想法，见自己发小这样，反而起了心思，眼睛弯着，朝吴旭招招手："跟你说个事。"

吴旭稍稍往后靠："什么事，你就这么说吧。"

林乐扬看着他，也是在观察他。

"其实李川就是季挽柯。"

砰——平地惊雷。

吴旭愣住，很久之后才转移视线，看看林乐扬再往前看看赵瑞宵。

赵瑞宵四平八稳开着车，完全没有被这句话影响到。

吴旭整片后背都是麻的，终于知道林乐扬恢复记忆以后为什么什么事都没有了——他把李川当季挽柯了！

吴旭瞬间豆大的汗珠往脸颊下面落。

林乐扬说："你不觉得李川和季挽柯很像吗？"

吴旭不敢摇头也不敢点头。

确实是像，但是……

"你、你别这样行吗？"吴旭看着他，"难怪林姐说要带你去复查，咱，哎，咱好好的啊。"

林乐扬："……"

吴旭甚至拍了拍他的肩膀："这事李川不知道吧？可千万别和他说，他心里估计不好受。"

"他会不好受？"赵瑞宵终于不装死了，对这个说法充满怀疑，对方恐怕巴不得别人都这么以为。

吴旭往前瞪了一眼："你别打岔！"

这头林乐扬给他致命一击："他知道。"

吴旭结巴了："这、这，他、他怎么说？"

"他自己和我说的……你先别激动。"林乐扬不逗吴旭了，事实上他也没想逗。

真是没人相信，除了自己和赵瑞宵。难怪季挽柯不和任何人说，那凭空出现的记忆就像天赐的礼物，猛地砸下来，谁都无法马上接受。如果自己想不起来，他大概真想把季挽柯这个名字和人都埋起来，从今往后只作为李川而活。

好在自己想起来了。

林乐扬一歪头，发丝落在脸颊一侧，已经长长了，是季挽柯给扎起来的。

他再一次开口："因为会这样给我梳头发的只有他，知道我一紧张就爱攥东西的只有他，包括那些我和他说过，他又和我说的话……他就是他啊，他一说我就会知道了。"

就算他忘了，直觉会比他先一步确认，他是他一直在等的那个人。

所以当他记起来，本能也会告诉他。

他终于等到了。

搬回来了。

回到以前的家。

林乐扬对这里实在太熟悉了，衣服、鞋子摆放的位置，垃圾袋在哪一个抽屉，这两年里一直是他自己一个人住，季挽柯在的时候两个人还会分工做饭，季挽柯离开以后他一个人反而不做了，想起来会叫外卖，想不起来就饿肚子。

过去两年浑浑噩噩的日子仿佛离自己很远，比十八岁还遥远。

林乐扬留赵瑞宵和吴旭在家吃晚饭，谢他们帮自己搬东西。

吴旭说："都是自家兄弟，还什么谢不谢的，多见外啊……"

林乐扬："也对，那你别留下了。"

吴旭："……"

林乐扬也不过是开一句玩笑，他是真心实意想请两个人吃顿饭，这段时间里赵瑞宵和吴旭跑前跑后只为了林家这些事，自己该好好谢谢他们。

"我去买菜吧，今晚我做饭。"林乐扬说。

赵瑞宵却有明显的停顿，看着他，随即提议道："不然你打电话给季……李川，让他顺便去买，他不是快下课了吗？今天不可能不来吧。"

"来的。"林乐扬说，思索一下，"他回来要六点多了。"

吴旭插话道："不然还是出去吃，我请都行。"

林乐扬看两个人的反应，瞬间明了："你们不想吃我做的菜？"

在场两人都不说话。

林乐扬记得。

失忆之前自己的状态不好，强撑着做出一副没事人的样子，假装季挽柯走后一切照旧，自己虽然不按时吃饭，却要给客人做饭。这几个人都来家里看望过自己，他当时尝不出咸淡，什么食物在嘴巴里都是一个味道，所以做菜干脆不放盐或者放很多调味料。

赵瑞宵和吴旭大概是吃出阴影了。

这点林乐扬认了。

"我现在做饭没问题的，大概……"林乐扬不是很敢肯定，但味觉恢复了，做饭应该也没问题吧？

看对面两个人一脸沉重，他在心里深深叹口气。

"那等李川回来，他做饭？还是出去吃？"

"等着呗，又不饿，那小子会做饭啊？那我可要尝尝。"吴旭随意坐在椅子上，眼神却瞟着林乐扬。

他是不放心林乐扬自己一个人在这间屋子里才打算留下。

这里到处都是回忆，是生活的痕迹。

林乐扬知道他什么心思，不信自己那番话是正常的，相比之下赵瑞宵和自己才不正常。

可那些记忆做不得假，自己已经想起来了，就算季挽柯不主动承认，他也会猜到的。

他们认识那么长时间，自己的习惯成为对方的习惯，自己的言语影响着对方的言语，关切对方时的神情统统无法说谎。

季挽柯回来时天色已经有点暗淡，手里拎着水果蔬菜，一进门见到林乐扬还笑着。林乐扬把塑料袋接过去，他转头面对客厅里两个多余的人就立刻恢复冷淡的神色。

多笑一秒钟好像就要钱似的。

赵瑞宵看见了："乐扬说请我们吃饭。"

"他和我说了。"季挽柯斜他一眼，"不然能让你们坐这儿？"

"你小子说话挺狂啊。"吴旭瞅他。

季挽柯转头说："菜你放下，我洗把手过去弄。"

林乐扬把水关掉，跟他讲："你炒菜，我摘菜，分工明确，你别来捣乱。"

赵瑞宵双目含笑，一副早就知道的模样："被乐扬轰出来了？"

季挽柯把端着的果盘放在茶几上，拿了个苹果啃了一口，垂着眼"咔嚓咔嚓"地嚼，毫不在意地耸了耸肩膀。

赵瑞宵起身："我去帮忙吧。"

季挽柯没拦着，让开一条道，还提醒一句："嗯，别让他沾水，他身体还没恢复过来，别着凉。"

季挽柯这副样子，赵瑞宵太熟悉了，和之前的林若柳一个样。

林乐扬二十八岁了，两个人还是把他当作孩子一样。这不是什么好现象，但目前也没办法阻止，毕竟出过那样的事，让季挽柯完全放松桎梏是不可能的。

林乐扬见到赵瑞宵，连忙摆手："你别听他的，我自己就可以……其实炒菜我没问题，不过还是他来吧，他做饭好吃。"

但是林乐扬远比他们想象得要坚强。

他牺牲自己的自由顺着林若柳、顺着季挽柯，不过是想让他们能安心。

最苦的日子已经过去了，他就可以不记得那些苦，把笑容重新拾起来。

两年后。

宁倩瘫在沙发上，看着林乐扬从卧室出来又进去，出来又进去。

旁边吴旭都看不过眼："我说，林小缺你差不多得了吧？又不是啥大事，你是孩子家长吗？"

宁倩"哎"了一声，探身去拿桌上的苹果："你就让他换呗，反正时间还早，等他换完了开车去那边差不多也散场了，正好。"

吴旭无语："我就搞不明白他了，又不是他照相！"

宁倩却杵着下巴，笑盈盈道："这不是挺好吗？"

吴旭不明白："什么挺好？"

宁倩和林乐扬一直有联系，只是见面的次数少，一般只通过微信了解对方近况。

不管怎样，自己这个朋友能振作起来，她很为之开心。

说话间，林乐扬又换了一身衣服出来，这一回既不严肃也不过于休闲了，宁倩给他比了大拇指："帅的！"

林乐扬在镜子前照了照。

吴旭翻了个白眼，也顺了一个苹果塞嘴里。

"赵瑞宵到哪儿了，给他打个电话？"

林乐扬闻言探过头："他去接我姐了。"

吴旭难以置信道："林姐也去啊？"

"嗯，我姐听我说了，就说也跟着去看看……"

吴旭狐疑道："她和李川关系变这么好了？"

林乐扬的表情变得无奈："没，还是那样。"

"还是管对方叫阿姨和小弟弟？"

林乐扬艰难点了个头。

他怀疑林若柳已经接受季挽柯的身份了，但两个人都不摊牌，都拐弯抹角呛对方。

林乐扬有时候觉得这几个人当中只有自己是成年人。

当然在那两个人眼里，自己永远没长大。

宁倩两三下把苹果啃完了，跷着腿坐："我估计小朋友看见我们能尴尬死。"

一群没啥亲戚关系且在社会摸爬滚打很多年的"社畜"去迎接一个刚刚二十一岁的小年轻，宁倩都能想到李川见到他们转头就跑的情景。

吴旭哼哼道："他可不会尴尬，他脸皮厚得很。"

林乐扬说："你的话我会如实说给小川听的。"

吴旭一口果肉呛在嗓子眼里，咳了半天才缓过来，控诉："偏心眼！护犊子！"

林乐扬故意侧头，笑了笑，一副挺认可的模样："我就是啊。"

他的头发已经长长了，漂亮的茶色扫在肩膀，扎成一个小鬏鬏。

是季挽柯临走前给他梳上的。

来回换了两次衣服有点乱了，几缕发丝落在脸颊两侧。林乐扬把落下来的发丝别在耳后，看了看时间也差不多了。

"走吧。"这一回他的声音明亮，手里拿着一束花，明艳艳的色彩，沁人心脾的香，捧在怀里，"我们去见他。"

彭思远拍完照到处找不到女朋友，倒是看见季挽柯站在草坪外围的塑胶跑道上，旁边还围着两个女生。

他在心里深深叹口气，快步走过去："李川！正找你呢，咱俩拍一张啊！"

季挽柯脸上有明显的抗拒，彭思远一口气噎在嗓子眼。

两个女生见有人来，对视一眼走了。

彭思远走过来给了季挽柯一拳："我这好心帮你解围，你还不情愿了？"

季挽柯把帽子拿在手里："不用，我已经拒绝了。"

刚才两个女孩说想和他合影留念，但季挽柯压根儿没见过她们，不在一个班很可能连一个系都不是。

彭思远摇头"啧啧"两声，忽然见季挽柯把手机举起来。

"哎、哎，干吗？"彭思远问。

季挽柯看他，奇怪道："不是你要拍照的吗？"

高冷班草好不容易赏脸，彭思远犹豫一下说："……那也不能用手机啊，那边有摄像师呢。"

季挽柯再一次摆出抗拒的神情，彭思远想给他一拳，但知道自己揍不过这人，只好作罢。

"行行行，来来来，拍拍拍。"彭思远对着镜头比了个"耶"，季挽柯的眉头皱得更深了。

还是，搞不懂这帮年轻人。

拍完照，彭思远问他："你哥今天不来啊？"

"来，还要等一会儿。"季挽柯说。

彭思远摸摸后颈，拉着季挽柯往角落里钻以免再被人搭讪，但还没走到地方，季挽柯先停下来。

"哥！"季挽柯喊。

彭思远一愣，目光顺着看过去。

他是见过林乐扬的，大学三年，林乐扬常常来学校里找季挽柯，然后季挽柯放学就跟着他走。

"你、你家里人也来了？"彭思远惊讶问道。

季挽柯也跟着愣了下，随即弯了下嘴角："嗯。"

他以前从来没有家人的概念，和林乐扬相处过后才逐渐明白。

吴旭老远就喊："都穿学士服了还不把帽子戴上？"

宁倩看了看周围，小声道："那帽子戴了压头发，不好看。"

赵瑞宵保持微笑："别管他，他故意说的。"

林若柳轻哼一声，不发表言论。

走在最前面的林乐扬首先把花束递过去，扬起笑脸还没来得及说话，季挽柯伸出双臂把林乐扬抱了个满怀。

拥抱很有力，花束擦过耳朵，落下几片花瓣，撒在两人的怀中。

"乐扬。"季挽柯小声说，眼里的笑意却止不住，"一个人来就好了，干吗还叫这么多人。"

"我们可听见了啊。"有人说。

季挽柯不管，只看着眼前这个人。

他有家人有朋友，有可以期盼的未来。

一切刚刚开始，一切都重新开始。

林乐扬笑着把花献给他，说："毕业快乐！"

季挽柯接过花，又郑重地给了林乐扬一个拥抱。

番外

初遇

　　林乐扬刚挂断家里打来的电话，听到舍友打趣道："这么想家啊？"

　　他从上铺探出脑袋，笑得露齿："我还是第一次离家这么远，姐姐不放心我。"

　　舍友被他坦荡的模样搞得一愣，"哦哦"了两声："你还有个姐啊，还以为你是独生子女。"

　　"不是，我姐比我大了五岁，比我优秀很多。"林乐扬说的都是实话，长这么大第一次住集体宿舍，对什么都好奇极了。

　　两个人正聊着天，宿舍的门忽然开了，有人微微低下头迈步进来。林乐扬认出是自己刚到宿舍时遇见的那位同学，立刻积极主动地打招呼："你好啊。"

　　季挽柯抬起眼皮看他一眼，微微一点头算作回应。

　　舍友一拍手说："你就是学姐们一直讨论的那个长得特别帅的新生吧？没想到分一个宿舍了！"

季挽柯什么话都没说，把水杯放在桌上。

宿舍气氛有些尴尬，林乐扬却完全感觉不出，继而主动问："之前谢谢啊，还没问你叫什么名字，我叫林乐扬。"

"季挽柯。"他只留给林乐扬一个背影，态度异常冷淡。

林乐扬眨了眨眼，转回头和舍友对视，舍友朝他挤眼睛，劝他还是别搭话了。

林乐扬："你好高啊，都要低头才能过门，你身高多少？"

舍友用一只手蒙住眼睛。

季挽柯这一次终于肯转过头，看着林乐扬说："反正比你高。"

任谁都会觉得是挑衅，林乐扬当然也察觉到对面的不友善。

不过他还是说："我也不矮呢。"

季挽柯又转过身去。

今天是新生报到第一天，在此之前他已经被无数个人问过身高年龄以及有无恋爱经历，整个人都处在爆炸边缘。

林乐扬纯粹是撞在枪口上。

好在林乐扬脾气不是一般的好，这个小插曲很快就过去了。在宿舍没住几天就被拉去训练营集体军训，住大通铺、吃馒头咸菜，好多学生受不了试图偷跑，都被拎回来了。

林乐扬适应良好，还混了个小队长的职位，不管是和教官还是同学都相处融洽，很快就交到了朋友。

反观季挽柯，除了同乡的赵瑞宵愿意和他说话，身边再没有其他人。之前看上他长相的女生都因为他稀烂的性格退却了。

军训结束后就是十月小长假，林乐扬的家离学校不远不近，返程的票却不好买，只能提前两天回学校，还以为自己会是第一个到宿舍的，回来发现他们宿舍的门根本没锁。

他拎着大包小包进了屋，宿舍的窗户半敞着，阳台上挂着新晾的衣服，洗衣液的清香扑鼻而来。

林乐扬还在想是谁比他还先到学校，身后就传来人声："你要在这里站多久？挡路了。"

林乐扬手里还拉着行李箱，闻言人和行李箱一块转过来。

季挽柯上下扫了他一眼，没说话但眼神已经说明一切，看林乐扬好像看一个傻子。

林乐扬自然是没察觉，说："你这么早就来学校了？"

季挽柯绕过他走进阳台，把衣服抖开一件一件挂上去。

林乐扬放倒了行李箱，一边拉开拉锁一边说："我妈让我拿了点东西给你们，我放你桌上了哦。"

季挽柯这才开口："不用。"

林乐扬："可你还没看是什么……"

"那也不用，我不需要。"

季挽柯把衣服都挂好，转回头看到桌上的礼盒，瞬间无语了。

"我说了不要，你是没听到吗？"

林乐扬还在艰难地拿行李箱里的其他东西，季挽柯像看奇葩一样看他："你就不能把背上的包卸了再拿吗？"

林乐扬倏地站起身，两个人差点撞一起，季挽柯快速退后了一步，想看看林乐扬还能发傻到什么地步。

"我都忘记了，谢谢提醒。"林乐扬一边说一边扯背包的肩带。

季挽柯看不过眼了，把包从他身上拽下来。

林乐扬转头，依旧是笑盈盈的模样："谢啦。"

季挽柯点了点桌上的礼物："这个你拿回去，我不要。"

"可是宿舍每个人都有，你没有的话就……"

"就？"

林乐扬眼瞅着他，眼睛里写满了真诚："就太可怜了。"

季挽柯："……"

生平第一次，他因为拒绝了别人的礼物而被可怜了。

季挽柯懒得和他计较，把那盒东西放在林乐扬的床铺上开门出去了。

中午，他和赵瑞宵吃完午饭，出门时又撞见林乐扬。

林乐扬看见他立刻扬起笑脸说："这么巧，你也来吃饭？"

季挽柯盯着他看了两秒钟，随即快步远离现场。

这下不止林乐扬没反应过来，和他同行的赵瑞宵都愣住，对着林乐扬都不知道说什么好。

"抱歉，他……"

林乐扬看出他的为难，连忙道："啊，没关系，没关系。"

等赵瑞宵追上季挽柯，问他干吗一句话不回突然走了。

季挽柯说："我从食堂出来，不是去吃饭了还能去干什么了？"

"他不是你舍友吗？只是想跟你打声招呼。"赵瑞宵不理解，"你怎么反应这么激烈？"

季挽柯肯定道："他就是认真问的。"

赵瑞宵心想你怎么这么了解，是人家肚子里的蛔虫吗？

季挽柯回到宿舍后，发现那份伴手礼又被林乐扬原封不动塞到他床边了。

他只好等林乐扬回来把话和他说清楚，谁知道他这一等就等到了晚上，期间不管干什么看到那份礼物摆在桌上就心烦。

林乐扬踩着宿舍关门的时间回来了，看见季挽柯低气压坐在床上，整个人都小心翼翼起来，迈步更是轻盈。

季挽柯："站住。"

林乐扬立刻站住不动了，像罚站的小学生立在门口。

季挽柯缓缓吐出一口气，刚要说礼物的事，林乐扬先说："你是不是没有回家，一直住在学校？"

季挽一口气没上来，只能先回答他："是。"

林乐扬眨了眨眼："我就说嘛，不可能有人比我早到了，你一直没走可不算。"

季挽柯忍不住了："这种事情有什么好在意的？"

"不能在意吗？可我就是很想知道。"林乐扬朝他笑，"礼物你就收下吧，是我妈妈很用心准备的。"

紧接着，他自顾自说道："我这是第一次住宿，他们有点不放心我，所以才会常常打电话给我，我应该没打扰到你们吧？"

季挽柯本可以打断他，他不需要讨任何人的喜欢，不需要维持无用的社交，但林乐扬的絮叨并不惹他讨厌，起码他不是一个自我的人，相反很看重他人的想法。

他只是幸福家庭下长大的小孩，对谁都天生好感和亲昵。

季挽柯深知自己和这种人合不来，他们只要做最普通的舍友就好了，互不干扰对方的生活。

他当时是这样想的，几个月后自己的生活就被林乐扬搅得一团乱。

林乐扬就是个缺心眼，饭卡会丢，水卡也丢，连教科书都丢。

季挽柯问他："你怎么不把自己丢了？"

林乐扬闻言十分不好意思地笑，被季挽柯拎着后领带去补办饭卡，连课本都只能先和季挽柯一起共用。

有天赵瑞宵看到了，说："你和你舍友关系变好了啊？"

季挽柯拧眉，反驳道："谁和他关系好？"

赵瑞宵笑眯眯点头："看来是非常好。"

季挽柯沉着一张脸："少胡说八道！"

他早该知道的，在他屈服收下那盒礼物开始，他们就不可能是互不干扰的关系。

从他踏进那间宿舍，看到踩不到梯子的林乐扬，为他指了方向开始，他们自然有了交集。

Ben neng

fan ying